新潮文庫

# 一瞬の夏

上巻

沢木耕太郎著

新潮社版

3194

# 目次

# 一瞬の夏

上巻

# 第一章　カムバック

## 1

その日もまた呑《の》んでいた。

相手は三人。神田でビールを呑み、新宿でウィスキーを呑んだ。神田の薄暗い酒房でビールの最初の一杯を呑みほした時だけは、体から気持よく汗が引いていったように感じられたが、その店を出るとすぐに汗がにじんできた。八月下旬の、しかし途轍《とてつ》もなく暑い夜だった。

私は一週間後にアメリカへ向かうことになっていた。行けば長くなりそうだった。そのため、連日のように人に会っていた。仕事の整理もあったし、金の工面もあった。日が高いうちは喫茶店だったが、暮れると必ず呑み屋へ行くことになった。しかし、その日の相手は仕事とも金とも無関係だった。ただ呑む、というだけのために会っていた。

最後は新宿のはずれの小さな呑み屋だった。そこに腰を落ち着け、ウィスキーを啜《すす》りながら、私たちは陽気に喋《しゃべ》りつづけた。酒の上での話だ、その時も大した話をしていたわけではない。

「アメリカでは、プロレスの悪役のことを、ヒールというんだそうだ」

「ヒール？」

「足のかかとだよ」

「どうして悪役が足のかかとなんだろう」

「いつでも、正義の味方に蹴《け》っとばされて、踏んづけられているからじゃないの」

「ほんとかい？」

「さあね」

アブドーラ・ザ・ブッチャーというプロレスラーがいる。海坊主《うみぼうず》のような風体と荒っぽい凶器の使用で有名な悪役だ。彼には眉間《みけん》に無数の縦の皺《しわ》がある。だが、それは皺ではない。皺と見紛うほど深く長く刻みつけられている無数の傷なのだ。善玉のヒーローに凶器を持って迫り、その額をえぐり、しかし必ず悪役も眉間を割られることになる。だから、ブッチャーの「縦の皺」には、職業としての悪役を見事に演じている男の悲哀、といったものがこもっているのかもしれない……。

格別どういう意味のある話でもなかったが、そんなことを酒の肴《さかな》にしつつ、私たちはグラスを口に運んでいた。悪役についての話題は、ブッチャーからタイガー・ジェット・シン、さらには力道山時代のシャープ兄弟、グレート東郷にまで及んで、ようやく区切りがついた。私たちは一息つき、氷がとけて生温くなってしまったウィスキーを、そろって啜った。

短い沈黙のあとで、ひとりが私に向かって唐突に言った。

「そうだ、そういえば、カムバックするんだって？」

「…………？」

私は彼の顔を見た。何が言いたいのか理解できなかった。カムバック？　いったい誰がカムバックするというのだ。カムバックがニュースになるようなプロレスラーなど、私は知らなかった。

「レスラーじゃない、ボクサーさ」

「…………？」

「カシアス内藤だよ」

「…………？」

「カシアス内藤、またカムバックするんでしょ」

「まさか！」

私は思わず鋭い声を上げた。

「あれっ、知らないの？　それは意外ですねえ、あなたが知らないとは。カシアス内藤はボクシング界に復帰するんですよ」

「まさか……」

私は独り言のように小さく呟《つぶや》いた。そんなことがあるはずはなかった。冗談だろうと言いかけて、彼の顔を見つめ直した。彼は人をかついで喜ぶような男ではなかった。しかも、彼の口元には、微《かす》かだが皮肉っぽい笑みが浮かんでいる。それは彼が真剣な物言いをする時の癖だった。嘘《うそ》をついているわけではないのだ。とすれば、何か誤解をしているということになる。

「いや、本当だよ。また試合をするんだそうだ」

少しむきになって彼は言った。

ありえない、どう考えてもありえない、と私は思った。

カシアス内藤がリングを離れてから四年以上にもなる。ボクサーにとって四年の空白は絶望的なもののはずである。カムバックなど不可能に近い。ゼロから再出発するというより、マイナスの地点から始めなくてはならないのだ。昔の経験がプラスになる以上に、それまで多くの相手に殴られつづけてきたダメージの集積がボクサーにとっての大きな負荷になる。その上、ボクサーとしての肉体を取り戻すためには、空白の期間と同じだけの長さのトレーニングの日々を必要とする。あのモハメッド・アリですら、三年半の空白の時期を余儀なく過ごしたあとで、立ち直るのにどれほど苦労したことか。厳密に判定すれば、アリはついに復活することはなかった、とさえ言える。しかも、内藤の場合は四年なのだ。いや、問題は空白の長さだけではない。内藤にそれだけの情熱が残っているとはどうしても思えなかった。

「いや、本当だって。九月か十月だか忘れたけど、間違いなくカシアス内藤は再起戦をやることになっているんだよ」

「どうして、そんなことを知っているんだい？」

文芸誌の編集者である彼が、私の知らないそのようなことまで知っているのが不思議だった。冗談でもなく、勘違いでもないとしたら、どこで耳に入れてきたのだろう。

「それは、まあ、僕のちょっとした情報網ですがね」

彼は得意そうに言ったが、柄ではないことに気がついたのか、自分から笑い出してしまった。

「……なんてね。実は新聞さ。新聞に出ていたんだ」

私には眼にした記憶がなかった。眼にしていれば、カシアス内藤の記事を読まないはずがない。

「それは、いつのこと？」

私は彼に訊《たず》ねた。

「今日さ」

「今日！」

「そう、今日のことさ。電車に乗っていたら、横に坐《すわ》ったおっさんが、こう大きく新聞を広げてね、せっかくだから横眼で読ませてもらったんだ、降りるまで。そこに出ていたのさ。何となくカシアスという活字が眼に入ってきてね……だから、細かいところはあやふやだけど、カムバックするということだけは確かだよ」

「新聞は何だった？」

私は彼の言葉を信じはじめていた。体が急に熱くなったような気がした。

「スポーツ新聞か何かだった？」

私は畳みかけるように訊ねた。

「うん、そうだな……あれは、夕方、原稿を取りに行っての帰りだったから……東京スポーツか……内外タイムスか……とにかく、タブロイド判の新聞じゃなかった」

「夕刊フジでも日刊ゲンダイでもなかった？」

「そう……」

「間違いない？」

私は自分が急《せ》き込んでいるのがわかった。その勢いに、少したじろぐように身を後にそらせながら、彼が言った。

「うん、確かだ」

グラスに残っているウィスキーを呑みほすと、私は立ち上がった。呆気《あっけ》にとられている三人に、ちょっとそこまで新聞を買いに行ってくるからとだけ言い残し、呑み屋を飛び出した。すでに午後十一時を過ぎていたが、新宿駅の構内に行けば、新聞や週刊誌を売っているスタンドはまだいくつもあるはずだった。

私は知らないうちに走っていた。東口に廻り、改札口へ通じる地下道のスタンドで、内外タイムスと東京スポーツの二紙を買った。

駅前の芝生に腰を下ろし、新聞に眼を通した。内外タイムスにはボクシングに関する記事がまったくなかった。東京スポーツも、第一面は、いつもながらのプロレス報道に全面が費され、「マスカラス兄弟宙に散る　決勝16文！」という大見出しの赤い文字が、血のように飛び散っていた。だが、ページを繰ると、突然、「カシアス内藤」の六文字が、眼に鋭く突き刺さってきた。第二面の中段に記事はあったのだ。「異色の強打ボクサー　カシアス内藤　9月24日再起第一戦」という、かなり大きな記事だった。見出しの活字も小さくなく、写真までついていた。

異色の混血ボクサーで　元東洋ミドル級王者、かつて強打をうたわれたカシアス内藤（船橋）が9月24日、東京・後楽園ホールで日本ヘビー級・大戸健（高崎）と4年ぶりにカムバック戦を行うことが決まった。49年7月29日、現世界ミドル級王者、工藤政志に判定負けして以来、プッツリ消息を絶っていた内藤が今年に入って突如カムバックを決意、金子ジムで5月から特訓に入った。日本ボクシング史に輝かしい一ページを飾った内藤は、再び〝あの栄光〟をつかめるか……。

私には信じがたい記事だった。事実とは思えなかった。しかし、記事の横に載っている写真には、確かにカシアス内藤のトレーニング姿がとらえられてあった。いかにも黒人という印象を与える骨張った顔には見なれない髭《ひげ》がはえていたが、チリチリのアフロヘアーは昔と変わっていなかった。間違いなく内藤だった。内藤はランニングシャツを着て、リングの上でファイティング・ポーズをとっていた。私は記事を繰り返し読んだ。少なくとも、内藤がカムバックしようとしていることだけは、確かなようだった。

内藤がまたリングに立つ、という。立つためにトレーニングをしている、という。五月から続けてきた、という。そして、間もなく試合をする、という……。私は仰むけになって芝生に寝転んだ。昼間の暑熱が、午前零時に近くなっても、まだ土の中にこもっていた。ただ空を見上げているだけでも、じっとりと汗ばんでくる。あたりは、別に何をするでもなく、ただぼんやりと時間をつぶしている若者たちで、溢《あふ》れていた。街からしばらく消えていた彼らも、夏の終りが近づくにつれて、再び新宿に戻りはじめていた。空には星がなく、重く垂れ込めた雲にネオンが反射していた。ネオンの点滅によって暗い紅色や黄土色に変化する空を見上げながら、私は五年前を思った。まだ二十代のなかばだった私と内藤との奇妙な旅を思った。朝鮮半島の入口、釜山《プサン》でのやはり暑かった夏を思った。

五年前の夏、私はカシアス内藤と韓国に行った。内藤は釜山で柳済斗《ユジェド》と東洋ミドル級タイトルマッチを闘うことになっていた。柳は、内藤の持っていた東洋ミドル級の王座をソウルで奪取すると、闘いを挑んでくるあらゆるチャレンジャーを撃破して、チャンピオン・ベルトを守りつづけていた。内藤も二度のリターンマッチに敗れ、その時が三度目の挑戦だった。

私はその試合を見たいと思った。駆け出しのルポライターだった私は、与えられた仕事としてではなく、初めて自分の意志で選んだ仕事として、その試合を見に行こうと思ったのだ。それが特別にジャーナリスティックな価値のある試合だったというわけではない。わざわざ日本から見に行こうなどという酔狂な者はひとりもいなかった。スポーツ新聞ですら、その結果を一行以上で報道するはずもない試合だった。内藤の敗北はほとんど予測できることだったからだ。不意に試合が組まれ、調整も不充分なまま、リングに上がる。元チャンピオンという興行価値を買われ、負けるためだけに韓国に行く、いわゆる「嚙《か》ませ犬」と見なされていた。だが、私は見たいと思ったのだ。理由を説明することはできなかった。気になった。言葉にすればそういうことだったろうか。気になったのだ。しかし、うだるような暑さだった釜山九徳《クドク》体育館でのその試合は、大方の予想通り、惨憺《さんたん》たるものだった。

あの夏で、カシアス内藤のボクサーとしての生命は絶たれたのだ、と思っていた。何よりも、彼がボクシングへの情熱を失なっていた。私にはそう感じられてならなかった。以後しばらくボクシングを続けたとしても、それは惰性にすぎなかったはずだ。その彼が、なぜ四年間の空白の後に、再びボクシングを始めようとしたのだろう。

私は起きあがり、芝生に坐り直した。近くではじけるような嬌声《きょうせい》が湧《わ》きおこった。だらしなくスニーカーを突っかけた少年たちが、よく日に焼けた少女たちのグループに、どうにかして渡りをつけようと奮闘していた。私の傍に腰をかけた痩《や》せぎすの少年がシンナーを吸いはじめた。ビニール袋が伸縮するたびに聞こえてくる苦し気な呼吸音を耳にしながら、私は不意に横浜へ行こうかと思った。内藤に会って訊ねてみたかったのだ。

改札口へ行き、横浜までの切符を買おうとして、ポケットにいくらも金が入っていないことに気がついた。往《い》きはよいが帰りはタクシーに乗らなくてはならないだろう。会えれば何とかなる。しかし、今もなお、内藤が横浜のあの山手町のアパートにいるとは限らないのだ。いや、むしろ五年前と同じアパートに住んでいる可能性の方がはるかに少ない。明日にしよう、とはやる心を抑えて私は思った。

2

翌日、京浜東北線で横浜に向かった。夏の終りの静かな午後だった。

横浜駅を過ぎ、港と伊勢佐木《いせざき》町を左右に眺めつつ、いくつかの駅を通過して、ようやく目的の山手駅に着く。

土曜日の午後のプラットホームは喧騒《けんそう》もなく、乗降客も数えるほどしかいなかった。西の空が柔らかな朱色に染まり出している。心細げな蟬《せみ》の声を聞きながら、プラットホームを改札口に向かって歩みはじめると、ふとこれはいつかと同じだという思いが頭をかすめた。確かにこんなことがいつかもあった。夏、プラットホーム、蟬の声、そして今と同じ不安な思い……。いったい、どこのプラットホームだったろう。立ち止まり、思い出そうとして、ひとり苦笑した。考えるまでもなかった。それは、五年前の、やはりこのプラットホームでのことだったからだ。そういえばあの時も夏の静かな午後だった。

釜山での試合を見て、私は失望した。日本に帰ってしばらくして、私は憤《いきどお》りと物悲しさの混り合った奇妙な感情を持てあましながら、このプラットホームを横切ったのだ。これから向かおうとしているアパートに、その時も向かったのだ。

あれから五年、彼と会うことはなかった。彼は私を覚えているだろうか。忘れるはずはないと思う。だが、この五年間に、私は変わった。彼にわかるだろうか。わかると思う。しかし、私が彼について書いた文章を読んでいたとしたら……。彼の拒絶を予感し、足が少し遅くなった。いや、そんなはずはない。彼にはわかるはずだ。あれが彼に対する批難ではなく、私自身への苛立《いらだ》ちであったことが。それが理解できるくらい、彼は充分に頭のいい男のはずだった。

改札口を出ると駅前に小さな商店街がある。山手という名の通り、崖《がけ》と崖とのささやかな間隙《かんげき》に道があり、その両側に僅《わず》かばかりの商店と家が並んでいる。二分ほど歩くと商店が少しとぎれる。その左側に一本の路地があり、突き当りの崖にへばりつくようにアパートが建っている。……記憶によればそうなっているはずだった。そして、そのあたりの地名をたしか鷺山《さぎやま》とかいった。

歩きながら、五年前とあまりにも変わっていないことに、むしろ私は驚かされていた。路地があり、崖があり、確かにその中程には記憶通りのアパートがあった。引っ越していなければ、彼はその二階の右端の部屋に住んでいるはずだった。

眼をやると、その部屋の軒下に洗濯物がさがっていた。男物のシャツにはさみこまれるようにして、女物の下着があった。そして、風に微かに揺れていた。

女物の下着が干されてあるのを見て、私はどこかでホッとするものを感じていた。彼があの部屋に住んでいるのなら、女性と一緒に暮らしていることになる。何という名前だったろう、一度会ったことのある、あの小柄で可愛《かわい》らしい女性と、まだ同棲《どうせい》しているのかもしれない。それが彼の部屋なら、少なくともひとりですさんだ生活を送っているのではない、ということになる。

二階へ上がる階段はアパートの右端についていた。細く急な鉄製の階段を一段一段のぼっていくと、二階の右端の部屋の窓が開いているのが見えた。吹き抜ける風に、白いレースのカーテンが踊っていた。覗《のぞ》き込んだが人影はなかった。玄関に廻り、扉を見ると、ベニヤ合板の粗末な戸に、表札が出ていた。画用紙にボールペンで書き、それをセロテープでとめているだけの素っ気ない表札だった。名はローマ字で書かれてあった。

Junichi Naitoh

内藤はまだこの部屋に住んでいたのだ。私は安堵《あんど》と、同時に新たな不安を感じながら、扉をノックした。彼は私を受け入れてくれるだろうか……。だが、返事はなかった。強くノックした。同じだった。三度、四度と繰り返したが、結果は変らなかった。

彼はいないのかもしれなかった。考えてみれば、それも当然のことだった。もし彼が本当にトレーニングを再開したのなら、夕方の今頃というのはジムに行っていてもおかしくない時刻だったからだ。そんなことに、今はじめて気がついた自分に私は驚いた。心の片隅に、彼のカムバックを信じまいとする、何かがあるのかもしれなかった。

しかし、この程度の戸閉まりなら誰かがいてもよさそうだった。何かの不都合があって居留守を使っているのかもしれない。そうも考えて耳を澄ませたが、人の気配は感じられなかった。玄関の奥から、ただ小鳥の羽音が僅かに聞こえてくるだけだった。あるいは一緒に暮らしている女性が夕食の買物のために近くに出たのかもしれない。

しばらく待ったが帰ってこない。何時間かしてまた来てみよう。私は再び商店街に出て、駅とは反対の方向に歩きはじめた。私は本牧《ほんもく》のあたりをぶらついて時間をつぶすつもりだった。

パチンコ屋で一時間ほど玉をはじいた後で、米軍キャンプの近くにある喫茶店に入った。客は誰もいなかった。壁にかき氷ができると書かれた紙が貼《は》ってあった。私は氷宇治を注文し、途中の文房具屋で買った便箋《びんせん》をテーブルに広げた。内藤に手紙を書こうと思ったのだ。

あるいは、再びアパートへ行っても、誰にも会えないかもしれない。その場合のために手紙を書いておく。それは、ルポライターとしての仕事を続けていくうちに身についた、ひとつの習性のようなものだった。

だが、何を書けばよいのか。書きたいこと、書くべきことはいくらでもあった。しかし、そのすべてを書き切るためには、一晩あっても時間が足りなさそうだった。鮮かすぎるほどの緑色に染まったかき氷の山を、スプーンで崩しながら、結局、ひとつのことしか書けないということに気がついた。日本を離れる前に一度会いたい、電話をくれ……。

五年間のうちに、私は何度か転居していた。電話番号を最後に記し、封筒に「カシアス内藤様」と上書きしようとして、やはり「内藤純一様」と書くことにした。

二時間ほどして鷺山に戻ってみた。しかし、今度は窓が閉められ、洗濯物も取り込まれていた。あたりはすっかり暗くなっていたが部屋には電気もついていなかった。入れ違いになってしまったようだった。私は手紙を新聞受けの中に投げ入れ、家に帰って電話を待つことにした。

## 3

電話がかかってくるかどうか確信はなかった。しかし、新聞の報道の通り、内藤がやり直すという強い意志を持っているなら、かけてくる可能性もないではないだろう。そう思いながら私は家でぼんやりテレビを見ていたが、汗をかきながら懸命に演じているドリフターズのコントも、いつものように面白くは感じられない。視線はどうしても電話台の方に引き寄せられてしまう。

十一時半、東京放送のスポーツニュースが終わった時、電話のベルが鳴った。内藤だ、と私は思った。受話器の向こうから、少年っぽさを残した男の声が流れてきた。互いに名前を確認するほどのことはなかった。

「しばらく」

私が言うと、内藤も同じ言葉を重ねた。

「しばらくでした」

「ほんとに」

「アパートに帰ったら手紙があって……」

「そう……」

声は大して変っていないようだったが、言葉づかいが丁寧になっていた。それだけ年をとったということなのだろうか。だが悪いことではない。

「またボクシングやるんだって？」

私は最も知りたかったことを直截《ちょくせつ》に訊《たず》ねた。すると、内藤も気持がいいほどのストレートさで答えた。

「ええ、やるんです」

珍しいな、と私は思った。私の知っている内藤は、このように簡潔で力強い物言いはしなかった。いつでも自分に対する弁明と他人に責任を転嫁《てんか》する理由を用意しておくために、必要以上に多くの言葉を並べようとするタイプだった。頭のよさと優しさは合わせ持っていたが、この男性的な力強さだけはなかったのだ。

「本当に試合をするわけ？」

「そうなんです」

「見てみたいなあ……」

「でも、試合は十月なんです」

「九月じゃなくて？」

新聞には、九月二十四日に再起第一戦が行なわれる、とあった。

「少し延びたんです」

内藤は淡々とそう言った。以前の彼なら、こうは平静に喋《しゃべ》れないはずだった。

「一カ月も延びたのか……。コンディションの作り方が難しいね。大変だな」

「ええ。でも、それだけ余分にトレーニングができるんだから」

確実に内藤の内部で変化するものがあったに違いない。受話器の向こうには、いつまでも大人になりきれなかった五年前の内藤ではなく、一個の男としての内藤がいた。

「そうだ、むしろありがたいと思うべきなのかもしれないな」

「ほんとに……」

内藤はそう言い、今度は逆に訊ねてきた。

「外国、どこへ行くんです？」

「まずアメリカへ行こうと思ってるんだ」

「まず、っていうと……」

「アメリカに行ってから、その後のことは考えようと思っている」

「どのくらい？」

「決めていないんだ。意外と長くなるかもしれない。半年になるかもしれないし、一年になるかもしれない……」

「仕事ですか？」

「……………」

　私は答えに詰まった。仕事ではなかった。むしろ仕事から離れるために行くといってよかった。私は、数カ月前に、仕事の上で、致命的な失敗を犯していた。その失敗に気がついて以来、私はルポルタージュを書くという作業から、しばらく遠ざかろうと思うようになっていた。だがそれを電話で説明するのは難しかった。

　内藤は、私が答えに窮しているのを察すると、助け船を出してくれた。

「いや、それはどうでもいいんです。ただ、アメリカの住所を教えてもらいたかっただけなんです」

「どこに腰を落ち着けるか、まだ決めていないんだよ」

「そうですか……」

内藤は少し気落ちしたような口調で言った。

「行き当たりばったりの旅行をするつもりだから……」

「そうだ、でも、向うに着いたら、手紙に書いて知らせてください、そうすれば平気だ」

何が平気なのか私にはわからなかった。内藤が、私のアメリカの住所に、どうして執着するのか、理解できなかった。

「俺、アメリカに手紙を書きますよ」

「…………?」

「ちゃんと、今度の試合の結果を書いて送りますよ」

その言葉を聞いた瞬間、不意にアメリカへ行くということが色褪《いろあ》せてしまったように思えた。

「調子は、どう?」

私は内藤に訊ねた。

「悪くないです。五月からトレーニングしてますから。今はもう夜の仕事もやめて、ボクシングだけです」

「よくボクシングの世界に戻れたね」

「ええ。……もうボクシングしかないと思って」

「それはよかったね」

　私は心からそう思った。内藤もやはりまだリングに心を残していた。リングで、その心残りが消えるまで打ち合わないかぎり、次のステップに踏み出せないということが、内藤にもようやくわかってきたのかもしれなかった。たとえその結果がどうなろうとも……。

「久し振りに会わないか」

　私はできるだけ軽い調子で言った。内藤に無理をさせたくなかったからだ。会いたくなければ、会わなくともよかった。しかし、内藤の声はなつかしさに溢《あふ》れていた。

「うん、会いたいですね」

「明日でも会おうか」

「そうしましょうよ」

「場所は横浜がいいかな？」

「わざわざ悪いですよ。……ジムで待ち合わせませんか。金子ジムで夕方からやっていますから。一度、練習を見にきて下さい」

「オーケー、それじゃあ、明日」

「あっ、明日は日曜でジムも休みなんだ」

「わかった、それでは明後日にしよう。明後日、ジムで」

そう言い終り、電話を切ろうとして、思わず私は独り言のように呟《つぶや》いていた。

「ほんとによかったな……」

すると、内藤が静かな口調で、やはり呟くように言った。

「やっと……いつか、いつかが見えてきました」

内藤が、いつか、という言葉を口にした時、私の心は少し震えた。それは、ふたりのあいだの暗号のような言葉だったからだ。

# 第二章　踏切を渡る

## 1

陽はすでに傾いていたが、街には八月の光がまだ充分に残っていた。

私は下北沢の踏切で下りの電車が通過するのを待っていた。クリーム色の電車が激しい音を立てて通り過ぎると、車輛《しゃりょう》の下から押し出された熱風が私の体にねっとりと搦《から》みついてきた。

電車が通過しても遮断機は上がらない。上り下りとも電車が続いているらしい。踏切はしばらくのあいだ開きそうになかった。腕時計を見ると五時を少し廻っている。ラッシュアワーのとば口にさしかかってしまった以上、今さら苛々《いらいら》してもはじまらない。待つよりほかはない。そう諦《あきら》めて、視線を踏切の向こう側にやった。

三叉路《さろ》の角に交番があり、通りをはさんでその前に古い映画館が建っている。しかし、繁華街から少しはずれているためか、客の出入りがまったくない。通りに面した入口には、客寄せのための幟《のぼり》や女の裸のポスターが並べられてあったが、その派手な色彩は、かえって周辺を閑散とした雰囲気にさせているばかりだった。

線路に面した灰色の壁には、巨大な看板が取りつけてある。極彩色のペンキで上映中の映画の題名が書かれてあった。文字が踊るようで読みにくいが、どうやら『絞殺強姦魔《ごうかんま》』と『USAスーパーボウル』という洋画の二本立であるらしい。スーパーボウルといえば、アメリカン・フットボールにおける最高の試合である。その実写フィルムなのだろうか。それならぜひ見てみたいものだ、ともう一度よく看板の文字を眺めてみると、USAスーパーボウルではなくUSAスーパーポルノと書いてある。自分の勘違いに気がつき、私は苦笑した。どちらも肉弾相撃つの図ではあろうが、スーパーボウルとスーパーポルノでは、やはりかなりの開きがある。

四台の電車に不快な熱風をかけられた後で、ようやく遮断機が上がった。

映画館の灰色の壁と線路のあいだには、細いまっすぐな道がある。道はすぐ行き止まりになるが、その突き当りに二階家が建っているのが見える。土地の斜面を利用した不安定な感じを与える建物だ。窓にはさまざまな色のタオルと運動着が干してある。そして、窓の上の壁には、赤いペンキで「金子ボクシングジム」と大書されてあった。

私は道の入口で立ち止まり、息をついた。暑さにやられて喘《あえ》いだわけではなかった。

突然、内藤は本当にあのジムでトレーニングしているのだろうか、という疑念が頭をもたげてきてしまったのだ。私にはどこかまだ内藤のカムバックを信じきっていないところがあるようだった。

一昨日の夜、私は間違いなく内藤と話したはずだった。電話ではあったが、当人の口から聞いていた。しかし、一夜明けて次の日の朝になると、内藤が再起のためのトレーニングをしているということに、ほとんど何のリアリティーも感じられなくなっていた。あの電話が現実のものであったかどうかも怪しく思えてきた。練習は金子ジムでしています。電話の向こうで内藤はそう言っていた。しかし、それは私の聞き違いではなかったろうか。金子ジムは、元東洋フェザー級チャンピオンであり、網膜剝《はく》離《り》で引退するまで六回の防衛を果たした金子繁治がオーナーのジムである。金子は、熱心なクリスチャンであることでも知られた、すぐれたボクサーだった。だが、まだ船橋ジムに所属しているはずの内藤が、どうして金子ジムに通わなくてはならないのだろう。私はまた勝手な夢をこしらえてしまったのではないだろうか……。

私は、ジムの玄関の前で、しばらく佇《たたず》んでいた。

突然、中から少年たちの威勢のいい号令が聞こえてきた。それが私のためらいを吹っ切らせた。私は、建てつけの悪い戸を、力いっぱい引き開けた。

一歩足を踏み入れると、ジム特有の匂《にお》いが鼻をついてきた。それはジム特有というより、男たちが体を酷使している場所ならどこでも、学校のクラブのロッカー室でも、工事現場の飯場でも、必ずしみついている饐《す》えた汗の匂いだ。しかし、ジムの匂いはそれだけではない。微《かす》かだが皮の匂いがする。グローブ、サンドバッグ、ロープ、シューズ、ヘッドギアー。それらがこすれ合うたびに、皮革の匂いが流れ出すのだ。汗と皮の匂いがないまぜになり、ジムには獣の檻《おり》のような生臭さがある。

金子ジムの内部はそう広くはなかった。ジムの中には練習用のリングが設けられてあり、その上で少年たちが互いに号令をかけながら柔軟体操をしていた。中学生から高校生くらいの幼い顔立の少年ばかりだった。恐らく、アマチュアなのだろう。リングの横では、いかにもプロの卵という顔つきの若者たちが、思い思いのトレーニングをしていた。

だが、内藤の姿はない。

リングの上で少年たちに鋭い叱声《しっせい》を浴びせかけている男がいる。いかにも元ボクサーという面構《つらがま》えをしていたが、金子にしては若すぎた。トレーナーなのかもしれなかった。その男と視線があった時、私は訊《たず》ねた。

「内藤は来ていますか」

「まだだよ」

無愛想な声だった。しかし、その時、内藤がトレーニングを再開したということが、初めて現実的なものとして感じられた。

「来るのはいつ頃ですか？」

「五時半……は過ぎるだろうな。あいつのことだから」

無愛想な声であることに変わりはなかったが、その底に人のよさを感じさせる調子で男は言った。待たせてもらっていいかと訊ねると、黙って頷《うなず》いた。

玄関の狭いコンクリートの三和土《たたき》には、何十足もの男物のはきものが乱雑に脱ぎすてられてあった。サンダル、下駄、皮靴、スニーカー、バスケットシューズ、ゴム草履と、あらゆる種類のはきもので溢《あふ》れていた。足の踏み場もないくらいの状態に困惑していると、それに気がついたリングの上の男が、ジムの若者たちに大声で叫んだ。

「お前ら、履いてきた物は持ってあがれと言っているのに、何度言ったらわかるんだ」

そして私に向かって言った。

「その辺のやつを適当に蹴《け》っ散らかしてあがっておいでよ」

私は彼に笑いかけ、しかし、好き勝手に向いているはきものを少し整頓《せいとん》し、できた隙間《すきま》に靴を脱いであがった。客用のスリッパなどありはしなかった。ジムの木の床がひやりと冷たく、足に気持よかった。

どこのジムにも必ずある姿見用の大鏡の上を見ると、金子ジム所属のプロボクサーの名札が貼《は》ってあった。佐々木滋、村田英次郎、長岡俊彦……と続き、その末尾に、いわば別格という形で「カシアス内藤」の名札も貼られてあった。

リングの前に壊れかかったソファが置いてある。ビニールが破れ、脚のバランスが崩れている。その上には男性雑誌や漫画週刊誌が散乱していた。私はそれらを横にやり、とにかくそこに坐《すわ》って内藤を待つことにした。

地下の更衣室で着替えをすませた少年たちが、「失礼しまーす」と玄関で大声を張りあげては帰って行く。その彼らと交代でもするかのように、がっちりした体つきの若者たちが、「……ちわーす」と挨拶《あいさつ》しながら次々とやってくる。プロのボクサーが、それぞれの仕事を終え、練習を始める時刻になってきたのだろう。

夕陽が、線路の反対側に並んでいる小さなビルディングの群れの中に、落下するような速さで沈んでいく。それが完全に沈み切ると、日は急速に暮れていくようだった。

「今日は」

玄関で聞き覚えのある声がした。振り向くと、そこに内藤が立っていた。薄手のジーンズのパンタロンをはき、サーフィンの絵柄をプリントした白のTシャツを着て、ゴム草履を突っかけていた。そしてアーミー・グリーンの布製の袋を肩から下げていた。五年前と比べると、体がひとまわり大きくなり、色がさらに黒くなったように思えた。口の上にはやしている髭《ひげ》が顔を引き締めていた。

内藤は私を見つけると、軽く頭を下げた。

「しばらくでした……」

「そうだね、ほんとに……」

だが、人の大勢いる前で昔話をするつもりはなかった。

「ここで見てるから……あとで」

私がそれだけ言うと、内藤も同じ思いだったらしく、何も言わずに頷き、地下の更衣室に降りていった。

眼の前から消えた内藤の顔を、ソファに坐り直して思い浮かべてみた。

私はその顔に強い印象を受けていた。以前と一変していたからだ。髭をはやしたことを除けば、どこが変わったというわけではないのだが、顔に深味のようなものが出てきていた。軽薄さが消え陰影が出てきていた。無理はない、もうあの時から五年が過ぎているのだ。私が三十、彼が二十九。二十五歳と二十四歳だったあの時から、確実に五年が過ぎた。その間に、彼の身にさまざまな出来事があったとしても、少しも不思議ではない。私が知っているだけでも、一度は窃盗《せっとう》容疑で逮捕され、しばらくは外国に行っていたこともある。

地下から着替えの終わった内藤が上がってきた。紺色のタオル地のパンツに、白いTシャツの袖《そで》をむしりとり、ランニングシャツのようにしたものを着ていた。私の横のソファに腰をおろすと、純白のシューズを履き、丁寧に紐《ひも》を通した。私は無言で見ていた。

バンデージを、左、右と巻いていき、巻き終ると拳《こぶし》を握り、それを軽く宙に突きあげた。

「見てて下さい」

内藤は私に小さく言い残すと、大鏡の前に歩んで行った。そして、鏡の中を見つめながら少しずつ体を動かしはじめた。

シャツにおおわれていない肩から腕にかけての筋肉が、別の生き物のように息づきはじめる。小さくなり、大きくなる。腕が鋭角的に曲げられると、上膊部《じょうはくぶ》は足のふくらはぎより太くなった。

やがて、内藤はリングに上がった。軽いシャドー・ボクシングをするためだ。三ラウンド分のシャドーを終わらせるとリングを下り、パンチング・グローブをはめてサンドバッグを叩《たた》きはじめた。一発、また一発。力のこもった内藤のパンチがサンドバッグの腹に叩き込まれる。そのたびにバッグは大きく左右に揺れた。三ラウンド分も叩くと、ランニングシャツは汗でぐっしょりと濡《ぬ》れ、体に密着してしまった布地を通して、褐色の肌が透けてくる。次に、内藤はパンチングボールの前に立った。素早く首を振るボールを相手に、軽くステップを踏みながら、交互にパンチを繰り出した。それが終ると、内藤はシャツを脱ぎ、私の横のソファに置いてあった草色のタオルで、全身の汗を拭《ぬぐ》った。

彼が眼の前に立った時、その体に私は軽いショックを受けていた。モハメッド・アリやジョー・フレイジャーを眼《ま》のあたりにした時とは明らかに異なる種類のショックだった。彼らの肉体がいくら見事であるとしても、それは同じ世界の住人ではないのだからということで片付けられた。だが、内藤ではそうはいかない。同じ世界に住む同じ年頃の男の圧倒的な肉体が、眼の前に確固として存在しているのだ。

陽は完全に落ちて、空の色は薄紫から濃紺に変わりつつあった。ジムの蛍光燈《けいこうとう》が明るく映えるようになった。内藤は再びリングに上がり、軽いステップを踏みながら、またシャドー・ボクシングを始めた。戸外の暗さが窓のガラスを鏡に変えていた。内藤は自分の体をガラスに写し、それを見ながらひとつふたつパンチを放った。

アッパーを突きあげる練習を何度も繰り返す。時に、仮想の敵をコーナーにつめ、体を激しく左右に揺さぶりながら相手の懐《ふところ》に飛び込み、ボディのあたりにアッパーを叩き込む。そして、少し離れ、顔面に左のストレート、またウィービングをしつつボディにフック、右、左、右……。

内藤のシャドー・ボクシングを見ながら、私は奇妙なことに気がついた。私が内藤の練習姿を見るのはこれが初めてだということだ。しかし、考えてみればそれも当然のことだった。私が内藤と知り合った時、彼はすでにほとんどトレーニングをしないボクサーになっていた。試合が組まれると、体重を落とすだけのために、いやいや体を動かすだけだったのだ。

だが、練習をしている内藤は、私の知っているどの内藤とも異なる、真剣で険しい眼差《まなざ》しをしていた。

激しいシャドー・ボクシングだった。そのどの一発を喰らっても、一瞬でキャンバスに沈んでしまうに違いない強烈なパンチが、絶え間なく繰り出されていた。やがて、内藤はシャドーを切り上げ、ロープ・スキッピングを始めた。縄とびだ。皮のロープが鋭く空気を切る音がジムの中を走っていく。

ジムには必ず三分計が備えつけられている。針がゼロのところでチンという音を出し、針が三分のところを差すとまたチンと鳴るが、それからさらに一分過ぎると針は再びゼロのところに戻っている、という仕組みの時計だ。それはボクサーに「三分と一分」という長さを体で覚えさせるためのものなのだ。「三分に一分」とは、ボクシングにおける絶対的な単位である。一ラウンドは三分、ラウンドとラウンドの間には一分間のインターバルがある。三分間の闘いに一分間の休み。ボクシングはすべてがその繰り返しである。練習も変らない。ボクサーの生理を「三分と一分」に合わせるため、三分だけ動き一分は休むのだ。だから、練習の長さは、時間ではなく、ラウンドを単位として表わされる。

内藤はロープ・スキッピングのスピードを徐々にあげていった。普通は三分に一分の休みをとるが、内藤は逆だった。一分のインターバルに入ると、さらに跳び方のスピードをあげ、一秒たりとも休むことなく六ラウンド余りも跳びつづけた。汗がしたたり落ち、床に点々と黒いしみができた。若いボクサーたちは圧倒され、練習の手を休めてその姿に見入っていた。灯りに照らされて体が美しく輝く。疾駆しているサラブレッドのように、全身が艶《つや》やかに濡れていた。厚い胸、よく締まった腹、無駄な肉の落ちた上肢。練習の成果が随所に表われていた。内藤は狂ったような激しさで跳びつづけた……。彼は本当にやる気なのだ。私も薄く汗ばみながら、そう思った。

地下でシャワーを浴び、サッパリとした顔で内藤が上がってきた。タオルで前を押さえただけの丸裸である。そのままの姿で、リングの横にある秤《はかり》にのる。そして目盛を読んだ。

「百五十六か」

それはミドル級のリミットである百六十を下回ること四ポンドになる。コーラを呑《の》みすぎたために試合当日の計量にパスしなかった、あの五年前の夏が嘘《うそ》のような体の締まり具合だった。

私は内藤の逞《たく》ましい背に声をかけた。

「とてもいい」

すると振り返り、内藤も自信に満ちた声で、

「うん、とてもいい」

と答えた。

## 2

私たちは六本木のステーキ屋で向かいあっていた。肉を注文しおわると、ウエータ

ーは飲物はどうするのかと訊《き》いてきた。私は内藤を見た。すると、彼は丁寧な口調でウエーターに言った。

「オレンジジュースを下さい」

「コーラじゃないのかい？」

私が笑いながら訊ねると、内藤は照れたような表情を浮かべた。

「もう呑まないことにしたんです。呑むならジュース、少しでも栄養がある方がいいですからね」

かつての内藤は一種の中毒ではないかと思えるほど常にコーラを呑んでいた。練習の前に呑み、後に呑み、減量中ですら呑んだ。

ボクサーにとって水は敵である。確かに、減量中のひからびた体に水が慈雨となることもある。だが、水は体を作らない。少なくとも、ボクサーが必要とする体は作らない。多くは汗となって体外に出ていく。汗はボクサーを疲労させる。だからボクサーは、水を少しずつ、惜しみ惜しみ呑む。水は嚙《か》んで呑め、という言葉がボクシングの世界にはあるくらいなのだ。水は敵である。まして冷えすぎた水は不倶戴天《ふぐたいてん》の敵である。冷えすぎた水は内臓を痛めつける。だからといって、水分を取らないわけにはいかない。しかし、同じ水分を採るなら、少しでも栄養価の高い食物から採るべきなのだ。

ボクサーの生理学からすれば、減量中に冷たいコーラを何本も呑むなどということは考えられないことだった。だが、五年前の釜山での内藤は、冷えたコーラをラッパ呑みにして平然としていた。その結果が減量の失敗だった。試合当日の朝の計量で「リミット・オーバー」と宣せられたのだ。内藤はホテルに戻り、熱い風呂《ふろ》に入り、大量の汗を出したあとで、再び秤に乗らなければならなかった。オーバーした重さは二百グラム、およそコーラ一本分。前夜、一本のコーラを我慢していれば、そのような事態を招かずにすんだはずだった。

それほどまでに欲しがっていたコーラを呑まなくなったというのだ。自己の欲望を制御することがようやくできるようになったのかもしれなかった。

「酒は今でも呑まない？」

「うん」

私ひとりが呑むわけにもいかなかった。内藤と同じく、私もオレンジジュースを頼んだ。

ジュースが出てくると、内藤はそれをおいしそうに呑みほした。

「……どうしてた？」

私が訊くと、内藤は口ごもった。何をどう話していいかわからないようだった。質問が悪かった。

「あれから、どうしてた？」

訊ね直すと、内藤は小さく息をつき、そして言った。

「あれから……」

内藤は、視線を私の背後の壁にやり、もう一度同じ言葉を繰り返した。

「あれから……」

そう言ったことで、この五年の歳月が、彼の内部で一挙に縮まりでもしたかのように、言葉づかいが急に柔らかくなった。かつて私たちが話していたのと同じ口調に戻っていくようだった。

「いろんなことがあってね……」

私は黙って頷《うなず》いた。

「逮捕されて……執行猶予《ゆうよ》になって……」

喋《しゃべ》りづらそうだった。悪いことを訊いてしまった。私はさりげなく話題を換えた。

「それにしても、どうしてまたボクシングをやろうと思ったんだい」

内藤は、壁に向けていた視線を戻し、ぽつりと言った。

「用心棒なら……いつでもできるから」

「えっ？」

私は訊き返した。内藤は、そう言ってしまうと喋りやすくなったのか、早口でそのあとを続けた。

「用心棒ならいつでもやれる。でも、ボクシングはいつでもっていうわけにはいかないでしょ？」

「…………」

「ずっとディスコの店長みたいなことをしてたんだけど、ある時、このまま水商売を続けていってどうなるんだろうと思ったんだ。うまくいって小さな店を持てるかどうかという程度でしょ。小金をためてようやく自分の店を出すのが精一杯じゃない。それでも成功するとは限らない。失敗する方が普通なんだよね、この世界は。だからって、失敗した時に、またどこかの店長みたいな仕事があるかっていうと、そうはいかない。そうすれば、結局、用心棒のようなことしかできないと思うんだ。用心棒なら、やる気にならなくたって、いつでもなれるじゃない」

そこで内藤は口元をほころばせた。私も、やる気にならなくたって、という言い方がおかしくて、少し笑った。そして、頷いた。

「なるほどな」

「だったら、その前に、自分が気になることをやっておこうと思って……」

「気になってた？　ボクシングが？」

「うん、とても気になってた」

「本当に？」

「嘘じゃない」

「俺はね、君にはもうひとかけらも残ってないと思ってたよ、ボクシングに対する情熱なんか、さ」

「そう思われても仕方なかったけど……結構あれからでも見てたんですよ」

「試合を？」

「うん、いつも見てたな、ほんとに」

そういえば、内藤はボクシングを見るのが好きだった。もしかしたら、自分でやる以上に見る方が好きだった、とさえ言えるかもしれない。

「でも、テレビじゃあまり中継しないから、思うように見られなかっただろう」

私が言うと、内藤は怪訝《けげん》そうな表情を浮かべた。

「だって、後楽園に行って見てたから」

「後楽園ホールに！」

意外だった。いくら見ることが好きだからといっても、正式に引退したわけでもなく、知らぬ間にいなくなるといった消え方をしたボクサーが、ボクシングのメッカともいうべき後楽園ホールに足を運ぶことは、かなり勇気がいるはずだった。

「よく行ってた？」

「うん。後の方でポツンと見てたな、よく……」

「そう……」

「テレビでやるのは必ず見てたし、新聞を読んでおもしろそうな試合だなと思ったら、実際に見に行ってたんだ」

「後楽園なんかに行くと、ボクシングの関係者がいっぱい来てるじゃないか。会ったりはしなかった？」

「それが厭《いや》でね。ホールに入ると、スッと上にあがっちゃうんだ。二階の奥の方に行って、テレビ・カメラの台とかが置いてあるあたりに坐《すわ》るんだ。後を振り向きながら試合を見るなんて人はいないからね。で、終りそうになるじゃない。そうすると、みんなは判定を待ったりしているけど、俺は自分で採点しているから、大体わかるんだよね。ああ、こういう結果だろうなってわかるから、その前にスッと帰っちゃうわけ。

だから、あまり人に会わなくってすんだんだ」

「そうか……」

人眼を避けながら、しかしボクシングを見つづけていたという内藤に、私は別人を見るような思いがしていた。

「試合をやらなくなってどんなに日がたっても、そういう気持は残ってたんだ。自分がやっていれば、きっと闘うことになる、なんて奴《やつ》の試合は必ず見に行ってた。もう、やめちゃっているのに、そういう気持だけは残っていた」

そして、ついにその「心残り」を捨て去ることができず、この二月にそれまで勤めていたディスコの店をやめたのだ、と内藤は言った。

ディスコではかなりの高給取りだったという。ボクシングを始めるので店をやめると告げると、何も店をやめることはない、そのふたつを両立させればいいのだから、と社長は引き止めてくれた。しかし、それではまた同じことを繰り返してしまいそうだった。仕事もボクシングもうまくいかず、そのうちに気持が萎《な》えてしまう。それはすでに経験ずみのことだった。だから、思い切って仕事をやめた。そして走りはじめた。まず体を作ることが先決だった。それまでロードワークなどしたことがなかった。現役の絶頂期ですら走ったことがない。コーチに走れと命じられ、わかったと答えながら、決して走ろうとしなかった。その内藤が、朝と昼の二回、規則的に走るようになった。アパートを出て、坂を登り、近くの公園まで走る。そこで軽い柔軟体操をして、また走ってアパートに帰る。はじめのうちはそれだけでも体にこたえた。しかし、八十キロを超えていた体重が七十キロ台に落ちていくにしたがって、次第に走ることが楽になっていった。公園から、今は廃墟《はいきょ》となっている元の根岸競馬場のスタンドあたりを走り廻っても、少しも疲れなくなった。朝の公園では顔なじみもできた。声をかわすことはなかったが、いつも同じように走っている彼らを見かけると心が和んだ。

「しかし、どうして二月からだったんだい？」

運ばれてきたスープの皿に視線を落としたまま、私は内藤に訊《たず》ねた。

「もうすぐ俺は二十九になる、三十までもう間がないって気がついたんだ」

「そうか、君は五月生まれだったな」

「うん。そうしたら、こうしてはいられないって思えてきたんだ。急がなければ、って」

二十代の男にとって、三十歳という年齢はひとつの節である。少なくとも節であるかのように見える。だが、内藤の、三十歳という年齢へのこだわりは、単なる感傷によるものだけではなく、もう少し現実的な意味を持っていた。

「ボクサーにはね」

と内藤は言った。

「三十前にカムバックした人っていうのはかなりいるんだ。日本ではあまりいないけど、外国には多いんだ。でも、三十を過ぎると、かなり難しくなる。モハメッド・アリだって二十代の時にカムバックしたからうまくいったんだと思う。誰でも、三十前だったらどんな馬鹿《ばか》をやってきていても、どうにかやり直しがきく。どうにか体を元に戻すことができると思うんだ」

「三十歳が君にとってのタイム・リミットだった、というわけか」

「そう、そうだね。二十九になると、もう一年しか残らない。四年もブランクがあるんだから、最低一年は練習しなければ元に戻らないと思ったんだ。一年練習して、ようやく試合のできる体になるかどうかといった程度なんだ。三十までにカムバックするためには、もう愚図ぐずしてはいられなかった……」

内藤はスプーンを動かす手を休めて、自分に言いきかすような口調で喋りつづけた。

「練習して、その結果、試合に出て勝てるような状態になるか、そういったメドが立つかしなかったら、今度こそ本当にやめるつもりだった。だから、三十になるまでの一年間は、今までやったこともないような練習でも、必要ならきちんとやろうと決心していたんだ」

ボクシングに向かう静かな気迫のようなものが私にも伝わってきた。

「しかし、そのあいだ、どうやって喰っていこうと思ったんだい」

「水商売をやってる時に残しておいた金がいくらかあったんだ」

「それで二月からこの夏までずっと暮らせたの？」

「うん、まあ……」

「そいつは凄《すご》いな」

「でも……今は働いているんだ、うちのやつが……」

「うちのやつ？」

訊き返してしまってから、それが一緒に暮らしている女性を指していることに気がついた。うちのやつ、か。私は笑いたくなるのを懸命にこらえた。その旧弊な物言いとアフロヘアーの内藤の風体はどこかそぐわなかった。

「結婚はしているの？」

私が訊ねると、内藤は視線を少し落として首を横に振った。

肉が出てきた。二人とも焼き方の注文はベリー・レアーだった。ナイフを入れると、微《かす》かに血の匂《にお》いがした。

「計算では十月くらいまで食べていかれるはずだったんだ」

肉を口にほおばったままで内藤は言った。

「貯金だけで?」

「うん、贅沢《ぜいたく》しなければね。秋まで大丈夫と思っていたんだけど、ボクシングをやり出してみると、グローブとかシューズとかいろんなものが必要になってきて、眼に見えない出費がかさんじゃったんだ。知らないうちに貯金が減っていって、二カ月分くらい喰い込んじゃった」

「二カ月といえば、……もうピンチなわけじゃないか」

「そうなんだ。だから、このままいったら八月には一銭もなくなってしまうっていうことがわかったんで、これはいけないと思ったらしく自分で働き口を見つけてきちゃったんだ」

「彼女が?」

内藤は頷いた。私が彼のアパートを訪ねた土曜の夜、本牧から戻ってくると部屋が真っ暗になっていたことを思い出した。

「それは夜の仕事?」

「なんか、バニーガールみたいなやつらしいんだ。客の隣に坐ったり、いろんなことをしなくていいというんで……」

内藤は少し口元を歪《ゆが》めた。

「大変だな」

私が呟《つぶや》くと、内藤はしばらく沈黙し、そして言った。

「ディスコをやめた時、うちのやつはまさかボクシングをやるとは思わなかったみたいなんだ。やりたいことがあると言っていたんで、残した金で何か別の仕事を始めるんだろうと思っていたらしい。朝とか晩に走ったりしていたんで、おかしいとは思っていたんだろうけどね。そのうち五月になって、誕生日がきたんで、いよいよジムに行って本格的にやろうと思った。で、うちのやつにそう言ったんだ」

「そうしたら彼女は何と言った？」

「反対だって。やってほしくないって。でも、どうしてもやりたかったから、それを押し切ってジムに通いはじめたんだ」

この年齢になってのトレーニングの再開が苛酷《かこく》でないはずはない。かつての内藤なら自ら望むなどということは決してなかったろう。楽な方へ楽な方へと身を寄せるのが常だった。それが一緒に暮らしている女性の反対を押し切ってまでやろうとしている。私は意外な思いで内藤の顔を見つめた。

「最初から金子ジムに行ってたわけ？」

内藤は依然として船橋ジムに属しているはずだった。私には金子ジムに通っている理由がわからなかった。

「うん」

「どうして？」

「エディさんが金子ジムで教えているから……」

「そうだったのか……」

私は小さく頷きながら呟いた。


エドワード・タウンゼント。通称エディ。戦後日本のボクシング界は彼から実に多くのものを得た。それは白井義男を育てたアルビン・R・カーンから得たものと同じか、あるいはそれ以上に貴重なものだった。カーンが生物学のドクターであるという地点からボクシングに関わった珍らしい人物であったのに対し、エディはボクサーからトレーナーの道を歩んだ純粋のボクシング人だった。しかも、彼はトレーナーとして傑出した能力を備えていた。十六年前にハワイからやってきて以来、藤猛《たけし》、海老原《えびはら》博幸、柴田国明、ガッツ石松といった多くの世界チャンピオンを作り出してきた。田辺清もロイヤル小林もエディの教えを受けた。有望視されたボクサーで、彼のコーチを受けなかった者の方が、むしろ少ないとさえ言える。内藤もまたエディのコーチを受けたひとりだった。

内藤は、神奈川の武相高校三年の時ミドル級の高校チャンピオンになり、卒業してプロに転じたボクサーだった。昭和四十三年に船橋ジムからデビューし、第一戦を第一ラウンドのノックアウト勝ちで飾って以来、破竹の勢いで連勝記録を伸ばしていった。実に、二十四戦二十二勝無敗二引分。四十五年、帝拳《ていけん》の赤坂義昭を八回一分四十五秒でノックアウトして日本チャンピオンの座につき、四十六年には、韓国の李《イ》今沢《クムテク》を破って東洋チャンピオンの座まで奪った。この時、内藤はまだ二十一歳にすぎなかった。海老原博幸、ファイティング原田といったスターを、引退によって次々と失なっていた日本のボクシング界にとって、内藤はまさに救世主ともいうべき存在になった。彼の人気は並の世界チャンピオンも及ばぬほどのものになっていった。だが、二十五戦目に初めて敗れてから、何かが狂い出した。内藤がボクシングに対する情熱を失ない、無気力な敗北を続けるようになって、エディは船橋ジムから離れていった。エディはやとわれトレーナーだった。有望な選手を金で請け負ってチャンピオンにする。努力するに値するボクサーがいなくなれば、そのジムから離れざるをえない。それが「ジプシー」としてのエディの宿命だった。エディは船橋ジムから離れ、内藤から離れていった。

しかし、エディは内藤に対して独特の思いを持っているようだった。それは、白人と黒人との違いはあれ、共にアメリカ人と日本人の混血だというところからくるシンパシーによるものだったのか、同じように教えていた他のボクサーに対する思いとは明らかに異なっていた。

五年前、私は一度だけエディと言葉を交したことがあった。その時、私は彼がコーチをしたことのある数多くのボクサーについて訊ねていた。エディは他のすべてのボクサーを姓で呼んだが、ひとり内藤だけは「ナイトー」と言ったり「ジュン」と呼んだりした。ジュンは純一の愛称だった。

私は、今まで手がけてきたボクサーの中で最もうまかったのは誰か、と訊ねた。意外にも、その答えは、海老原でも、柴田でも、石松でもなく、内藤だった。では、最も素質が豊かだったのは誰か。エディは少し考えてから答えた。

「それは……やっぱり、内藤ね。今でも、やれば、六週間ちゃんとトレーニングすれば、ジュンが世界チャンピオンになる、自信ありますね」

そのエディと、五年後の今、再び組むというのだ。あるいは遅すぎたかもしれない。しかし、今の内藤にとって、エディ以上のトレーナーがいるはずもなかった。

「エディさんに見てもらいたいんで、金子ジムで一緒にやらせてもらっているんだ……」

内藤は明かるい口調でそう言った。

「君がもう一度ボクシングをやると言ったら、エディさんどんな顔してた？」

「…………？」

「信じなかったんじゃないかな」

「そうだね、信じなかったね。昔、俺、嘘《うそ》ばっかりついていたでしょ。エディさんがよそのジムに行っちゃうと、これとこれをやっておきなさいと言われても、うんと言うだけで実際にはやらないんだ。次の日、練習したって訊《き》かれると、したよとか調子よく答えてね。まったくひどいもんだった。でも、エディさんはとっくに見抜いていたんだよね。だから、今度、二月から走ってたと言っても、ちっとも本気にしてくれなかった」

「いつ頃から信じてくれるようになった？」

「どうなんだろう。いつということはなかったんじゃないかな。仕事をやめて、毎日ジムに通うのを見て、オヤッと思ったんだろうな。それに朝もきちんと走ってるでしょ。走らなければ目方が落ちないことを知っているからね、エディさんは。練習を終わって秤《はかり》に乗ると、今日は何ポンドって訊かれるんだ。答えるじゃない。そうすると、朝ちゃんと走っているってことが、エディさんにはわかるんだ。そういうことを見たりして、少しずつ、本気でやるつもりなんだと信じてくれるようになったんだと思うな……」

私たちはしばらく話を中断して、肉に集中することにした。冷えてまずくなってしまいそうだったからだ。

ナイフとフォークを揃《そろ》えて置きながら、私から口を開いた。

「それから四カ月か。よく続いているな」

「ほんと、われながらよくやってるよ」

そう言って、内藤は笑った。

「まだ一年にはならないけど、試合をやる自信がついたわけ?」

「あと少し時間が必要だけど、もうそんな余裕はないからね」

「でも、慎重にしないと……」

「平気さ。だって、今までに、こんな練習をしたことはないんだから。今の一日分が昔の一週間分だからね。ほんと、恐ろしいよ」

何が恐ろしいのかよくはわからなかったが、その口調がおかしくて私は笑い出した。

「試合の相手は大戸健とか言ったね」

「うん」

「よく知ってる？」

「知らないんだ……」

内藤の声の調子が少し落ちた。

「大戸っていうのはヘビー級だって？」

私が訊ねると、内藤は黙って頷《うなず》いた。

「試合はミドル級に落とすんだろ？」

「いや」

「………？」

「ヘビー級でやるらしい」

それを聞いて、私は口をつぐんだ。内藤の再起戦は必ずしもバラ色のものではなさそうだった。現在の内藤の体重は百五十六ポンド、約七十一キロにすぎない。ところが、ヘビー級は百七十五ポンド以上無制限なのだ。最も軽いヘビー級と闘うにしても、両者の間には十九ポンド、およそ九キロもの体重差がある。いくら重量級とはいえ、それはあまりにも無謀なマッチメークのように思えた。

「そいつは……ひどいな」

私は溜息《ためいき》まじりに言った。

「別にいいんだよ」

内藤は静かに言った。彼の内部ではその件についての結着はすでについているらしかった。私が無益な波風を立てることはない。

「試合は十月の何日なのかな」

「十日前後だと思うんだ、はっきり決まっていないんだけど」

「十日頃か……」

「その頃はもういないんでしょ？　アメリカに行って」

私は何と答えてよいかわからなかった。間違いなく、五日後に日本を発《た》つ準備は整えてあった。割安の片道航空券を買い、ロスアンゼルスまでの予約も取ってある。しかし、本当にその飛行機に乗りたいと思っているのかどうか、内藤のカムバックを知って以来、自分自身にさえわからなくなっていた。私は曖昧《あいまい》な相槌《あいづち》を打つより仕方なかった。

しばらくして、私たちはそのステーキ屋を出た。月曜の夜だというのに、表通りは人の流れが激しかった。私たちはどこという目的もなく、ぶらぶらと歩きはじめた。交差点の洋菓子屋の前では、若者たちの群れがいくつもの塊になり、傍若無人の大声を上げていた。その人混みをぬって歩いている時、不意に内藤が改まった口調で言った。

「俺、クリスチャンなんです」

「…………?」

「洗礼を受けたんです」

「そう……」

私は生返事をした。何が言いたいのか、咄嗟《とっさ》には理解できなかったからだ。

「俺について書いてくれた、あの本、あるでしょ」

私は歩みを止め、内藤の顔に視線を向けた。五年前、釜山から帰った私は、彼についてひとつの文章を書いた。「クレイになれなかった男」というタイトルだった。そして、二年前いくつかの文章を集めて出した本の中に、確かにそれも収めてあった。

「うん、それが?」

「それ……」

と言って、内藤は恥ずかしそうな笑いを浮かべた。

「うちの本棚の……バイブルの隣に並べてあるんです」

私は胸を衝《つ》かれ、返す言葉もなく、ただ内藤の顔を見つめているばかりだった。

3

その夏、私は毎夜、酒を呑《の》んでいた。どこかで必ず呑んでいた。しかし、呑んでも呑んでも、酔うことがない。酔いは、頭の芯《しん》に小さな塊となって凝固し、快く全身に広がることがない。時折、胃のあたりに鋭い痛みの走ることもあったが、顔に酔いが出ないから、さらに人に勧められ、また呑むことになる。

夏の盛りになり、どこの呑み屋にも人が少なくなり、多くの店が長い休みに入るようになっても、私はまだ呑みつづけていた。

本来はさほど酒が好きなたちではなかったはずである。それまでの私は、酒がなければないで、何日も平気で過ごせた。しかしその夏、私にはどうしても酒が必要だった。煙草《たばこ》のけむりと、他愛ない馬鹿《ばか》話が渦巻く雰囲気の中に、逃げ込みたかったのかもしれない。毎日が憂鬱《ゆううつ》だった。辛《つら》いことに、その鬱々たる理由は、誰に喋《しゃべ》るわけにもいかなかった。あまりにも恥ずべきことのように思えたからだ。

三カ月前、私はスポーツライターとして、致命的な誤りを犯していた。

もちろん、私が「スポーツライター」であったことは、かつて一度もない。「ルポライター」と呼ばれるスーパーマーケット、それも小さな村のよろず屋に近いスーパーマーケットとして、どのようなテーマでも引き受け、取り扱ってきた。雑多な主題のルポルタージュを書き散らしながらも、しかし、私には密《ひそ》かなひとつの思いがあった。それは、私はスポーツライターなのだ、という思いである。

さまざまなルポルタージュを書くうちに、いつしかスポーツを主題とした文章を多く書くようになっていた。私は、スポーツの世界、とりわけプロスポーツの世界に、強く魅《ひ》かれるようになっていたのだ。取りこめられた、と言ってもよい。スポーツについて多く書くようになったとはいえ、全体の仕事から見ればまだ大した量ではなかったが、やがて私はひとり密かに、自身をスポーツライターと規定するようになった。私はスポーツライターなのだ。リング・ラードナーやポール・ギャリコがそうであったのと同じ、スポーツライターなのだ。それが虚《むな》しい自己満足にすぎないとわかってはいても、スポーツライターという、一種の専門的なフィールドを持った書き手であるということが、自分でも意外なほど、よろず屋を開業していくうえでの、堅固な支えになっていた。

ところが三カ月前、私はスポーツライターであるなら決して許されないような誤りを犯してしまった。それは、スポーツライターとしての失敗というより、ルポルタージュの書き手としての、致命的で、しかも根本的な失敗というべきものであったかもしれない。私は人物の誤認をしてしまったのだ。ある男を、元東洋フェザー級チャンピオンの名ボクサーと取り違え、その男の言葉を、元チャンピオンの言葉として文章に記してしまった。

もちろん、誤認をするには、それなりの理由がないわけではなかった。

男は焼鳥屋の親父《おやじ》だった。普通なら間違えようはずもない。私をその焼鳥屋に連れて行ってくれたのは、元世界J・ミドル級チャンピオンの輪島功一だった。客には、私たち以外にもボクシングの関係者がいた。世界タイトルマッチを延期され、不意に目標を失ない、放心したような表情でウィスキーをあおっているロイヤル小林の姿もあった。やがて、私には、にこやかに笑っている親父が、かつてなんらかの形でボクシングに関わってきた人物なのではないか、と思えてきた。そこに輪島の紹介が加えられたのだ。輪島は、親父を友人として丁重に紹介したあとで、こう言った。

「こちら、セキやん」

私はすっかり親父を元チャンピオンと思い込んでしまった。フェザー級にしては少し小柄すぎるかなとも感じたが、細身で鋭い眼つきの親父には、十五年前の強打のサウスポーの面影が残っているようだった。私は、親父と言葉をかわし、深い衝撃を受けて、それを書いた。

誤りに気がついたのは、文章を発表して、しばらくしてのことだった。ある時、書店の軒先に並べられている雑誌を、別に買うつもりもなく手にとって眺めていた。パラパラと頁《ページ》を繰っていると、一枚の写真が眼に止まった。キャプションを見て驚いた。キャプションではその元チャンピオンの名が記されているにもかかわらず、写真ではあの焼鳥屋の親父とは確実に異なる顔の人物がうつっていた。似ていないこともなかったが、明らかに別人だった。もし、その写真が誤っていないとすれば、私が誤ったことになる。そして、それが誤っているはずはなかった。なぜなら、それは元チャンピオンが彼自身の過去を語っている、インタヴュー記事に添えられた写真だったからだ。

焼鳥屋で出くわし、少しばかり話しただけで、名前を確かめることすらせず一人合点してしまった自分が情なかった。誤りは誰でも犯す、問題はそれをどう正し、いかに繰り返さないかだ、などと思おうともした。だが、そのような心理操作くらいで、いたたまれぬほどの恥ずかしさが消えるはずもなかった。テレビ局にも、体操選手の具志堅《ぐしけん》を、ボクサーの具志堅と勘違いしたままアナウンスを終えてしまう、という猛者《もさ》がいる時代だ。人物の誤認など、あるいは珍らしくはないのかもしれない。しかし、私が私自身を致命的だと感じたのは、ただ単に人物を誤認したからというだけではなかった。

私には夢があった。いや、スポーツライターなら誰でも、スポーツについて書こうとしている者なら誰でも、と言い換えてもよい。夢を持っている。夢の内実にはそれぞれ差異があっても、彼らが、ゲームを冷徹に見据えつつ、そこに彼らの夢が具現されるのを熱い思いで待っている、ということに変りはない。彼らは、彼ら自身の夢を見たいために、プレイを、プレイヤーを、正確に見ようとする。彼らは、現実のゲームの中に、夢の対象と夢の瞬間を見つけるまで、忍耐強く待ちつづけるのだ。

夢を持つことは決して悪いことではない。しかし、スポーツライターが、その夢によって現実を変形したとしたら、それはかなり悲惨なことになる。スポーツライターとは、まずなによりも「視《み》る者」でなくてはならない。夢を語るのはそのあとだ。

私が焼鳥屋の親父と元チャンピオンを取り違えてしまった最大の原因は、恐らく私自身の夢にあった。親父が私の夢の具現者のように感じられてしまったのだ。親父は私が聞きたいと思っていた台詞《せりふ》を吐いた。それは、単なるボクシング通の少しばかりうがった感想にすぎなかったのかもしれない。しかし、私にはそれが、元チャンピオンの心の奥深い所から発せられた吐息のような言葉である、と思えてしまったのだ。

四年前、かつて「無冠の帝王」と呼ばれたメキシコ人のボクサーが、日本にやって来たことがあった。彼にとっては十数年ぶりの日本であるはずだった。「ロープ際《ぎわ》の魔術師」という呼称によって恐れられていた彼も、すでに年齢は四十を越えていた。だが、彼は観光のために来日したわけではなかった。現役のボクサーとして、ボクシングをするために来たのだ。かつて、彼が日本でグローブを交えたことのあるボクサーたちは、何年も前に引退していた。四十を過ぎてもなお現役でいられるという彼の肉体と、いまなおボクシングに執着しているという彼の情熱に、私は驚嘆し、あえていえば感動していた。

しかし、彼がリングに上がり、ガウンを脱いだ瞬間に、その感動が早まっていたことに気づかざるをえなかった。そこには十数年前の「無冠の帝王」はいなかった。あの「ロープ際の魔術師」はいなかった。かわりにそこにいたのは、たるみ切った皮膚を持ったひとりの中年男だった。かつての、しなやかな鞭《むち》を思わせた筋肉は跡形もなく消え、贅肉《ぜいにく》が動くたびにゆらゆらと揺れた。ただ、トレード・マークのコールマン髭《ひげ》が、昔と同じように唇の上にあるだけだった。彼は、日本に残っている僅《わず》かな名声を金で売り、昇り坂の若いボクサーに倒されるだけのためにやって来たのだ。結果は見なくともわかっていることだった。

「無冠の帝王」は、アマチュアから転向してまだ十戦目の若いボクサーに、一方的に打たれつづけ、第五ラウンドが終ったところで、試合を放棄した。コーナーの椅子《いす》に坐《すわ》ったまま、ついに立たなかったのだ。倒されることもなく、ＴＫＯを宣せられ、「無冠の帝王」は敗れた。予想通りとはいえ、その敗北はあまりにも惨《みじ》めだった。しかも彼は、涙を薄く浮かべ、自分はこの愛する日本で引退するのだといい、その場でテン・カウントのゴングを打ち鳴らすよう頼んだのだ。だぶついた腹の前に両手を垂らし、「無冠の帝王」は引退の十点鐘を聞いていた。惨めで、滑稽《こっけい》で、哀《かな》しい光景だった。

寂しく鳴り響くその鐘のひとつずつを聞きながら、私は、この日本のどこかに、私以上に憤《いきどお》りを覚えている人物が、必ずいるはずだと考えていた。

「無冠の帝王」、ジョー・メデル。私は少年時代に、彼の伝説的な「ロープ際の魔術」を震えるような思いで見たことがあった。壊れかかった白黒テレビで見ただけなのに、私の脳裡《のうり》にはすべてが鮮かに刻みつけられている。

メデルはメキシコが生んだ最高級のボクサーのひとりだった。浅黒い鋼のような肉体と、冷たく鋭い眼を持った、ものしずかな印象のボクサーだった。髪も髭も瞳《ひとみ》も、すべてが濡《ぬ》れているような艶《つや》やかさで黒く輝いていた。

昭和三十六年の夏、初めて来日したメデルは、フライ級からバンタム級に転向したばかりの関光徳《みつのり》と対戦した。ポーン・キングピッチの世界フライ級に挑戦して判定で敗れたとはいえ、強打のサウスポーとして関が日本を代表するボクサーであることに変わりはなかった。その関を相手に、メデルは酷薄とも思える冷徹な試合を見せることになった。

第二ラウンドに、ジャブのようなストレートでダウンを奪われた関は、第五ラウンドになってようやくチャンスを摑《つか》み、メデルを激しく攻めたてた。左右の連打が決まり、ロープ際に追いつめた。コーナーにつまったメデルに、関はとどめの一発を叩《たた》き込んだ。しかし、次の瞬間、キャンバスに崩れ落ちたのは関の方だった。熱狂していた観客は呆然《ぼうぜん》として声を失った。テレビで見ている私にも、そこで何が起こったのか、少しもわからなかった。そのすべてが理解できたのは、テレビのスロービデオを見てからのことだった。メデルは打たれていたのではなかった、打たせていたのだ。ロープ際に追いつめられたのではなかった、誘っていたのだ。両腕で関のパンチをガードしながら、メデルが眼を見開いているのがよくわかった。関がこの一発、と気負って踏み込んだ瞬間、メデルの右フックが関の顔面を迎え打ったのだ。関は倒れ、ついに立ち上がることがなかった。勝負は一発のカウンターで決まった。

メデルに敗れることで、フライ級からバンタム級への転向に失敗した関は、さらにフェザー級へと転向していった。ヘビー級を除けば、ボクサーは誰でも、多かれ少なかれ減量に悩まされている。階級をひとつ上げれば、それだけ減量が楽になる。だが、それは、同時に、それだけ強烈なパンチの持主と闘わねばならなくなる、ということでもある。

たとえば、バンタム級とフェザー級との間には、重さにして僅か三・五キロほどの違いしかないが、そのパンチ力の差を埋めるには、大河にひとり橋をかけるほどの困難を強いられることがある。フェザー級に転向した関は、シュガー・ラモスをはじめとして、三人の王者に四度挑戦したが、常に一歩及ばず敗退しつづけた。関は、東洋のチャンピオンになることはできたが、世界のフェザー級という対岸には、ついに架橋できずに終わった。

一方、メデルは、三十八年にも来日し、今度はファイティング原田と対戦した。その第六ラウンド。もちまえの闘志と馬力で前進に前進を重ねていた原田は、関と同じようにメデルをロープ際に追いつめた。瞬間、メデルの鋭い右が原田の顎《あご》をえぐった。原田も、関と同じく、その右アッパー一発でキャンバスに沈んだ。

それは寒気のするような光景でもあり、体の奥が熱くなるような光景でもあった。それ以後、本を読んでいて「獲物《えもの》を狙《ねら》う獣のような眼」といった文章に出くわすたびに、私は、打たれながら、いや打たせながら、相手を冷たく見据えていたメデルの眼を思い浮かべ、納得することになった。私にとって、ボクサーとは、永くジョー・メデルを意味していた。

そのメデルが、若いボクサーに軽くあしらわれ、涙を浮かべながら引退の十点鐘に聞き入っている。私は顔をそむけた。それが、真の引退の儀式であるのなら、かまわなかった。しかし、恐らく、彼にとっての真の儀式はとうに終っていたはずなのだ。これは、自分を買ってくれたプロモーターに対するサービスなのだ、と私には思えた。

私はメデルに憤りを覚えていた。

だが、かりに私が彼に対してファンとして以上の感情を永く持っていたとしても、憤るということが思い上がった行為であることはよくわかっていた。彼には彼の人生を選ぶ自由がある。もちろん、私が腹を立てようが、顔をそむけようが、それは大したことではない。しかし、彼とリングの上で闘い、彼に倒されることで、ボクサーとしての未来の芽を摘み取られてしまった者にとって、その日のメデルの無惨《むざん》さはどう映っただろう。あの「無冠の帝王」に敗れたのだから、とどうにか自分を納得させていたであろう彼らにとって、その日のメデルの哀れな姿は許せないものと映ったのではなかったか。それはメデルの過去を汚《けが》すばかりでなく、彼らの過去をも泥まみれにするものだったからだ。私は、リングに駆け上がり、涙を流しているメデルにとびかかって殴り倒そうとする人物が出現するのを、なかば本気で待っていた……。

無論、そのようなことが現実に起こるはずもなかった。だが、私は、鐘が鳴り終って、メデルがリングを降り、控室に消えてもなお、心のどこかで待ちつづけていた。いや、その日が過ぎ、それから何年たっても、その夢を見つづけていたのだ。たとえとびかかりはしなくとも、そういった憤りを持った元ボクサーが、どこかに必ずいるはずだ、と。

私が焼鳥屋で誤認してしまった元チャンピオンとは、他《ほか》でもないその「無冠の帝王」に一発のフックで屠《ほふ》られたボクサーだった。関光徳。私は焼鳥屋の親父を、関光徳と取り違えてしまったのだ。

どうして勘違いなどしてしまったのか。理由は明らかだった。その店の客種や容貌《ようぼう》の類似が決定的な要因ではなかった。その親父がメデルに対する独特の憎悪《ぞうお》と愛着のこもった言葉を吐いたからなのだ。その言葉の奥から、あの日のメデルを叩きのめしたかった、という思いが感じ取れたからなのだ。しかしそれは誤解だった。親父もまた私と同じような熱い思いを持った単なるひとりのファンに過ぎなかった。にもかかわらず、私は私の願望を体現してくれているかのような存在を前にして、有頂天になってしまったのだ。私は現実をしかと見ようとせず、夢を見ようとだけしていた。その結果が、人物の誤認だった。偶然、似た姓であったにすぎない焼鳥屋の親父を、関光徳と早合点してしまった。しかも、それを疑うことすらせず、得々と文章にしてしまったのだ。

私は、その誤認に気がついて以来、深酒をするようになった。仕事をしようという気力が少しずつ失なわれていくようだった。恥ずかしいと思い、忘れたいと思った。初歩的だが根本的なミスだと感じられた。

夏の終りに近くなっても、憂鬱な気分は去ろうとしない。呑《の》めば呑むほど恥の感覚は鋭くなっていく。そのうちに、俺はスポーツライターなのだ、と粋《いき》がっていた自分が馬鹿に見えてきた。そして思った。もうスポーツについて何かを書くのはやめよう。書く資格はすでにないのだ。そう思うと、いくらか楽になった。スポーツについて、というばかりでなく、しばらくはルポルタージュそのものを書くのをやめよう。そう思うと、さらに気分が楽になった。

私は仕事をやめて外国へ行こうかなと思うようになった。秋に一冊の本が出版されることになっていた。その印税を送ってもらえば、何カ月かは暮していける。

外国に行こうかと真面目《まじめ》に考えるようになった時、ふとアリのリターンマッチについての話を思い出した。調べてみると、確かに九月十五日、ニューオリンズのスーパードームで、レオン・スピンクス対モハメッド・アリの十五回戦が行なわれることになっていた。私はそれまでアメリカ大陸へは足を踏み入れたことがなかったが、まずリターンマッチをニューオリンズで見て、それから、南アメリカでも北アメリカでも好きな大陸の好きな国へ行けばいいのかもしれないと思った。そうだ、ひとまずニューオリンズに行ってみるか……。私はロスアンゼルスまでの安い片道切符を買い、座席の予約も済み、あとは搭乗日に飛行場へ行くばかりというだけになっていた。

新宿の呑み屋で、内藤のカムバックを知ったのは、まさにそのような時だったのだ。

# 4

私が金子ジムを二度目に訪れたのは、内藤との再会から三日後のことだった。

早く行きたかったのだが時間がなかった。永く日本を離れるという心づもりにしたがって、会うべき人に会い、済ませるべきことを済ませるよう予定をびっしりと組んであったのだ。こちらから頼んだ以上、変更してくれとは言えなかった。しかし、知人に会い、あるいは雑事を済ませながら、すでに自分の心がそこにないことに気づかざるをえなかった。早くジムに行き、内藤のスパーリングを見たかった。

六本木での別れ際に、内藤はこう言った。

「明日からスパーリングに入るんです」

相手はJ・ミドル級の堀畑ということだった。私は見てみたかった。五年前とどう違うのか。この半年の成果がどこまであがっているのか。生身のボクサーを相手にどこまで動けるのか。あるいは明日は行かれないかもしれないが、明後日には行くつもりだ。そう私が言うと、内藤は右手を軽く上げ、

「待ってますから」

と言って立ち去った。

だが、私は丸二日というものまったく身動きが取れなかった。三日後にようやく体は空いたが、まだスパーリングが続けられているものかどうか、不安だった。

玄関の戸を開けると、リングの横で英字新聞を広げている外人の姿が眼に入ってきた。エディ・タウンゼントだった。白いスラックスにプリントされた派手な柄のシャツを着ている。日本人だったらヤクザと間違われそうな服装を、しかしエディは実にスマートに着こなしていた。

英字新聞の頁を繰る腕の太さには、あいかわらずのたくましさが残っていたが、その皮膚には老人性のシミが点々と浮き出ていた。エディは老人になっていた。日本に来た時、すでに四十五を超えていたはずだから、今はもう六十をはるかに過ぎた年齢ということになる。それにしてはむしろ若いというべきなのかもしれない。しかし、五年前会った時にはまだ残っていた髪の黒い部分が、今ではすっかり白くなり、しかも驚くほど薄くなっていた。

挨拶《あいさつ》すると、たどたどしい日本語で返事をしてくれたが、私のことを記憶している様子はなかった。

エディは、不意にジムの大鏡の前に歩み寄り、その傍に置いてある古いラジオのチューナーを回しはじめた。だが、思うようにいかないらしく、少しすると癇癪《かんしゃく》を起こして叫んだ。

「やってよ、誰か」

ひとりの練習生が、どこに合わせるんですかと訊《たず》ねながら近づいた。

「野球よ、スワローズよ」

そろそろナイター中継が始まる時刻になっていた。

「エディさんはスワローズのファンなんですか？」

私が訊ねると、エディは大きな表情を作りながら答えた。

「そうよ」

「どうしてスワローズなんですか？」

エディはそれに答えようとして、彼の日本語の能力では説明できそうにないことを悟ると、手を広げて肩をすくめた。そして、大きな声で笑い、私の肩を強く叩いた。

そこに、地下の更衣室から内藤が上がってきた。内藤はふたりが並んでいるのを見ると、エディに私を韓国へ一緒に行ってくれた人と紹介した。エディにわかるように伝えるには、それ以外に紹介のしようはなかったかもしれない。

白いシューズをはくと、内藤は前日に洗って干しておいたらしいバンデージを、窓の外から取り込んだ。

ボクサーの練習の第一歩は、グローブをつける前に、まずバンデージを手に巻くところから始まる。サンドバッグやスパーリング・パートナーを殴りつける拳《こぶし》を守るためのものだ。握った拳の最も鋭角的になる指の付け根とグローブとの間に、もうひとつのクッションを置く。

バンデージとはただの木綿の布にすぎないものだが、普通は包帯用のガーゼを何重にも巻いて代用する。しかし、ガーゼにしたところで、大した金額のものではない。金のあるボクサー、たとえば世界チャンピオンなら、一日に片手に一本ずつの包帯を使ったらそれはもう捨ててしまう。だが、ほとんどすべてのボクサーにとって、そのような贅沢《ぜいたく》は無縁のものである。プロボクサーとは、世界チャンピオンひとりを除いたすべてが貧しさに耐えねばならぬ、という職業であるからだ。包帯一本の金も惜しい。だから、彼らは一日の練習が終わると、汗にまみれたバンデージをよく洗い、干しておく。翌日、乾いたそれを再び使う。しかし、洗われ干されたガーゼは、だらしなく伸び、あるいは丸まり、極めて扱いにくくなる。そこで、拳を巻く前に、まず元のように丸く巻きあげる作業が必要となる。巻き、使い、洗い、干す。そのようにして、彼らは白いガーゼが灰色になるまで使い込むのだ。

内藤は、リングのロープにバンデージを引っ掛け、ゆっくりと巻きあげていた。巻きあげが終わると、口と顎をうまく使いながら、片手で反対の拳にバンデージを巻きはじめた。

私は、ボクサーの仕草の中でも、この瞬間を見るのが最も好きだ。いったい何を考えながら巻いているのだろう。あるいは頭の中には何もないのかもしれない。だが、これから自分の体を痛めつけようとする直前の儀式として、それは誰がやっていても厳粛な、一種の神聖さすら感じさせるものだった。

内藤は軽く動きはじめた。やはり素晴らしい体をしていた。五分もすると薄く汗ばんでくる。よく焼けたパンの耳のような深いブラウンの皮膚が、蛍光燈《けいこうとう》の冷たい光をはじきとばす。三日前に感じた彼の体への驚きが、再び甦《よみがえ》ってきた。悪くない。それをエディに確かめたくて、なかなかいいですねと話しかけた。

エディは内藤の動きを眼で追いながら、

「そとの体、いいね。オーケーね。でも、なかの体、わからない」

と言った。

「なか？　内臓ですか？」

「それも、ありますね。でも、スタミナね、問題は」

「十ラウンド、続かないでしょうか……」

「わからない。これ、誰にもわからない。内藤、走りました。二月から走って、そとの体、よくなった。でも、なかの体、僕にもわからないよ」

二人で内藤の動きを見守った。リングの上で、軽くシャドー・ボクシングをしている内藤からは、何の不安も感じられない。

「このあいだ、竜反町《そりまち》と、スパーリングやったね」

今度はエディから話しかけてきた。

「竜に頼まれたんですか？」

「そうよ。でも、竜、大したことない。内藤がブンブンとやって、竜はノー・チャンスよ」

ブンブンと言う時、エディは左右の手を大きく広げ、アッパー気味のフックを一発ずつ振るってみせた。

「本当ですか、竜とやって！」

盛りを過ぎたとはいえ、竜反町はウェルター級の東洋チャンピオンだった。かつて輪島功一の世界タイトルに挑戦したこともある。その竜とスパーリングをして寄せつけなかったと言うのだ。

「ほんとよ。竜はノー・チャンスよ。少しも内藤に当たらないよ。内藤はとてもグッド。でも、ほんとの試合になったら、わからない。まだ、わからないよ」

エディは、内藤の体の真の状態を、まだ把握できていないと思っているのだ。五年前なら、いくら外見が悪くとも、ボクサーとしての最低限の肉体を持っていることくらいは信じられたろう。しかし、あまりにも長いブランクが、内藤の肉体をどう蝕《むしば》んだかは実戦を通してしかわからない部分がある、とエディは考えているようだった。その兆《きざ》しが表われているものなら見つけようと、私は眼をこらして内藤の動きを追った。

その時、玄関に堀畑が姿を現わした。まだスパーリングは続けられていたのだ。しかし、堀畑道弘は、藤沢の山神ジムに属する、本来はミドル級のボクサーだった。しかし、この九月九日に、階級をひとつおとし、J・ミドル級の日本チャンピオン、柴田憲治に挑戦することが決まっていた。

試合までの日数からすれば、すでに何十ラウンドかのスパーリングを消化していなければならないはずだったが、堀畑にとってはこの内藤とのスパーリングが初めてのもののようだった。今なお、日本においては重量級のボクサーの絶対数が不足しているのだ。その上、柴田はサウスポーだった。重量級の、しかもサウスポーのスパーリング・パートナーとなれば、これはもうざらにはいない。堀畑は藤沢駅ちかくのラーメン屋の出前持ちをしているということだったが、内藤にスパーリングの相手をしてもらうため仕事を休み、山神ジムの会長ともども藤沢から下北沢の金子ジムまで来ていた。

堀畑は色白の、どちらかといえば細身のボクサーだった。しかし、日本人としてはかなり均整の取れた体つきをしている。髪にはパーマがかけられ、内藤ほどではないが柔らかく渦が巻いている。私は堀畑の試合を見たことがなかった。が、とにかく彼は日本二位のボクサーであり、内藤はランキングにすら入っていないボクサーであることだけは確かだった。

堀畑の五、六ラウンドのウォーム・アップが終わり、

「そろそろお願いします」

という山神ジムの会長の声がかかった。

リングの上でそれぞれの練習をしていた金子ジムのボクサーたちはそこからおり、かわりに内藤と堀畑が上がった。重量級の二人が立つと、急にリングは狭くなった。

スパーリングが開始される直前、山神ジムの会長は堀畑の肩を叩き、そして言った。

「思い切りぶつかってこい！」

まるで取的《とりてき》が関取に稽古《けいこ》をつけてもらう際の台詞《せりふ》のようだった。しかも立場が逆転

している。それが元東洋チャンピオンの内藤への単なる社交辞令でなかったことは、ジムの三分計のゴングが鳴ってものの十秒もしないうちにわかった。

ファイティング・ポーズをとった内藤の眼は鋭かった。上体を軽く揺らしてはいるが、ほとんど動こうとはしない。堀畑は左右にステップしながらその周囲を動きまわるが、内藤は少しも反応しない。次第に堀畑は苛立《いらだ》ち、まず右のジャブを放った。だが、それは難なくウィービングでかわされてしまう。力をこめた左フックを放つと、これも巧みなスウェー・バックによって見切られてしまう。一発もパンチを出さない内藤に威圧され、堀畑の表情には微《かす》かな怖《おそ》れのようなものが浮びあがってきた。

ジムは静まり返っていた。練習生たちはトレーニングを中断し、リング上の内藤と堀畑のスパーリングを見つめていた。

堀畑はヘッドギアーをつけ、股間《こかん》を守るためのサポーターをつけていた。ノーファール・カップと呼ばれる堅牢《けんろう》な皮でできたサポーターだ。しかし、内藤はそのどちらも身につけていなかった。内藤には打たれないという絶対的な自信があるようだった。

堀畑はいきなり、左、右、とストレートを繰り出した。しかし、いずれも簡単に腕でブロックされ、さらに続けざまに放った左フックも空を切り、堀畑の体勢は大きく崩れた。それを待っていたように、内藤の鋭い左フックが堀畑の顔面を迎え打ち、フォローの右のストレートも鮮やかにヒットした。その二発で堀畑はロープ際《ぎわ》にはじきとばされた。現役の二位が、ランカーでもないボクサーに翻弄《ほんろう》されていた。

コーナーで、心配そうに見守っていた山神ジムの会長が、堀畑の背に大きな声を浴びせかけた。

「おまえのスパーだぞ！」

内藤はそこでフッと力を抜いた。抜いたのが見ている私にもわかった。堀畑はそこに襲いかかった。がむしゃらに突っ込み、何十発ものパンチを振るった。だが、どのパンチも的確なものではなかった。攻勢をかけているように見えるが、実は途方に暮れてパンチを出しているに過ぎない。駄々っ子が泣きながら両手を振りまわしているようなものだった。ロープに背をあずけた内藤は、ほとんどすべてのパンチをグローブでカバーし、頃合を見て堀畑の体を両手で突き放した。

内藤は見ているだけだったが、その背中には圧倒的な力感がみなぎっていた。

しばらくして、内藤は再び体から力を抜いた。そこにまた堀畑は踏み込み、今度は思い切りよく右のロングフックを放った。すると、それが内藤の顔面をとらえた。そしてさらに左のフックを返すと、これも頬にヒットした。

内藤はようやく真剣な表情になった。しばらく接近戦でもみ合ったあとで、堀畑との距離を半歩ほどに取ると、突然、内藤の体に厳しい線が浮き立ち、今までになかった鋭い動きで、右のアッパーを突き上げた。それは堀畑の顎《あご》を正確にとらえ、充分に振り抜かれた、まさに完璧《かんぺき》なアッパーだった。堀畑はのけぞり、鼻から血が滴《したた》り落ちた。スパーリング用の重いグローブでなければ、倒れていたかもしれなかった。

すると、私の横で黙って見ていたエディが、ジム中に響く大声で叫んだ。

「ダメッ！」

そして、さらにこう続けた。

「いま、それ使っちゃ、ダメッ！」

5

私は内藤と一緒にジムを出た。汗の匂《にお》いが充満している蒸し暑いジムを逃れて、夜のやさしい風に当りながら線路際の道を駅に向かった。

「堀畑は日本の二位だったよな」

私が訊ねると、内藤は頷《うなず》いた。その二位を内藤は猫が鼠《ねずみ》をいたぶるようにもてあそんでいたのだ。

「自信が戻ってこないかい？」

「うん、まあね」

「堀畑だって悪いボクサーじゃない」

「そうさ、悪くない。いい素質を持っていると思うよ。でも……」

「でも？」

私は訊《き》き返した。

「うん、でもね、堀畑は駄目だと思うんだ」

「なぜ？　どこが？」

「堀畑とはね、今日のスパーリングで、ちょうど十ラウンドになるんだ。一昨日が四ラウンド、昨日が三ラウンド、今日が三ラウンド。合計して十ラウンドということは、普通の試合のひとつ分でしょ？」

「そうなるな」

「堀畑はね、三日にわたって俺と試合をしているってことに、気づかなければいけないんだ。もしそれに気づいていれば、昨日までの七ラウンドで俺のボクシングを研究しつくしておいて、今日の第一ラウンドで、バシーン！」

内藤は立ち止まり、私の腹にパンチを叩《たた》き込む真似《まね》をした。

「俺を倒すことができたはずなんだ。でも、実際はこっちの方がチャンスは多かった」

「そうだった。倒そうと思えば倒せた」

「結局、このスパーリングで堀畑は何も学ばなかったわけじゃない。駄目だよ、それでは」

「そうかもしれない」

「いや、かもしれないじゃなくて、そうなんだ。スパーリングというのはね、ただ動きまわっていればいいっていうものじゃないんだよ。堀畑は、自分が主役なんだから、自分で仕切って、自分で流れを作らなければいけないんだ。このスパーリングの目標に合わせて、ああやろう、こうやろうってね」

内藤は、自分の考えをうまく言葉にすることのできる、日本では稀《まれ》なタイプのボクサーだった。しかも、その言葉は豊かで明快だった。

道の途中のラーメン屋から、野菜を炒《いた》めているらしい、油のはぜる音が聞こえてきた。

「飯でも食っていこうか」

私が誘うと、内藤は戸惑ったような表情を浮かべた。家に帰ってもひとりのはずだった。あるいは、金のことを心配しているのかもしれなかった。

「奢《おご》るよ。ここしばらくは大金持なんだ」

ことさら威勢のいい口調で言うと、内藤は頷いた。

「何を食べようか」

「肉が……いいな」

遠慮がちに内藤が答えた。駅の近くに安いステーキ屋があるはずだった。大金持にしてはかなりみみっちい選択だったが、実際のところはポケットの中の金にさほど自信が持てなかったのだ。

井《い》の頭《かしら》線のガードの向こうから、キャバレーの呼び込み屋の声が流れてくる。ガードをくぐると、ピンクのハッピを着た若い男が、景気よく手を叩きながら通行人に呼びかけていた。私たちがその前を通りかかると、こちらに振り向き気の利《き》いた台詞《せりふ》のひとつも言おうとしたその男が、内藤の顔を見て息を呑《の》んだ。暗がりの中で思いもかけぬ顔つきの男と眼が合い、どんな呼びかけをしていいかわからなくなってしまったのだろう。だが、その男のあまりにも露骨な驚き方が、私にひやりとしたものを感じさせた。だが、そんなことには慣れているらしく、内藤は気にした様子もなかった。

私たちが通りすぎたあとで、ようやく呼び込み屋の声がかかった。

「ただいま特別サービスタイム。ワンセットが千八百円ぽっきり。カワイコちゃんが全員待機中ですよ……」

ということは客がひとりも入っていないということだ。私は笑い出しそうになったが、それに続いて投げかけられた言葉に、再びひやりとさせられた。

「さあ、いらっしゃい、そこのジーパンのお兄さんも、外人さんも……」

だが、内藤はそれにはまったく無関心に別の話を始めた。

「一昨日、うちのやつも来てたんだ」

「どこに？」

「ジム。もしかしたら来るかもしれないようなことを言ってたでしょ。だからうちのやつに会わせたいと思って」

「そうか……それは残念だったなあ」

私も会ってみたかった。会えば、内藤のいま置かれている状況が、もう少しわかるように思えた。

「せっかくだったのに、悪かったなあ」

「いや、別に。火曜があいつの休みなんで、それで連れてきただけだから。でもね……」

と言うと、内藤は何かを思い出したらしく、おかしそうに声を上げて笑った。

「うちのやつはね、殴り合いが嫌いだって言うんだ」

殴り合いが好きという女の方が珍しいのではないだろうか。そう半畳を入れようとして、話に水を差してしまいそうなので思いとどまった。

「そう、嫌いなのか……」

「大嫌いなんだって。俺が殴り合いをするのを見るのは厭《いや》だって言うんだ」

「ボクシングでも？」

「だから、ボクシングはやってほしくないと言うわけさ」

確かに、ボクシングも殴り合いに違いなかった。

「それじゃ、スパーリングの時はどうしたんだい。外にでも出てもらったの？」

「それで困っちゃって……」

内藤は、その時の困惑を思い出したかのように、また笑った。

「仕方がないから、俺の方は殴らないことにしたんだ」

今度は私が苦笑する番だった。まったく、それは内藤以外のどんなボクサーにも吐くことのできない台詞だった。

「そうしたら堀畑のやつ、調子に乗ってバンバンきたんですよ。でも、俺、じっと見てててほとんど殴らなかった。それで堀畑はこんなものかとたかをくったらしく、次の日にもブンブンきたから、バシッと決めたら、それからシュンとなっちゃった。そう毎日うちのやつが来るわけないもんね」

内藤は愉快そうに笑った。

「昨日も今日も、バシッ、シュンさ」

しかし、そうは言いながら、内藤は今日も相手のために打たせてあげようと努力していた。

「どうして、打たせようとしてたんだい、その堀畑に」

「わかった?」

「誰にだってわかるさ」

内藤は鼻の頭に人差し指を当てながら、困ったように呟《つぶや》いた。

「あんまりガンガンやって、自信をなくさせると可哀《かわい》そうだから……」

「やっぱり、君は変らないな」

私は思わず小さく溜息《ためいき》をついていた。

ステーキ屋は地下にあった。階段を降り、円形のカウンターになっている席に着くと、内藤はすぐにオレンジジュースを注文した。そして、運ばれてきたジュースを一気に呑みほした。それがすぐさま汗になってしまうような激しさで、どっと汗が吹き出す。タオルで拭《ぬぐ》っても拭っても止まらない。それは、厳しい練習をしてきたというあかしでもあり、また完全には体が絞り切れていないというしるしでもあった。

「少し疲れているみたいだな」

ステーキ屋の階段を降りる時も、足がかなり重そうだった。私がそう言うと、

「ほら、年だから、やっぱり」

と言って、内藤は口元をほころばせた。しかし、そこに悲観的な響きはまったくなかった。

眼の前で焼かれた肉がカウンターの上に並べられた。それを見ながら内藤が言った。

「久し振りだな、こんなに続けて肉を食べるなんて」

私は驚いて内藤の顔を見た。それほど金に窮しているのだろうか。すると、その驚きを察したように、内藤は言い直した。

「そうじゃないんだ。うちのやつがね、肉を食べられないもんだから、いつも魚と野菜ばっかしなんだ」

「まったく食べられないの？」

「うん。魚も頭なんかついてると気持が悪いって言うんだ」

小柄な女性だったが、そのような偏食があるとは思えなかった。もっと健康的にど

んなものでも食べてしまいそうだった。

「彼女がね……」

私が呟くと、不思議そうな表情を浮かべて内藤が顔を向けた。

「うちのやつ、知ってたっけ……」

「知ってるよ、一度会ったじゃないか」

「いつ？」

「五年前になるかな、君のアパートで」

「ああ、それじゃあ、会ってない」

私には、それでは会ってない、という言葉の意味がわからなかった。

「どういうこと？」

「……別れたんだ、あいつとは」

内藤はそう言って、ほんの僅《わず》かだが唇を噛《か》んだ。思い出したくないことに触れてしまったのかもしれない。私が困惑して黙っていると、内藤は自分から話し出してくれた。

「韓国から帰ってきて、いろんなことがあった後で……しばらく外国に行ってたんだ」

「それはインドネシアのこと？」

「うん。……でも、どうして知ってるの」

私は曖昧《あいまい》に言葉を濁した。一度、彼が勤めている伊勢佐木町のディスコを訪ねたことがあった。その時、店の支配人から、内藤はインドネシアに行っていてここにはいない、と告げられたのだ。私は内藤の問いには答えず、逆に訊《たず》ねた。

「インドネシアにはどのくらい？」

「一年はいなかったけど……」

「そんなに長かったのか。それじゃあ……」

来ないわけだ、と私は口の中で呟いた。私が彼の店に行ったのは、あるボクシングの試合を一緒に見ないかと誘うためだった。その試合はどうしても内藤に見せたかった。しかし、インドネシアに行ってしまったことを知らされ、とりあえず、二週間後に催されるその試合のチケットを、アパートに郵送しておいたのだ。試合前に帰ってきたならぜひ見にくるように、という手紙を同封して。私は待ったが、とうとうその試合場に内藤は姿を現わさなかった……。だが、それも何年も前のことになる。内藤に説明するほどのことでもなかった。

「インドネシアに何をしにいったんだい」

「それはボクシングさ。あっちのプロモーターに呼ばれたんだ。でも、試合はあんまりやらないで、スパーリングのパートナーをしたり、トレーナーのようなことをしたりして、そのプロモーターの家に世話になっていたんだ」

「面白かった？」

「うん、とってもよかった。ひとつの試合をやって千ドルもらったのかな、それだけあればひとつの家族が一年ちかく暮らせるんだって、あそこでは。だから、金に苦労はしなかったし、そこで洗礼も受けたし……でも、帰ってきて……あいつと別れることになったんだ」

私は黙っていた。内藤は話を続けた。

「俺がインドネシアに行っている間に男ができちゃってね」

ことさら陽気に喋《しゃべ》ろうとしていたが、むしろそれが彼の受けた痛手の大きさを示しているようだった。私も、軽い調子で応じた。彼女に恋人ができたとしても仕方のないことだ。一年近くもひとりで放っておくからいけないのだ。私は、必ずしもそう信じているわけではなかったが、内藤にそのような意味のことを喋った。

「いや、放っておいたわけじゃないんだ。はじめ一緒に行こうと言ったんだ、俺が。そうしたらあいつが後から来ると言うから、航空券とパスポートを作ってあげて、そうして俺だけで出てきたのに……あいつが来なかっただけなのさ」

インドネシアに滞在中、彼のアパートの近くに住んでいる母親から、不思議な手紙が届いたという。おまえにはおまえの生き方があるように、あの子にはあの子の生き方があり、生活がある。内藤にはその意味がよくわからなかった。日本に帰ってきて、事情を知って、内藤は怒り狂った。

「俺がいない間も、ディスコの社長はしばらく給料をくれていたんだ。それをあいつは取りに行って……みんなあいつの男を知っていたから、結局、俺はいい笑い者にされてたというわけさ」

ある時、彼女を殴ろうとして、その場に居合わせた彼の母親が止めに入ったのにもかかわらず、そのまま手を振りおろすと、勢いあまって母親を殴り飛ばしてしまった。それ以来、もう決して手を上げるのはやめようと思い、同時に二人の仲も終らせようと思ったのだ、と内藤は言った。

「そうなのか、いま一緒にいる人は、あの時の人と別の人なのか……」

「そう、裕見子《ゆみこ》というんだ」

「どんな人なの」

「ブス」

そう言って内藤は嬉《うれ》しそうに笑った。

「みんなそう言うんだ。あいつはいままでおまえがモノにした女の中で一番のブスだって。でも、俺には一番合うみたいな気がするんだ」

「どうして？」

「わからないけど、そんな気がする」

そして、ゆっくりと呟いた。

「だから……頑張らなくちゃ」

6

私は翌日もジムに行った。それが堀畑とのスパーリングの最後の日になっていた。堀畑はすでに更衣を終え、鏡の前で体をほぐしていたが、内藤はまだ来ていないようだった。エディはリングの横の木製のベンチに坐《すわ》って煙草《たばこ》をふかしていた。私の顔を見ると、肩をすくめて、言った。

「ジュン、きっと、寝てるね」

私は微《かす》かに笑った。内藤に時間を守るという観念が稀薄《きはく》なのはよく知っていたが、山手から下北沢に来るのに多少の遅刻は仕方がないように思えた。横浜と渋谷で二度も乗り換えなくてはならないのだ。タイミングが悪ければ、すぐに二、三十分の狂いは出てしまうだろう。

「いまに来ますよ」

私が言うと、エディは大袈裟《おおげさ》に顔をしかめてみせた。

「まだ、寝てるね。野口、きっと、そうだね」

エディは、リングの上で若いボクサーのパンチを受けてやっているスラックス姿の男に声をかけた。私が初めて金子ジムを訪れた時、あがりなよと言ってくれた男だ。内藤の話によれば、名を野口一夫といい、フライ級の元ボクサーで、現在では金子ジムの中心的なトレーナーになっているとのことだった。三十もなかばに近いと聞いていたが、年齢よりはるかに若く見えた。野口は、エディにそう話しかけられると、小柄な体に似合わぬ太い声で、

「いや、今頃、顔を洗ってますよ」

と言った。

ちょうどその時、玄関の戸を開けて、内藤が入ってきた。私たちはどっと笑った。内藤は自分が笑われているとも知らず、

「いや、昨日はまいったよ」

と上機嫌な声で私に話しかけてきた。ジム全体に聞こえるような大きな声だった。

「昨日の夜、一緒にステーキ食べたでしょ。そしてアパートに帰ったら、今度は友達が来てステーキを食べに行こうって言うんだ。食べてきたばかりだからって断わったんだけど、もっと体を作らなければ駄目じゃないかと言われて、また食べさせられちゃった」

そんなに食べてウエートは平気なのかいと言おうとして、彼がヘビー級で闘うことを思い出した。減量の心配より、体重を増やすことの方が大事だったのだ。

「……そうしてね、今日の朝、ママの家に行ったら、この頃あまり肉を食べてないだろうからって、また肉さ。朝からほんとにまいったよ、まいった」

しかし、その言葉とは裏腹に、声には嬉しそうな響きがあった。ジムのボクサーたちに聞かせたがっているような、幼い見せびらかしの調子が含まれていた。私はただ苦笑するばかりだった。

その日のスパーリングも前日とほとんど変らぬ展開に終始した。堀畑が接近してくると、内藤は巧みなダッキングでパンチを避け、時に左右のボディ・ブローを振るった。そのパンチが入るたびに、堀畑の動きが止まった。

第一ラウンドの終りちかくに、堀畑は大きく踏み込むと、左でアッパー気味のフックを放った。力のみなぎったいいパンチだったが、内藤の、素早く上体を後にそらす本能的ともいえる見事なスウェー・バックに、空を切らされた。二度、三度と同じことを試みたが、そのたびにかわされ、不様にバランスを崩した。

「もっと打て！」

山神ジムの会長が苛立《いらだ》たしそうに大声を上げた。

「内藤には当らなくても、柴田には当るんだ」

まわりで見ている者たちの顔には笑みがこぼれたが、山神ジムの会長は真剣だった。その言葉には冗談ではない、切実さがこもっていた。

私が黙って二人の動きを見つめていると、このジムのオーナーである金子が話しかけてきた。

「内藤、いいね」

「ええ、そうですね」

私は振り向き、返事をした。

金子は眼鏡をかけ、背広を着て、ネクタイをきちんとしめていた。中小企業の部長か会計事務所の税理士といった印象の、堅実でおとなしい風貌《ふうぼう》をしていた。その人物が元ボクサーで、しかもこのジムのオーナーだとは、とうてい信じられなかった。どう見ても興行というやくざな社会に似合いそうもなかった。いつもジムにいて、こまこまと動きまわっているので、何らかの関係者とは思っていたが、練習生のひとりが「会長」と呼び、その人物が「おう」と返事した時には、さすがに驚いた。この人が金子繁治なのか、とまじまじ彼の顔を見つめたものだった。

「体、よく締まってるね」

金子は私を内藤の親しい友人と理解してくれているようだった。

「そうでしょうか」

私は視線をリングに戻して言った。

「うん、いいね。内藤はカムバックできるよ。石松とは違う。あの体を見たら、誰にでもわかるよ」

しかし、その言葉は、一般的には内藤のカムバックもガッツ石松のそれと同列に考えられている、ということを逆に意味していた。

元世界ライト級チャンピオンのガッツ石松は、七七年四月、一年のブランクの後にセンサク・ムアンスリに挑戦し、六回ＫＯで敗れた。ほとんど練習もせず、カムバックというヒロイックなイメージだけを追ったための、惨《みじ》めな敗北だった。ボディに一発たたき込まれただけで、センサクの足元にうずくまってしまったのだ。

「石松と比べたら、内藤が可哀そうですよ」

私は金子に言った。

「そうだね、内藤はいま純粋にボクシングに向かっているからね。うまくいくと思うよ」

リングの上では、依然としてスパーリングが続けられていた。内藤は自信を持って堀畑をあしらっているようだった。堀畑がついに内藤をとらえきれないまま、第二ラウンドのゴングが鳴ってしまった。今日は二ラウンドで終りということだった。

エディはタオルで内藤の体をふきながら、厳しい顔つきで言った。

「いくらいいでも、ほめないよ」

内藤は驚いたようにエディを見た。

「今日はよかった、このくらいよかった、そんなことといくら言っても、しようがないね。だから、いくらいいでも、ほめないよ」

背中をエディにあずけたまま、内藤は微かに頷《うなず》いた。

内藤と堀畑のスパーリングが終ると、若いボクサーたちが待ちかねていたようにリングに上がり、思い思いのスタイルでシャドー・ボクシングを始めた。しばらくして、内藤も再びリングに上がり、軽くステップを踏み出した。ぶつからぬよう器用に動き回りながら、左右のアッパーを突きあげ、その腕の曲り具合を窓ガラスに写しながら確かめていた。それを眺めていたエディが、

「ジュン！」

と不意に声をかけ、リングの中に入っていった。そして、ひとつのことだけをコーチした。それは、ダッキングで相手のパンチをかわした直後に、逆に反撃する際の足の踏み出し方とパンチの出し方だった。相手の左を横へのダッキングで逃れたあと、踏み込んでそのボディに右フックを叩《たた》き込む。そのタイミングと、パンチの角度について、エディは注意した。それはインファイトの高度なテクニックのひとつだった。

ボクサーは、その闘いのスタイルから、ファイターとボクサーの二つのタイプに分けられる。ファイター・タイプは、相手に接近し、パンチ力にまかせて、激しく打ち合おうとする。一方、ボクサー・タイプは、足を使い、相手との距離を充分にとり、動きをよく見て、カウンターを狙《ねら》おうとする。

エディは、どちらかと言えば、ファイターを好んだ。そこには、プロである以上、人気を獲得し、金を獲得するには、逃げるのではなく打ち合わなくてはならない、という判断があった。デビューしたばかりの頃の内藤は明らかにボクサー・タイプだっ

た。足が速くて、眼がよかった。先天的な防禦《ぼうぎょ》技術を持っていた。しかしエディはその内藤をファイターに改造しようとしたのだ。自分の持っているインファイトの技術を内藤に教え込もうとした。そして、実際、ある時期までは非常にうまくいっているかに見えたのだ。

内藤の情熱の喪失によって、その試みは途中で挫折《ざせつ》してしまっていたが、エディは再び、その改造に乗り出していた。いまもなお、内藤の身のこなしは重量級に似合わぬ軽やかなものだったが、二十代の初期に持っていたフライ級のようなスピードはすでに失なわれていた。内藤は必然的にファイターたらざるをえない時期になっていた。

エディのインファイトの技術を真剣に覚え込まざるをえなくなっていたのだ。

エディはリングの中央で内藤と正対していた。手のひらを広げ、それを左の脇腹《わきばら》の横に構えると、

「カモン、ジュン」

と言った。内藤がスパーリング用のグローブをつけたままの右で軽く打つと、

「ノー！」

と大きな声を上げた。

「ちがうよ、そんなにアッパーだないよ、しっかり、打ってよ！」

内藤が鋭く右足を踏み込み、強く打つと、エディの手のひらで激しい音がした。

「ちがう！」

そう言って、エディはまた構え直した。手のひらが赤くなっていた。普通、トレーナーがボクサーのパンチを受ける時は、ストライキング・ミットという皮製品を使う。しかし、エディは素手だった。内藤は、再びその手のひらに向かって、ボディ・フックを放った。紙が引き裂かれるような音がして、エディの手が後にはじかれた。

「そうよ！」

一声叫んで、エディは全身から力を抜いた。

「そう、それでいい。オーケーよ」

内藤は黙って頷いた。エディはリングから下りて、煙草に火をつけた。二人の練習はそれで終りのようだった。時間にして二分足らず。しかしそれは実に充実した、緊張感のみなぎる二分だった。

窓の外はすっかり暗くなっていた。

ジムの横を何台も電車が通過していく。そのたびに、ジムは揺れ、ガラス窓が震えた。電車の中の乗客はほとんどがジムの存在に気がつかないようだった。あるいは気がついても関心を示さない。

しかし、徐行する電車の釣革にぶらさがっていて、ジムの中で自分の体を激しく痛めつけている若者の姿があるのに気づくと、僅《わず》かではあったが、軽い衝撃を受けたような表情を浮かべる者がいた。釣革にぶらさがっているだけの自分を恥じるかのように、何度も眼をしばたたかせ、やがて眼を伏せて電車ごと遠ざかって行く。私はソファに坐り、彼らを眼だけで見送る。

冷房のために窓を閉め切った電車の中で、蛍光燈《けいこうとう》に照らされた乗客の顔は、どれも蒼白《あおじろ》く映った。

見つづけよう、とふと思った。かりにロスアンゼルスまでの航空券が無駄になろうとも、内藤の試合は見よう、と思った。

## 7

その夜、赤坂で知人と会う約束があった私は、内藤と一緒に井の頭線で渋谷まで出ることにした。

下北沢の改札口で切符を買おうとすると、

「俺は定期なんだ」

と内藤は言って、尻《しり》のポケットから紐《ひも》のついた定期入れを出して見せた。

「幼稚園の子供みたいじゃないか」

私が冷やかすと、

「まるでガキさ」

と内藤は笑いながら応じた。

「で、真面目《まじめ》に通っているというわけだ」

「そうなんだ。元を取らなけりゃ損だからね」

「それはいい傾向だ」

私が茶化すような調子で言うと、内藤はいくらか真剣な口調でこう言った。

「それに……定期を持ってると一日に一円も使わないで済むんだ。無駄な金が出ていかないからありがたいんだよ」

乗った電車は運悪く冷房車ではなかった。天井でまわっている扇風機の下に立ったが、生温い風がかえって汗を誘うようだった。

「エディさん、だいぶ熱が入っているようだね」

私が言うと、内藤は嬉《うれ》しそうに笑った。

「そう、もしかしたら、俺よりいれこんでいるかもしれないよ」

内藤がボクシングを再び始めたということを知った時、彼の母親が言ったという。

何年か前にエディさんから電話がかかってきた。もし、ジュンがいまやっている仕事を好きでないのなら、もう一度ボクシングをやらせてみたいのだがどうだろう。もし、いまの仕事がうまくいっているのなら、こんな電話があったということは知らせないでくれ。そういう電話だった。判断を委《ゆだ》ねられた母親は、結局、知らせないという道を選んだ。自分からやると決めたのを知って、そのことをはじめて教えてくれたのだ、と内藤は言った。

「そうか、エディさんはずっと、君のことを気にかけていてくれたわけだ」

「うん、そうらしい」

「エディさんにはエディさんの夢があるんだろうな、君に対する」

「それにね、エディさんは、俺のこと、最初で最後の選手というつもりで教えてくれていると思うんだ」

「どういうこと？」

「エディさん、俺のマネージャーになってもらったんだ」

「………？」

「いままで、船橋ジムでいろんな人がマネージャーをやってたけど、みんなボクシングを知らない人ばっかりで、かえって迷惑なくらいだったんだ。それで、今度またやることにした時、船橋の会長のところに行って、俺、エディさんと二人でやりたいから、って言ったんだ。トレーナーもマネージャーもエディさんにしてもらいたいって」

通常、ボクサーのファイトマネーは、三十三パーセントがマネージメント料として、天引きされることになっている。その三十三パーセントをマネージャーとトレーナーが折半するのだ。日本では、ジムの会長がマネージャーを兼ねている場合が少なくないのだが、船橋ジムでは、会長と別に何人かのマネージャーがいた。会長はその人間を養っていかなくてはならない。内藤がいくらエディに替えてくれと言っても、簡単に許してくれるとは思えなかった。

「会長はオーケーしてくれた?」

私は内藤に訊《たず》ねた。

「うん」

「よく許してくれたね」

「それが駄目なら、もう船橋ジムでなんかやんないで、アメリカでもどこでも行くって感じで言ったんだ」

「そうか。それは会長だって、選手をひとりでも失なうのは厭《いや》だろうからな」

日本のプロボクシングの世界では、選手の意志でジムを変わることはできない、という不文律がある。ジムの会長の合意がないかぎり、絶対に他のジムへ移ることは許されないのだ。だから、選手がジムの会長と衝突した場合、選手の側に残された反抗の手段は「引退」と「外国」しかない。内藤は、そのうちの、外国を使ったわけだ。もちろん、それにはそれなりの覚悟が必要だが、船橋ジムの会長は内藤の意志が固そうなのを見て取ったに違いなかった。たとえマネージメントの金を全部エディに渡したとしても、興行の権利はジムの側に残っている。内藤にヘソを曲げられ元も子もなくすより、気分よく試合をやらせた方が得だ、内藤にはまだなにがしかの興行価値があるのだから、と判断したのだろう。

私には内藤がマネージャーを替えてもらいたいと望んだ気持がよく理解できた。船橋ジムは会長をはじめマネージャーにもボクシングの経験者がいなかった。興行の関係者がジム経営に乗り出してきた珍らしいジムだったのだ。マネージャーたちが、会長夫人を「あねさん」と呼ぶような雰囲気のジムだった。内藤は彼らのボクシングに対する知識と情熱に対してほとんど信頼感を持っていなかった。

「ただ金のために妙な試合を組まれるのは厭じゃないか」

と内藤は言った。

「それはそうだな」

「今度の大戸との試合だけは仕方ないけど、これからは、エディさんがノーと言えば、どんな試合も組めないんだ」

エディはこれまで常にやとわれトレーナーだった。必要になると呼ばれて選手を見る。だから、かつてエディが自分の選手を持ったことは一度もなかった。内藤が自分を、エディにとって「最初で最後の選手」と言ったのも、少なくとも「最初」という部分では誤まりではなかった。

「エディさんも年だからね」

内藤がぽつりと言った。私は黙って頷いた。

「エディさん、マネージャーだから、俺がよくなれば、一緒によくなっていくからね。頑張らなけりゃいけないんだ」

「金のこと?」

「そう、金のこと。エディさん、あんなにチャンピオンを作ったのに、少しも金を残せないで、結構、苦しいらしいんだ」

考えられないことではなかった。世界チャンピオンを作らないかぎり、エディには大した金が入らない。そして、ここ何年と、エディは世界チャンピオンを作ることに成功していなかった。しかも、コーチをしている選手といえば、内藤を除けば金子ジムの村田英次郎ひとりなのだ。村田は若く有望なボクサーだったが、エディに大金を稼がせてくれるほどにはなっていなかった。

「俺も金が欲しいけど、エディさんにも、一花咲かせてあげたいんだ」

「そのためには……」

私が言うと、

「そうなんだ」

とだけ言って内藤は口をつぐんだ。それに続くべき言葉は口に出さなくとも互いにわかっていることだった。しかし、カムバックすらしていないボクサーに、それは夢としても不釣合いな言葉だった。

車内を見渡すと、扇風機の風にはためいている週刊誌の広告が眼に止まった。そこに「王者スピンクス」という記事のタイトルがあった。私がそれを眺めていると、内藤も顔を向け、

「スピンクスか……」

と呟《つぶや》いた。

スピンクスがアリを破った二月の試合は、三人のジャッジの採点が二対一に分かれ

た。少なくともひとりのジャッジはアリの勝ちとしたわけだが、テレビで見たかぎりでは圧倒的にスピンクスが優勢なようだった。三対零でスピンクスが勝つべき試合だった。しかし、だからといって、次の試合にもスピンクスが圧勝できるかどうかはわからない。

「今度はどうなるだろう」

私が訊ねた。

「さあ……」

内藤は考え込み、しばらくしてから、

「わからない。……だから、見たいね」

と言った。

「見たい？」

「うん、とても見たいなあ」

「一緒に行きますか」

私が冗談めかして言うと、内藤はびっくりしたような表情を浮かべた。

「ニューオリンズまで見に行きますか」

「行きたいね……」

「金なんか、かき集めればどうにでもなるから」

「うん、いいね」

「行こうか」

「行こうよ」

私たちは、陽気にアメリカ行きを口にした。しかし、ふたりは、ほとんど同時に、そんなことができるわけはないということに気がついた。いや、はじめから気がついていたのに、ただそう言ってみたかっただけなのかもしれない。試合を一カ月後に控えたボクサーが、練習を中断し外国へ遊びに行くなど、内藤でなくとも許されるはずがないことだった。内藤が昂奮《こうふん》から醒《さ》め、落胆したような口調で言った。

「でも、試合が十二日にあるし……」

「十月十二日に決まったの？」

「朝、船橋ジムから正式に決定したって電話があったんだ」

「そうか……」

アリの試合が九月十六日だから、日本に帰ってくるのは二十日頃になってしまうだろう。行くなどといったらエディは真っ赤になって怒るに違いなかった。いや、エディでなくとも、私がマネージャーでも許しはしない。

「無理に決まってるよな」

そう言ってから、私は初めてアメリカへ行こうとした理由を内藤に説明した。本当はひとりでその試合を見に行くつもりだったということ。しかし、いまはその気が薄れているということ。見たくないわけではないが、それよりもっと見たい試合ができてしまったから……。そこまで話すと、内藤がさえぎるように言った。

「見に行ってくれないかな」

「…………?」

「アリがどういう闘い方をするか、しっかり見てきてほしいんだ」

「…………」

「アリは、この間、ああいう負け方をしたけど、今度はまったく違う闘い方をすると思うんだ。そうじゃなければ、アリはグレイテストでも何でもない、ただのボクサーということになる。きっと、違う戦法を考え出すと思うんだ、アリがアリなら、ね」

そして、内藤はさらにこう言った。

「俺のかわりに、見てきて下さいよ」

決まった、行こう、と私は思った。行って、見届けてこよう。しかし、見届けたら、すぐに帰ってくるのだ。そう思い決めると、気持が軽くなった。迷いが吹っ切れていくようだった。アメリカ行きは二日後に迫っていた。だが、出発はもう少し先に延ばしたかった。問題は、安い航空券のブローカーが出発便の変更を認めてくれるかどうかだったが、それも何とかなりそうな気がした。

電車が渋谷に到着した。改札口を出て、私たちはそれぞれの乗り場に向かった。別れ際《ぎわ》に、

「見に行くことにするよ」

と私が言うと、内藤は少し笑って頷《うなず》いた。

# 第三章　交錯

## 1

その日は、台風の影響ということで、朝から断続的に雨が降っていた。線路際《ぎわ》のジムへ続く道も黒く濡《ぬ》れていた。

航空券はいくらかの手数料を払えば出発便の変更が可能ということだった。格安のチケットなのだから、それくらいのペナルティーは仕方なかった。私は出発を一週間延ばし、その一週間を内藤の練習を見つづけることで費やすことにした。

内藤はその日、長岡俊彦というミドル級のボクサーと、三ラウンドのスパーリングをすることになっていた。長岡は金子ジムに所属する重量級のホープだった。日本ランキングの第三位の選手で、かつて日本へビー級の初の大物スターとなったコング斎藤を、二ラウンドでノックアウトしたこともあった。長岡も、堀畑と同じく間近に試合を控えていた。内藤はその調整台だったが、しかしそれは彼にとって決して迷惑なことではなかった。何年も実戦から離れていたのだ、試合の勘を取り戻すためには、一ラウンドでも多くスパーリングをする必要があった。

ジムでは内藤が新聞記者と話をしていた。スポーツニッポンのボクシング担当記者のようだった。長岡のスパーリングの様子を見にきたらしかった。

私がいつものようにリングの前の壊れかかったソファに坐《すわ》ると、内藤が隣に腰をおろして、白いシューズの紐《ひも》を結び直した。

「やっと、このシューズが足に馴染《なじ》んできてね、汗を吸って」

内藤はシューズの上に出ている赤い靴下を折りながら言った。

ふと気がつくと、私たちの傍に中学生くらいの少年が立っていた。少年はリングの上の練習風景を熱心に眺めていた。

「ボクシング、やりたいのかい？」

内藤が優しい口調で話しかけた。少年は顔を赤くした。

「やるつもりなのかい」

内藤が繰り返すと、少年ははにかんだような笑いを浮べて首を振った。

「どうして？　怖いのかい？」

少年はまた首を振った。

「やってみたいんだろ」

しばらくして、少年は小さな声で答えた。

「はい……」

「だったら、やってごらん」

「………」

「何でも、やろうと思ったことは、やっておいた方がいいんだよ」

「でも……続くかどうかわからないから」

少年は恥ずかしそうに言った。

「そうか。それだったら、試しに二、三日、やらせてもらえばいいんだよ」

「だって、靴もないし、トランクスも持ってないし、グローブだって……」

それを聞いて、内藤は歯を見せて笑った。少年がまだ練習のうちからトランクスが必要だと思っているのが可愛《かわい》らしくて、私も笑った。何カ月かの練習が終ってからでなければ、スパーリングをさせるわけにはいかないのだ。それまではグローブにしたところで必要ではない。

「そんなのはいらないんだよ。運動靴と短パン持って、明日から来てごらん。それで続くようだったら、ジムに入れてもらいな」

少年の顔が明るく輝いた。そして、しばらくして、帰っていった。

「嬉《うれ》しそうだったじゃないか、あの子」

私が言うと、内藤は照れた。

「もしかしたら、あの子に、とんでもない素質があるかもしれないもんね」

「まったく、そうだな」

私はそう言いながら、いつだったかこれと同じような言葉を聞いたことがあるのを思い出していた。

釜山でのことだったから、やはり五年前だ。内藤と一緒に入った「日育亭」という日本料理屋で聞いたのだった。内藤はその店に以前も来たことがあるらしかった。主人に、前にいた少年はどうしたのかと訊《き》き、やめたのだと知ると、その子に会いたかったのに、と残念がった。七、八歳の子が店を手伝っているので、主人の子供かと思ったが、使用人と聞いて驚いたのだ、と内藤は言った。とても頭のいい子で、一を言うと十まで気がつくような子だった。内藤はそうほめたあとで、こう言った。学校にちゃんと行かせたら、きっと伸びるだろうな。私はその言葉を聞いて、初めてカシアス内藤というボクサーの内面が、微《かす》かに見えかかったような気がしたものだった。

「そろそろスパーリングを始めるぞ」

不意に金子の声がした。内藤は立ち上がり、マウスピースを洗面所で洗い、口に含んだ。一、二度、唇を大きく動かし、歯としっくり合うようにする。それから、ジムの練習生に、スパーリング用のグローブをはめてもらう。長岡の用意はすでに終っていた。両手のグローブをパーンと合わせると、内藤はリングに上がっていった。

サウスポーの内藤は、構えると右手が前に出る。その右を、長岡の左のグローブに軽く当てると、スパーリングは開始された。内藤がすり足でゆっくり動きはじめると、キャンバスに敷いてあるビニールが、猫の悲鳴のような音を立てた。

長岡は内藤よりひとまわり大きな体つきをしていた。ヘビー級で闘ったこともあるということだったが、鈍重といった印象はなかった。しかし、長岡は内藤につけいる隙《すき》をなかなか見つけられないでいるようだった。

コーナーに立っていた金子が、長岡に声をかけた。

「かたくなるなよ」

堀畑の時と同じように主客が転倒していた。ヘッドギアーをつけた長岡がはっきりと頷《うなず》くのがわかった。内藤は、長岡に対しても、ヘッドギアーやノーファール・カップをつけずに闘っていた。

内藤の右が軽く突き出される。探りを入れるそのジャブが、ストレートのようなスピードで、ヘッドギアーで守られている長岡の顔面にヒットする。長岡は避けようとするのだが、どうしても避け切れない。さほど力はないが、速いのだ。速くて、伸びがある。時折、長岡はぶつかるように接近すると、大きく左右のフックを振るったが、効果的なパンチは一発も入らなかった。フックとは鉤《かぎ》を意味する言葉だが、長岡の鉤のようなパンチに、内藤の体はどこも引っ掛からなかった。

だが、内藤は自分から打って出ることをまったくしなかった。打つチャンスだと思える時にも、ただ見ているだけだった。ジャブを放ち、軽やかにリングを動きまわるが、それだけなのだ。時に、フェイント気味に、モハメッド・アリがよくやる、足の瞬間的なスイッチを披露して見せたが、それから攻めるというわけでもなかった。たとえスパーリング・パートナーに徹しているとしても、もう少し打たなくてはいけないのではないか、と私には思えた。これは長岡のスパーリングであると同時に、内藤自身のスパーリングでもあるのだ。

第二ラウンドに入ると、長岡はさらに強引に接近してきた。リングの中央の揉《も》み合いを、内藤は軽くすり逃げようとしたが、長岡のガムシャラさに押されて、ロープにつまった。長岡は激しく打って出た。はじめて緊張した雰囲気がリング上に生まれた。しかし、内藤はブロックとウィービングでパンチをかわすと、実に綺麗《きれい》に体をいれかえた。ジムの練習生の間から小さな嘆声が洩《も》れた。

「相手をよく見ろ！」

トレーナーの野口が長岡に言った。

内藤はリングの中央で、長岡が体勢を立て直すのを待っていた。私には内藤の態度が解《げ》せなかった。しかし、しばらくして、内藤が金子の傍に立っている新聞記者の表情をチラリとうかがうのを見て、ようやく理解することができた。どうにかして、長岡の見せ場を作ってやろうとしていたのだ。変らないな……私は何日か前に内藤に言った台詞《せりふ》を、もう一度、口の中で繰り返した。

第三ラウンドに入っても、長岡が攻めたて、内藤がかわす、というスパーリングの流れは変化しなかった。二分を過ぎた頃、また長岡がロープ際に内藤を追いつめた。今度もブロックとダッキングでパンチを避け、軽く体をいれかえようとした瞬間、長岡の重い左のボディ・ブローが、内藤の右脇腹《わきばら》にめり込んだ。

「ナイス！」

叫んだのはエディだった。

「長岡、ナイスね。内藤、それで寝るね。試合なら、それで終りよ！」

エディは、内藤の憎悪《ぞうお》をかきたてるような、極めて挑発的な口調でそう言った。内藤の力を抜いたスパーリングに激しく腹を立てているようだった。

内藤は、そこで、初めて自分から打って出た。左のストレート、右のアッパー、そして右のフック。しかし、力があまって、攻撃は空廻りしてしまう。内藤がスマートにパンチを当てようとすると、長岡はそれを体で受けながら、それより重いパンチでロープ際に追いつめた。そして、ついに、内藤が攻撃のリズムをつかむ前に、終了のゴングが鳴ってしまった。

エディは私の横のソファに坐り、煙草《たばこ》を取り出した。マッチを探るエディの顔は険しかった。奥歯を何度もきつく嚙《か》みしめた。それはエディが苛立《いらだ》っている時の癖のようだった。リングを下り、タオルを取りに来た内藤に、エディは低く、しかし怒気を含んだ声で、言った。

「どうして遊ぶの」

内藤はエディの前に黙って佇《たたず》んだ。

「どうしてなの。このスパーリング、長岡のもの。オーケー、そうよ。だから、一発入れて、あとは軽くやる。バンバン、バンバン、やったらいけないよ。でも、どうして一発も入れないの。ふらふら、ふらふらして、リングの上で遊ばないでよ、こんなことして……」

エディはそう言い、だらりと両手を下げ、頭を上げて、体を左右に揺らした。

「あんたのパンチ、ひとつも入ってないよ。もっと強い人とやったら、笑われるよ。やめて、みっともないから」

内藤は何も言わずにそこから離れた。その背に、エディは鋭い言葉を投げつけた。

「ジュン、ひとつだけ言っておく」

内藤は静かに振り返った。その平静さに、エディはさらに苛立って声を荒らげた。

「リングに入ったら、人を殺す気持よ！」

ジムの中は静まり返った。内藤は視線を床に落とした。

「ジュン、あんた、殺すの？　それとも、殺されるの？」

やはり、と私は思った。エディが恐れていることは、今もなおこのことなのだ。

「どっちなの、殺すの、殺されるの！」

私は背筋を冷くしながら、エディの言葉を聞いていた。

## 2

ミドル級のボクサーとして、内藤が天才的な素質を備えていることは、アマチュア時代から広く人の認めるところだった。

ボクシングは、ハンマーのようなパンチによって相手を倒すこともできるが、非力な者がスピードとタイミングによってハード・パンチャーをキャンバスに沈めることも不可能ではない、というスポーツなのだ。ボクサーに必要なのは腕力よりも足とバネと眼のよさだと言い切っても大きな誤りではない。内藤には素晴らしい足とバネと眼があった。

はじめ内藤が高校時代に選んだスポーツは陸上競技だった。種目はハードル走である。校庭で見事なハードリングをしている大柄の生徒を見かけて、ボクシング部の監督をしていた教師が熱心に入部を勧めた。彼が見込んだのは、内藤のスピードとバネのよさだった。実際にボクシングをやらせてみると、眼のよいこともすぐにわかった。パンチを避けるのに際立ったうまさを発揮したのだ。

高校三年になって、内藤はインターハイに出場する。その直前に、オーソドックスからサウスポーにスタイルを変えた。それは監督の指示によるものだった。右利《き》きだったが、サウスポー・スタイルで構えたほうが、はるかに腰が安定したからである。しかし、試合まで何日もあるわけではなかった。天才でもなければ、そんな短期間に、スイッチしたスタイルを自分のものにすることなどできはしない。だが、この急造サウスポーは難なくそのスタイルを身につけ、あっさりと優勝してみせたのである。

プロに転向してからも、内藤は非凡さを発揮し、四回戦、六回戦、八回戦と無敗のまま通過して、七戦七勝で十回戦ボクサーとなった。メインエベンターになってからも、内藤は負けることがなかった。しかし、周囲の人びとは、その輝やかしい勝利の中に、不吉な影のようなものが存在することを、うっすらと感じはじめるようになった。確かに内藤の才能は傑出している。確かに連勝街道を驀進《ばくしん》している。しかし……という思いである。

内藤の試合は、圧倒的に勝っている時でさえ、常に中途半端《はんぱ》な印象しか残さなかった。自分の能力のすべてを使い果して闘い終えるということがほとんどなかった。足を使い、ジャブを浴びせ、相手を翻弄《ほんろう》し、ダウンを奪い、あと少しでノックアウトだという時になって、ふっと打つのをやめてしまう。あるいは出血の激しくなった相手を見ると、怯《ひる》んだような表情を浮かべ、攻撃の手をゆるめてしまう。そんな試合がいくつもあった。内藤には、その豊かな素質にもかかわらず、ボクサーとしての大事な何かが欠けているようだった。

エディ・タウンゼントはそれを、ガッツのなさだ、と理解した。エディが内藤のトレーナーになって、まずしなくてはならないと考えたのは、インファイトのテクニックを習得させると同時に、敵との闘いに際してのガッツを植えつけることだった。しかし、エディほどのトレーナーにしても、技術ではなく、人格に深く根ざした精神まで変えることはできなかった。

私がエディに初めて会った五年前、六週間もトレーニングしたら内藤を世界チャンピオンにすることも夢ではないと語ったその時でさえ、こう付け加えなければならなかったのだ。

「でもね、内藤、ガッツがない。海老原だったら、左が折れても、右でやります、死ぬまでやる、あれガッツね。……内藤、それ、ない」

エディは、そのガッツをガマンという日本語に置き換えて、こうも言った。

「内藤、ガマンできない子ね。打ちなさい、もう相手は倒れるから打ちなさい、でも、打つことガマンできない。内藤はやさしい子、あんなにやさしい子いない、でも、ガマンできない……」

たとえば、元世界ヘビー級チャンピオンのジョージ・フォアマンは、日本で行なわれたジョー・キング・ローマンとのタイトルマッチにおいて、凄《すさ》まじいまでの闘争本能を見せつけたことがあった。丸太のような腕を振りまわし、後退するだけのローマンを、二十数発のパンチで叩《たた》き伏せた。時間にして僅《わず》か二分。しかし、驚いたのはパンチの強烈さでも、ノックアウトの速さでもなかった。ローマンがダウンしても、フォアマンは殴ることをやめようとしなかったのだ。倒れ込むローマンにおおいかぶさるようにして殴りつづけた。無表情にパンチを振るうフォアマンの姿には、本当にローマンを半殺しの目に会わせてしまうのではないかと思わせるほど、鬼気迫るものがあった。倒れている相手を殴るなど、もちろん許されていない。明らかな反則である。この時のフォアマンの闘いぶりは、モハメッド・アリが彼を嘲笑《ちょうしょう》する際の格好の材料になった。しかし、リングの上で剝《む》き出しにされたそのような闘う動物の本能こそが、ボクサーをボクサーたらしめているとも言えるのだ。

同じような情景は、最軽量の世界チャンピオンである具志堅用高の試合でも、たびたび見かけることがあった。あの小さな体に激しい闘志をあらわにして、具志堅もまた反則とわかっていながら、倒れかかっている相手に襲いかかる。レフェリーが分けなければ、馬乗りになってまで殴りつづけるのではないか、相手が死ぬまで殴りつづけるのではないか、と思わせる殺意のようなものが体の外に溢《あふ》れ出る。

しかし、内藤にはそのような激しいところがまったくなかった。常に、ためらいながら殴りつけ、困惑しながら闘っていた。

エディはいつでも内藤に言っていた。

「リングに上がったら、ケモノ同士よ。殺すつもりで打ちなさい」

しかし、内藤はリングの上で獣になることのできないタイプのボクサーだった。それはボクサーとして致命的な欠陥になるかもしれない弱点だった。

デビュー以来十四連勝を続けていた内藤が初めてタイトルに挑戦した赤坂義昭との試合で、その欠陥は微かだが露呈されることになった。

赤坂は、宮城野《みやぎの》部屋の力士からボクサーに転向した強打者であり、二度にわたってチャンピオンの座についたことのあるベテランだった。内藤はその赤坂と空位の日本ミドル級王座を争ったのだ。

試合は一方的だった。赤坂は足のいい内藤をどうしても摑《つか》まえることができず、逆に内藤の右のジャブをカウンター気味に浴びては、スタミナを消耗していった。内藤に左のフォローがないため、決定的な局面に到《いた》らぬまま前半は過ぎたが、後半に入ってすぐ、赤坂が眼を切った。それまでの赤坂は、パンチを受けるたびに薄く笑っていたが、右眼からの激しい出血に、次第にその余裕を失なっていった。しかし、それと同時に、内藤は血を恐れでもするかのように、赤坂の傷ついた顔面を打たなくなった。ボディに攻撃を集中した。

第八ラウンド、内藤の右のボディ・ブローが鋭く叩き込まれた。赤坂はその苦痛を前かがみになって耐えようとしたが、さらに四発のパンチを叩き込まれると、耐え切れずにダウンした。辛うじて立ったが、またボディを打たれ、二度目のダウン。赤坂は必死に立ち上がった。背中を丸めほとんど立っているばかりの赤坂に、内藤は左右のボディ・ブローを浴びせつづけた。赤坂はよく耐えたが、ついに八回一分二十五秒、レフェリーが間に入って、試合はストップされた。七度目のKO勝ちで日本チャンピオンになったものの、ボディしか打とうとしなかった内藤のボクシングに、危ういものを感じる人も少なくなかった。

その危うさが誰の眼にも明らかになったのは、そのすぐ後に行なわれたベンケイ藤倉との一戦においてだった。

藤倉は打たれても打たれても前進するという、典型的なブル・ファイターだった。しかし、というより、だからこそ、というべきだが、彼はパンチ・ドランカーになりかかっていた。四十二試合にもわたって殴りつづけられてきたことによって、藤倉は二十二歳にして廃人になる危険性を体内に抱え込んでしまっていたのだ。医師は引退を勧告していた。だが藤倉はボクサーとしての最後の希望をこのタイトルマッチにつないでいた。彼もまた、赤坂と同じように元チャンピオンだった。復活の夢を捨て切れないでいた。

内藤は、ベンケイ藤倉が末期的なパンチ・ドランカーになりつつあることを、よく知っていた。喰うために土方仕事をしている藤倉が、セメントを運ぶ小さな台車すら真《ま》っ直《す》ぐ押せなくなっている、といった噂話《うわさばなし》は内藤の耳にも入っていたからだ。

パンチ・ドランク、拳《こぶし》の酔い。それはボクサーに避けることのできない宿痾《しゅくあ》のようなものである。パンチが頭部へ強烈な衝撃を与える。それが長期にわたって繰り返されることによって、ボクサーの脳に異常が引き起される。軽症のうちは視力が落ちたり平衡感覚に微妙な狂いが生じてくるくらいだが、重症になると言語障害があらわれたり歩行が困難になったりする。それでもなお殴られつづけていると、ついには廃人に近い存在になってしまうこともある。

グラス・ジョー、つまりガラスのようにもろい顎《あご》を持ったボクサーに、パンチ・ドランカーはほとんどいない。たった一発のパンチを喰らっただけでキャンバスに沈んでしまうからだ。しかし、闘牛場の黒い雄牛のように、常に前へ突進することをやめず、いくら殴られても必死に耐え抜くブル・ファイターと呼ばれるボクサーの頭部には、一発ごとに危険が蓄積されていく。打たれても打たれても前に出るというボクシングで、日本のミドル級にひとつの時代を築いた藤倉は、逆にその戦い方のスタイルによって自らの肉体を蝕《むしば》んでいたのだ。

藤倉は試合ができる状態ではなかった。それはリングに上がる時の緩慢な体の動きで歴然としていた。試合開始のゴングが鳴って、それはさらに明らかなものになった。藤倉は内藤のスピードについていかれなかった。何でもないジャブをかわすこともできず、焦《あせ》って大きなフックを振るうとバランスを崩して尻《しり》もちをついてしまう、というほどだった。試合展開は赤坂の時とまったく変らなかった。

第四ラウンド、藤倉をロープに追いつめた内藤は、ボディにパンチを集中した。藤倉は無数のパンチを浴び、朦朧《もうろう》としながらロープにもたれていた。しかし、いくら打たれても倒れなかった。レフェリーが見かねて、一度、二度とロープ・ダウンを取った。だが、それでもまだ藤倉は闘いをやめようとはしなかった。内藤はいやいやパンチを出しているようだった。あるいは一発でも顔面をヒットすれば倒れたかもしれない。しかし、内藤はボディしか打とうとしなかった。

だが、内藤は藤倉と闘いながらこう考えていた。できるだけテンプルに触わるのはやめよう。決定的な局面を迎えた第四ラウンドですら、内藤はこう祈りながら打っていたというのだ。ボディだけで倒れて下さい、早く倒れて下さいベンケイさん……。

四回一分三秒、内藤の右フックが鮮やかに藤倉の左の脇腹《わきばら》に決まった瞬間、レフェリーは試合をストップし、ノックアウトを宣した。これ以上試合を続けることは危険なだけだった。すでに藤倉が逆転しうる可能性はほとんどなくなっていた。藤倉は、ベンケイというリングネームのように、ロープ際《ぎわ》に立ったままボクサーとしての死を宣告されたのだ。一度もダウンしなかった。それが最後の試合の、藤倉にとって唯一《ゆいいつ》の勲章だった。

赤坂義昭にも、ベンケイ藤倉にも、内藤は完勝したが、その勝利は彼の可能性を開示するより、むしろ限界を暗示することになったのである。それ以後も、確かに連勝記録は伸ばしていった。フィリピンのマンフレド・アリパラを破り、タートル岡部を破り、韓国の崔成申《チェソンシン》を破った。しかし、その勝利には、観客を熱狂させる何かが足りなかった。一時は世界フェザー級チャンピオン西城正三をしのぐかと思われた人気にも、かげりが出てきた。新聞の見出しも「ダウンを奪えず／判定に終る」とか「内藤、さえない18連勝」という調子のものが多くなっていった。

二十一歳の時、内藤は韓国の李今沢を判定で破り、無敗のまま東洋ミドル級チャンピオンの座についた。あるいは、その試合を契機に大きく飛躍するかもしれない、という期待を誰もが抱いた。だが、その期待はすぐに打ち砕かれることになった。

韓国の柳済斗の挑戦を受けて、内藤は初めてのタイトル防衛戦を、ソウルの奨忠《チャンチュン》体育館で行なった。内藤有利とされていたにもかかわらず、試合の結果は意外なものだった。六回二分五秒で内藤がノックアウトされてしまったのだ。二十四戦二十二勝無敗二引分の内藤が初めて喫した敗北がＫＯ負けだった。僅か半年でチャンピオンの座からすべり落ちた内藤は、それから凄まじい速度で下降していった。八戦して二勝六敗。その六敗のうちに四つもＫＯ負けがあった。二十二連勝の記録が嘘《うそ》のような惨《さん》憺《たん》たる戦績だった。華々しかった彼に関する報道も次第に寂しいものになり、たまに眼につく記事も敗戦を伝えるものばかりだった。やがて、それすらも見かけなくなった。

3

私はとりわけボクシングのよいファンというのではなかったかもしれない。試合を見るため会場に足を運ぶ、というほどの熱心さはなかった。テレビで充分だった。そのテレビ中継すら、すべてを見ていたというわけではない。見たり見なかったり、という程度だった。しかし、なぜかカシアス内藤のテレビ中継だけは欠かさず見ていた。妙に気になったのだ。

テレビで見る内藤はいつも戸惑いながらボクシングをしているようだった。自分がボクサーであるということにどうしても慣れ切ることができない、ボクサーとして人を殴るということがどうしても納得できない、そんな戸惑いが感じられた。私には、奴《やつ》も苦労しているな、という思いがあった。自分が何者であるのかを摑むことができず、自身とどう折り合いをつけていいかわからぬまま、仕方なしにリングへ上がっている。私には、そのような内藤が、妙に近しく感じられたのだ。

ジャーナリズムの水面から彼が消えてどのくらいたった頃だったろう。ある時、『ゴング』だったか『ボクシングマガジン』だったかのボクシング雑誌を読んでいて、私はその投稿欄に眼を引きつけられた。そこに読者の疑問に編集者が答えるというコーナーがあり、そのひとつに内藤に関するものがあったのだ。カシアス内藤のファンだという質問者は、最近の動静を訊《たず》ねていた。彼は新聞や雑誌で取り上げられなくなったがどうしているのだろうか、試合をやらなくなったが近くやる予定はないのだろうか。それに対する編集部の答えは次のような簡単なものだった。ジムの話によれば練習はしているらしい。だが試合については決まっていない。そして、その末尾には、内藤もこのままで終るつもりはないだろう、という編集部のコメントがおざなりに付されてあった。

カシアス内藤はもうやめたのではないかと思っていた。しかし、まだボクシングを続けているらしい。それを知った時、私はふと彼に会ってみたいなと思った。

その頃、私はある小さな雑誌で好き勝手な仕事をさせてもらっていた。放送の専門誌であるにもかかわらず、私に自由にルポルタージュを書かせてくれていたのだ。テーマが放送とまったく関りなくとも構わなかった。好きなテーマについて、好きなだけ取材をし、好きなだけの原稿枚数を書く、ということを許してくれていた。私はルポルタージュを書きはじめてまだ二、三年にしかならぬ駆け出しのライターだった。その私に、雑誌の編集部は、考えうる最大の自由を与えてくれていたのだった。ほぼ三カ月置きにその雑誌に載せてもらうルポルタージュが、私の仕事のすべてであるという時期が永く続いた。

雑誌には私よりはるかに年長の三人の編集者がいた。その三人が三人とも、極めて個性的な人物だった。私は編集室に行って彼らに会うのが愉《たの》しみだった。彼らの持っている独特の語り口にかかると、どんなつまらない挿話でもキラキラと輝きはじめる。私はいつも感嘆しながら彼らの話に聞き入っていた。

私は原稿を書くのが遅かった。下書きをして清書をする。さらにそこへ筆を入れ、もう一度清書しなければ原稿の体をなさなかった。別に名文を書こうとしていたわけではない。そうでもしなければ意味の通じる文章を書けなかったのだ。大学を出てすぐ、偶然のことからルポルタージュを書くようになった私には、ジャーナリスティックな文章をトレーニングする時期がなかった。私は本場所で稽古《けいこ》をしている取的《とりてき》のようなものだった。

彼らはいつまでたっても完成しない私の原稿を根気よく待ってくれた。時には、私の原稿が間に合わないため、雑誌の発行が遅れるということすらあった。純然たる商業誌ではなかったということはあるだろう。しかし、彼らがそのために困らなかったはずはない。それにもかかわらず、彼らは平然とまた私に、好きなだけ取材し、好きなだけ書く、という仕事を与えてくれた。

取材のための金を惜しむことはなかったが、大して金のある雑誌ではなかったので原稿料は安かった。だから私はいつも金に困っていた。料金が払えないためよく電気を止められた。アパートの私の部屋だけ停電でもないのに灯りがつかない。なにがしかの原稿料が入り、電力会社の支社に金を持っていくと、ようやく電気を流してくれる。

金はなかった。しかし、喰うには困らなかった。夜になると、三人のうちの誰かが、必ず呑《の》みに連れて行ってくれたからだ。私はそこで一日の取材の報告をする。彼らは熱心に耳を傾けてくれた。彼らには面白がる精神とでもいうべきものが横溢《おういつ》していた。私は彼らの反応によって少しずつ取材の方向を修正していけばよかった。私の話を聞き終ると、彼らはそれに対する感想を述べ、関連のありそうなエピソードを語り、必要と思われる書物の題名を教えてくれた。そして、もちろん酒になった。愉しい時期だった。呑んで帰って、ローソクに火をつけてから、布団《ふとん》を敷く。そんな生活が少しも苦にならなかった。仕事もうまくいっていた。誰に注目されるというようなルポルタージュではなかったが、少なくとも編集部の三人だけは私の書くものを好んでくれていた。私は原稿を書くのに行きづまると、よく編集室に泊り込んだ。そのような場合にも、彼らのひとりが一緒に泊り込み、一枚、また一枚と書き上がる私の原稿を、待ちかねるようにして読んでくれた。私は彼ら三人に喜んでもらうためだけに書いていたような気さえする。

幸せな時期だったのだ。

しかし、その雑誌での仕事に充分満足していながら、私はどこかでルポルタージュを書くということに慣れ切ることのできない自分を感じていた。あなたの職業は、と訊ねられるたびに、いつもルポライターと答えるのがためらわれた。ルポライターという名称の問題ではなかった。ルポライターという胡散《うさん》臭い和製外国語は、むしろそのいかがわしさの故《ゆえ》に私の好むところだった。問題はルポルタージュを書くという行為そのものの中にあった。

自分の歌をうたうために人の声にのせてうたう。最も理想的な形においても、ルポルタージュを書くということは、そのような二重性を持つ。場合によってはそれが自分の歌でさえないことがある。職業的なルポルタージュのライターは、彼が職業的になればなるほど自分の歌がうたいにくくなっていく。その意味では、二十代の初期に、詩でもなく小説でもなく、ルポルタージュを書くということは、かなり無謀なことであり、いささか無残なことであったかもしれない。

もちろん、後悔をするつもりはなかった。十代の頃、ラグビーや水泳ではなく陸上競技というスポーツを選んでしまったように、たとえどんな偶然があったにしろ、ルポルタージュというものを選んでしまったのだから。高校時代にも、グラウンドでひとり練習をしながら、俺はどうして陸上競技なんか選んじまったんだろう、と思わないことはなかった。しかし、その時でも、選んでしまったということの中に潜んでいる、必然性の恐ろしさのようなものを朧気《おぼろげ》ながら感じ取ってはいたようだ。それはルポルタージュに関しても同じことが言えた。

だが、カシアス内藤が人を殴ることでしか自己を実現できないことに戸惑っていたように、私もまた人を描くことでしか自己を表現できないことに苛立《いらだ》っていたのは確かだった。しかも私には、文章を書いて喰うための金を得る、という自分の仕事への深い違和感があった。それが自分の真の仕事だとはどうしても思えなかったのだ。人は誰でもそのような思いを抱きつつ、結局はダラダラとその仕事を続けて生きていく。そうと理解はしていても、この仕事が偽物《にせもの》なのではないかという思いは抜けなかった。私は、ジャーナリズムというリングの中で、やはり戸惑いながらルポルタージュを書いている、四回戦ボーイのようなものだった。

私が内藤に会ってみようと思ったのも、この戸惑いと無関係ではなかったかもしれない。ボクシングと、また自分自身と、いったいどう折り合いをつけていいかわからぬまま、下降に下降を続けながらあがいているらしい内藤が、さらに近しい存在に思えてきたのだ。

「カシアス内藤に会ってみようと思う」

いつものように編集部に行き、三人の編集者にそう告げると、意外にも反対された。

「できすぎてるよ。つまらない。混血のボクサー、今は落ち目の元チャンピオン。おまえさんはそんなわかり切ったストーリーを書くことはないんだよ」

しかし、いつもは彼らの忠告を素直に受け入れる私が、その時だけは逆らうことになった。そういうことではないのだ、気になるのだ、自分のことが気になるように、内藤が気になるのだ。私は、彼らの反対を押し切って、内藤に連絡を取った。それが私の、初めてのひとり歩きだった。そう気がついたのは、かなりの時が過ぎてからである。

それまで、私は常に自分の好きなテーマを好きなように書いている、と思い込んでいた。しかし、実際はただそう思い込んでいるにすぎなかった。外部の人からは編集部の一員ではないかと誤解されるほど頻繁にその部屋に出入りし、夜になれば夜になったでいつも一緒に酒を呑んでいた。そのような密な接触を続けているうちに、知らず知らずのうちに彼らの思考のスタイルに深く影響されるようになっていた。面白がり方の技術といったものをそっくり注入されていた。私が面白いと感じるテーマは、彼らが面白いと感じるテーマだった。私が選んだテーマは、同時に彼らが選んだテーマでもあった。しかし、「カシアス内藤」だけは違ったのだ。それは、私の内藤への関心が、ジャーナリスティックな興味から発したものではなかったからかもしれない。あえて言えば、それはごく個人的なものだった。

会いたいという以上のことをいっさい伝えずに、私は内藤に連絡を取った。

初めて内藤と会ったのは、横浜の東急ホテルのロビーだった。内藤は、ロビーのソファに深く腰を落とし、膝《ひざ》に手をのせて、じっと前を見つめて待っていた。私が遅れたわけではなく、彼が待ち合わせの時間よりかなり早く来ていたのだ。私はまず彼の風体に驚かされた。頭髪にチリチリのパーマをかけ、それをアフロスタイルのように盛り上げている。しかも、細い銀縁の眼鏡をかけているのだ。その頃、すでにテレビに出るような試合をしなくなってかなりたっていたが、私が新聞や雑誌などで記憶している、クルーカットの少年のような顔立の内藤とは、あまりにも異なっていた。その風貌《ふうぼう》から太く低い声を予想していた私は、初めて耳にする内藤の声がいくらか高いのに意外な印象を抱いた。喋《しゃべ》り方も歯切れがよかった。ボクシングでは喰えなくなったので、山下町のディスコで働いている、と言った。夜の仕事なので昼間は暇なのだ、とも言った。

内藤は全体にふっくらとしていた。ジーンズのはちきれそうな太股《ふともも》から想像すると、ほとんどトレーニングはしていないようだった。遠まわしに訊ねると、ジムへは一週間に一度行くかどうかだ、と別に恥じる様子もなく答えた。

しばらくして、私は内藤が初めて敗れた柳済斗とのタイトルマッチへ話を移した。なぜ敗れてしまったのか。なぜその一戦を境にして敗北に敗北を重ねるようになってしまったのか。なぜ……。私が口を開くと、それをさえぎるようにして、内藤が言った。俺は柳に負けてなんかいない。あいつは汚いんだ。俺がダウンしたのはあいつの肘《ひじ》打ちにやられただけなんだ……。だが、内藤は、その直後のリターンマッチにも敗れ、三度目の対戦にもノックアウトでタイトル奪還の夢を砕かれていた。それを言うと、内藤は不満そうに、もうその時にはやる気がなくなっていたんだ、と抗弁した。どうして、と私は訊ねた。どうでもよかったのさ、と内藤は投げやりな口調で言った。しかし、それでは答えになっていない。私は同じ問いを形を変えて繰り返したが、ついに内藤から明快な答えは返ってこなかった。

それだけ訊《き》くと、もう私には喋ることがなくなってしまったような気がした。コーラを呑みながら、横浜に関する当たりさわりのない雑談をした。内藤はどんな話題にもこだわりのない軽やかさで応じた。しかし、時によって軽薄と受け取られかねないその軽やかな饒舌《じょうぜつ》を聞いているうちに、彼には私の感じた戸惑いなどなかったのかもしれないと思えてきた。別に自身と折り合いがつかないといったこともなく、あがいているということもない。彼は彼なりの楽天的な生き方をしているだけなのかもしれない。私は内藤に軽い失望のようなものを感じていた。だが、すぐに、内藤に過大な期待を寄せていた自分の愚に気がついた。彼からどんな台詞《せりふ》を聞けば満足したというのか。彼の苦悩に満ちた台詞を聞けば失望しなかったのか。私は自分自身の苛立ちに見合うものを見つけて安心したかっただけではないのか。私こそ軽薄そのものではなかったか……。

　そう思いかけた時だった。内藤が呟《つぶや》いた。来月、韓国で試合をするんだ。それは私も知っていた。内藤の連絡先を訊くため船橋ジムへ電話した折、マネージャーがそのようなことを言っていた。内藤は東南アジアへのドサ廻りが専門のようになっている。マネージャーはそうも言った。

　相手は誰、と私は大した興味もないまま内藤に訊ねた。柳済斗。内藤はポツリと呟いた。えっ、と私は大きな声を上げた。

　場所は釜山ということだった。一度目がソウル、二度目が大邱《テグ》、三度目がまたソウル。そして四度目を釜山でやるというのだ。

　四度目か……。私が呟くと、内藤は馬鹿《ばか》にされたとでも思ったのか、視線を落として少し口を尖《とが》らせた。だが、その時、私はこう考えていたのだ。最初は悲劇でも、二度目は茶番だという。だとしたら、三度目は話にもならぬ無意味そのものということになるのかもしれない。しかし、二度目が茶番で三度目がナンセンスだとしても、四度目になればこれはもう再び悲劇なのではあるまいか。

　私はまた呟いていた。釜山か……俺も行こうかな……。内藤は視線を上げた。しばらく私の顔を見つめていたが、冗談で言っているのではないことを察すると、急に自信に満ちたような口調で言った。柳とは四度目だけど、今度はこれまでとは違うんだ。どう違うんだい、と私は訊ねた。それには直接答えず、もうこんなことをしちゃあいられないんだ、と強い口調で吐き棄《す》てた。その日、内藤が初めて表わした激しさだった。

こんなことをしていられない、という内藤の言葉には、少年期をすでに過ぎてしまった男の切実さが感じられた。内藤はさらに言葉を継いだ。いつまでもダラダラやっていてもしようがないし……何ていうか……ここらで……。内藤は自分の思いを的確に伝えられる言葉を探して言い淀《よど》んだ。何気なく私は言った。ケリをつけたいのかい。内藤はこちらがビックリするほど強く頷《うなず》いた。そう、そうなんだ、ケリをつけたいんだ、カタをつけたいんだよ。

そして、今度は柳に勝てそうな気がする、と言ったのだ。その時、私も釜山へ行こうと思い決めた。たとえ借金してでも見に行こう、と。

横浜からの帰りに、いつものように編集部へ寄った。三人の編集者に内藤の話をすると、ひとりが眉《まゆ》をひそめて呟いた。

「嚙《か》ませ犬か……」

試合は来月だとはいえ、実質的には三週間もない。そんな短期間にコンディションを作れるわけがない。内藤は、負けるためだけに行く、嚙ませ犬になっている、と彼は言った。私も一緒に釜山へ行くつもりだと告げると、彼はやめておけと言った。

「大した試合じゃない。奴《やつ》は負けるぜ」

私も彼が勝つとは思っていなかった。だが、たとえ負けるにしても、何かがあるに違いないという気がしてならなかった。内藤には、この試合に期すものがあるらしいのだ。どうしても行くつもりだ、と私は頑強に主張した。彼らは反対したが、何日かすると、

「お涙頂戴《ちょうだい》、なんて話は御免だぜ」

と言いながら、渡航費を手渡してくれた。

4

しかし、試合は無惨《むざん》だった。内藤も柳も義理のようにパンチを交換し、意味なくクリンチをして、いたずらに時間を消費していった。ダラダラと回を重ねていくふたりに、じっとしていても汗がしたたり落ちるほどの暑さの中で、体育館の観客は苛立ち、不満の声を上げげた。私も一緒になって声を出したかった。しかし、私は、今度は違う、といった内藤の言葉を思い浮かべ、何かが起きるのを待った。十回、十一回、十二回

と待ちつづけた。だが、空《むな》しかった。

判定がチャンピオンの柳済斗に下った時、リングの内藤はほとんど表情を変えなかった。柳に歩み寄り、彼の手を高く持ち上げた。二度、三度とそれを繰り返すと、淡々とロープをくぐり、リングから降りた。

ケリなどつかなかった。今度も、何ひとつ変らなかった。

しかし、なぜ内藤はあの試合でケリをつけるなどと言ったのだろう。韓国から帰ってからもそのことが頭を去らなかった。あれは口からの出まかせだったのだろうか。いや、あの時、彼がケリをつけたいと望んでいたことは間違いないのだ。あるいは、願望を持続させる緊張の糸が切れているのかもしれない。なぜ切れてしまったのか。それがわかれば、あれほど急速に下降していってしまった原因が理解できるかもしれない、と思えた。

日本に帰った私は、内藤の周囲の人たちを訪ねて歩いた。彼の母親に会い、友人に会い、教師に会い、ジムの関係者に会い、ボクシングの専門家に会い、もちろんエディにも会った。

ある人は性格だと言った。生来の怠け癖が敗北によってあらわになっただけである、と。ある人は血だと言った。黒人との混血児には彼のような飽きっぽい性格が多いのだ、と。もともと内藤の記録は巧妙に仕組まれたもので彼は作られたスターにすぎないと言う人もいたし、内藤はその頭のよさと天才的な資質によって逆に自分の限界が見えてしまったのだろうと言う人もいた。ファイトマネーの不満からと言う人もいたし、信頼する人に裏切られたからだと言う人もいた。

多くの人に会ったあげく、私に残された結論は「わからない」というものだった。彼らが語ってくれたすべてが原因であり、すべてが原因ではないのだろうと思えた。

そのような時期に、私はノーマン・メイラーの一文を読んだ。メイラーは、ホセ・トレスという元ライトヘビー級チャンピオンが書いたモハメッド・アリ論へ序文を贈る、という形で彼自身のアリ観を述べていた。その短い文章の一節を眼にした時、カシアス内藤が、あれほどの素質を持ちながら、なぜドサ廻りのボクサーでいなければならないのかという謎《なぞ》が、僅《わず》かに解けかかったような気がした。

ホセ・トレスのアリ論は、原題を〝Sting Like a Bee〟という。これは、アリが最初に世界へビー級のタイトルへ挑戦した時、彼がチャンピオンのソニー・リストンに投げつけた言葉に拠《よ》っている。あの「蝶《ちょう》のように舞い、蜂《はち》のように刺す」という有名な言葉だ。

トレスもまたすぐれた重量級のボクサーだった。彼がどれほどのボクサーであったかということは、たとえばアリが、一番苦しかった試合はどれであったかという問いに、冗談めかしてではあったが、トレスとやった三ラウンドのスパーリングと答えているのでも、いくらかはうかがい知ることができる。

メイラーはこのトレスの書いた見事なアリ論の序文に、トレスとアリを比較しつつ、こう書いたのだ。

トレスはアリ同様に、あるいはアリ以上にスピードがあり、かつアリ同様、あるいはアリ以上にパンチ力があった。つまりアリ同様にまれな素質を持った拳闘家《けんとうか》であった。では、トレスが自分より年上のディック・タイガーに敗れるまで、三度防衛したとはいえ、なぜライト・ヘビー級のチャンピオン以上のものになれずに終ったのか。

その答えだけで、一冊の本が書けよう。それは天才の資質を持った人間が、何故《なぜ》天才にならないかをめぐる謎なのである。しかし簡単にいってしまえば、トレスは人を超越的なものに追い込んでゆくある種の飢餓感を欠いていたという見方のなかに、解答があるのかもしれない。

『カシアス・クレイ』和田俊訳

メイラーの文章を読んで、私は釜山の市場を思い出した。そこで見かけた露店の古本屋に、日本はもとよりアメリカやヨーロッパの古雑誌がうずたかく積まれている一角があった。その中に、トランクス姿のモハメッド・アリが、腰に手を当て、あたりを睥睨《へいげい》している写真を表紙に使った、古い『ライフ』があったのだ。その写真においてさえ、アリの眼は、何か得体の知れないものへの挑戦の意志を秘めて、強い光を発していた。

アリにあってトレスになかった飢餓感、まさにそれこそが内藤に決定的に欠けていたものだった。経済的、あるいは生理的な飢餓感なら、内藤にもあったはずだ。しかし、メイラーのいう、超越的なものへの飢餓感といったものだけはなかった。私は内藤からこんな台詞を聞いた覚えがあった。

「チャンピオンなんかなりたくなかった。自由が減るばかりで厭《いや》だった。栄光なんて欲しくもない。歴史に名をとどめたかったら、爆弾でも抱いて、映画館にでも飛び込めばいいさ」

釜山から帰って三週間ほどたった頃、私は久し振りに内藤と会った。顔を合わせると、俺もパンチ・ドランカーになっていくようだ、といきなり言った。なぜケリをつけるべく闘い切らなかったのだ、と詰問《きつもん》しようとしていた私は、先制パンチを浴びてうろたえた。内藤はさらに、眼がかすむし、一試合ごとに馬鹿になっていくような気がする、と言った。内藤のように長くアウト・ボクシングをしてきた者に、パンチ・ドランカーは少ないはずだった。しかも彼は打たれ弱かった。驚きが去ると、今度は疑問が湧《わ》いてきた。彼がパンチ・ドランカーなどということがあるだろうか。

その疑問も、内藤が弁解がましくこう言った時、一挙に氷解した。たった五百ドルぽっちのファイトマネーで、ブンブンぶっ飛ぶわけにはいかなかったんだよ、命がかかってんだからね。これを言いたいために、パンチ・ドランカーの話を枕《まくら》に振ったのだ、と理解することができた。いつブンブンぶっ飛ぶんだい。私は深い徒労感に襲われながら訊《たず》ねた。いつかさ、と内藤は答えた。いつか、そういう試合ができる時、いつか……。

しかし、オバケといつかは待っている奴の所に来たためしがない。つまらない冗談だったが、そう言おうとして、それすらも空しいような気がしてきた。そして思った。彼にいつかなどやって来ることはないだろう。そして「クレイになれなかった男」という文章の最後にこう書いた。俺たちにいつかがないように、おまえにもいつかなどありはしないのだ。いつか、いつかと望みつづけているだけで、ついに、いつかと巡り会うことはない……。

だが、それからしばらくして、彼のアパートの本棚で、『若き愛と性の悩み』という本の横に『人間革命』という本を見かけた時、その二冊の本がガラガラの本棚で物悲しく身を寄せ合うようにして並んでいるのを見かけた時、私は不思議な情熱にとらえられた。彼の言う「いつか」を、この手で作れないものかと思ってしまったのだ。

内藤には、かつて一度もボクサーとして最高の時を迎える、ということがなかった。最高の相手と、最高の状態で、最高の試合をする。そうした中で初めて、自分のすべてを出し尽くし、自分以上の自分になる瞬間を味わうことができる。だが、内藤にはその経験がなかった。常に、中途半端《はんぱ》な敵と、中途半端なコンディションで、中途半端なファイトしかしてこなかった。私は内藤にその最高の時を作り出してあげられないものかと考えるようになったのだ。それこそが内藤の「いつか」になるはずだった。

そこに賭《か》かっているものが大きいほど、敵もまた巨大になる。内藤が自分以上の自分になるためには、その試合が大きければ大きいほどよいということになる。私は世界タイトルマッチを夢想するようになった。

確かにエディの言葉に強く影響されたところはあっただろう。エディほどの豊かな経験の持ち主が、真剣にトレーニングしさえすれば世界チャンピオンにすることも不可能ではない、と言ったのだ。私は内藤を復活させることに熱中しはじめた。いかにして内藤を世界ランカーにし、世界タイトルへ挑戦させるか。テレビ局にいる友人を通じて、そのためのステップを作ろうとした。マッチメークを含むいくつかの具体的な話が少しずつ動き始めた。興行とテレビの関係、ジムとジムの力関係、多くのことに無知だったために、思わぬ遠廻りをしなければならなかった。だが、私がこれほど熱中できたことはかつてなかったような気がした。仕事を放り投げ、人と人の間を駆けめぐった。明らかに、彼の「いつか」を作り出すことが、私自身の「いつか」になっていた。どこへ行っても小僧扱いにされた。しかし、もしかしたらどうにかなるかもしれない、という微《かす》かな光が見えてきた矢先に、突然、すべてが崩壊した。

ある朝、週刊誌の記者から電話がかかってきた。内藤が逮捕されたと言うのだ。

「知らないんですか。読売新聞にでかく出ているじゃないですか」

確かに、外で買い求めた読売新聞の、社会面の中段にその記事はあった。

横浜市内のバーやスナックから盗んだスロットマシーンを他店に貸して荒かせぎをもくろんでいた大がかりな窃盗《せっとう》組織が横浜・山手署に摘発されたが、一味にボクシングの日本ミドル級一位のカシアス内藤（本名・内藤純一）（二四）が加わっていた。

内藤は同署の指名手配で、横浜・加賀町署員に逮捕され、十九日、山手署から横浜地検に身柄送検されたが、日本ミドル級チャンピオン、東洋同級チャンピオンになったこともあるボクシング界のホープだけに、関係者の驚きも大きい。

私には、それが友人に誘われての軽い冗談のような行為であることがよくわかっていた。彼が、気のよさそうな友人としていた陽気なおしゃべりの、それは延長線上の行為だった。ふたりがスロットマシーンについて愉《たの》し気に話しているところを、私は何度も見かけていた。しかし、たとえ、彼が盗んだものがスロットマシーンのコインといくらかの現金でしかなかったとしても、一般紙に四段の記事で報じられてしまえば終りだった。すべては壊れるよりほかなかった。

以後、私は内藤と会うことはなかったが、たまに見るボクシングの試合の向こうに、いつも彼の姿を見ていたような気がする。やはり「いつか」など来はしなかった、という苦い思いと共に……。

それが五年前のことだった。

## 5

アメリカへ発《た》つ前夜、私は内藤と横浜で会うことにしていた。彼の言う「うちのやつ」も一緒に食事をしようということだった。

山下町にあるホテル・ニューグランドのコーヒー・ショップで待ち合わせていた。時間の五分前に行くと、ふたりはすでに到着していた。窓際《まどぎわ》の隅の席について、コーヒーを呑《の》みながら私を待っていた。

「これ、うちのやつ」

内藤が少し照れたように紹介した。

「裕見子です。初めまして」

低い、落ち着いた声だった。内藤が私に彼女の容姿を説明した時、不美人だという意味の言葉を使ったが、それは正確ではなかった。黒く長い髪を背中まで垂らし、アクセントの強い化粧をした美人だった。

私たちは山下町からタクシーで関内《かんない》に向かった。彼女が肉類をうけつけないというので、縄のれんと大して変わらぬ小料理屋で魚を食べることにしていた。

座敷に案内してくれた仲居が注文を取りに来た。裕見子は肉が食べられないだけでなく、貝類も食べられず、頭のついた魚も食べられないということだった。自分で気持が悪いと思い込んでしまったものは、どんなものでも喉《のど》を通らなくなってしまうらしいのだ。仲居は注文が決まらず困っていたが、結局、彼女には白身の魚の刺身を持ってくるより仕方がない、と判断したようだった。

裕見子も内藤と同じく酒は呑めないと言う。小料理屋に入って、三人でジュースを呑むわけにもいかなかった。私ひとりは酒を頼んだ。

仲居が出ていくと、私はどちらにともなく訊ねた。

「どういうきっかけで知り合ったんだい？」

ふたりは顔を見合わせ、笑った。そして、内藤がその問いを引き受けた。

「こいつ、俺の友達の彼女の友達だったんです」

「………？」

一度ではよくわからなかった。ゆっくりと説明を聞き、ようやく理解したところによるとこういうことのようだった。かつて内藤が働いていたディスコで、店内の放送用にディスクジョッキーが必要になり、アメリカ人を傭《やと》ったことがある。その男は在日米軍の黒人兵だった。軍隊の給料ではやっていけないのでアルバイトをしていたわけだ。内藤はすぐにその男と親しくなったが、彼には日本人の恋人がいた。その恋人が裕見子を内藤に紹介したということらしかった。

「その頃、私、結構あちこちで遊んでいたから」

裕見子はそう言って笑った。

「でも、遊ぶといっても酒は呑めないんだし、どうしてたの？」

「だから、よく踊りに行ってたんです。そこでジュンとも知り合うようになって……」

どうして一緒に暮らすようになったのか、とはもちろん訊《き》かなかった。男と女が知り合って、一緒に暮らすようになるのに、別に大した理由が必要なわけではない。

裕見子は東京の和菓子屋の娘だということだった。内藤と同じように甘い物が大好きなのだと言った。笑うと前歯に小さな虫喰いのあとが見えるのはそのせいかもしれなかった。

「こいつの好物はね、芋羊羹《いもようかん》なんですよ。それさえあれば、御飯なんかなくても平気」

内藤は眼に笑いを含ませて言った。私もその冗談に乗り、大仰に驚いてみせた。

「へえ、ほんと。肉も魚も駄目だと言うから、何を食べているかと思えば、芋羊羹だったのか」

すると、彼女は少し恥ずかしそうではあったが明かるい口調で、

「ええ、そうなんです」

と答えた。

「ひょっとしたら、三食とも芋羊羹でいいんじゃないか、おまえ」

内藤が言うと、裕見子は笑って頷《うなず》いた。

二人は仲がよさそうだった。三十分も一緒にいるうちに、それがよくわかってきた。運ばれてきた料理にはあまり箸《はし》をつけなかったが、裕見子は快活に話をしていた。表情をいくらか曇らせたのは、彼女の家族について話した時だった。

「うちは固いんです。父はむかし消防署にいたし、兄は警察官だし、それに母は私がミニスカートをはいても叱《しか》るような人だったから。もっと長いのにしなさい、って」

内藤はまだ正式に結婚していないと言っていた。だとするなら、その家族が彼女の現在のような生活に反対しないわけがない。彼女は彼女なりにかなりの大変さを引き受けている、ということになる。しかも、二人の生活を支えるために、ひとりで働かなくてはならないのだ。毎晩、横浜から錦糸町《きんしちょう》に通っているとのことだった。ウエートレスと変わらない仕事だとはいえ、客を相手に夜遅くまで立ちづめでいなくてはならないのだ。決して楽な仕事ではない。

「よく頑張ってるね」

私が言うと、彼女は内藤の顔を見て、それから少し笑って頷いた。やさしい笑顔だった。ふたりが並んでいると、しっかり者の女房とぐうたら亭主という絵柄の、典型のように映る。内藤にそう言うと、彼は不満そうに口を尖《と》がらせた。

「こいつは気ばっかし強いけど、泣き虫なんだ。何かっていうとすぐ泣くんだから」

「そう、すぐ泣くもんね、私って」

予想していた以上に、ふたりはうまくいっているようだった。何より、彼女は頭がよさそうだった。内藤のどんな言葉にも笑っていられるくらいの賢さがあった。内藤の生活の中に、少しずつ核になる部分ができてきているようだった。

「明日はもうアメリカなんだね」

突然、内藤が私に向かって言った。いかにも羨《うら》やましそうだった。私はただ笑って頷いた。

「俺も、行ったことあるんですよね」

内藤がまた言った。

「アメリカへ？」

「そう、ロスアンゼルスに行ったんです」

初めて聞く話だった。インドネシアに行っていたことは知っていたが、アメリカにまで足を伸ばしていたとは意外だった。

「それはいつ頃のこと？」

「インドネシアから帰って、しばらくしてからかな」

「遊びに？」

「そう、ぶらぶらとね。……ほら、さっき話したディスクジョッキーをやってた友達、そいつがしばらくアメリカに帰ってたんでそこを訪ねたわけ」

そして、その日々をなつかしむような口調で言った。

「アメリカ、よかったなあ……」

内藤にとってアメリカは父の国である。彼がアメリカに深い思いを持つのは当然のことと言える。内藤がボクサーになった時、強くなってアメリカへ行く、というのは大きな夢のひとつだった。しかし、世界十傑に入るようなボクサーになっても、興行を最優先するジムの思惑によって、ついにその願望はかなえられることがなかった。そのうち、もう少したったら、となだめられているうちに、内藤の下降が始まってしまったのだ。

しかし、内藤が、今でもアメリカに対して強い愛着を抱いていることは、私も知っていた。彼は練習用のパンツに小さなアメリカ国旗を縫い込んでいた。理由を訊くと、好きだからと簡単に答えた。洋服を買うと、なぜかみなアメリカ国旗の色になってしまう、とも言った。つまり、青と赤と白の三色だ。普段の服装ばかりでなく、トレーニング・ウェアーに関しても、その好みははっきり表われていた。白いシャツに青いパンツ、白いシューズに赤い靴下、といった色の組み合わせが最も多く、またよく似合った。

そのアメリカへ、ボクサーとしてではなかったが、初めて行ってきたというのだ。

「アメリカはそんなによかった？」

私が訊ねると、内藤は懐《なつか》しげな口調で答えた。

「うん、よかった。とても暮しやすそうだった、俺たち、俺たちには……」

語尾には微妙なかげりがあった。恐らく、俺たちという言葉には混血児、それも黒人との混血児という意味が含まれているのだろう。内藤が自分が黒人との混血児であるということを、このような複雑なニュアンスをこめて語るのは初めてのことだった。

「もし……」

と内藤は膳の上の一点をじっと見つめながら言った。

「俺が……チャンピオンになったら……行きたいな、アメリカに……エディさんと一緒に」

とうとう口に出してしまったな、と私は妙に落ち着かない気分になりながら腹の中で呟《つぶや》いていた。内藤の言うチャンピオンは明らかに世界チャンピオンを意味していた。再起第一戦に勝てるかどうかわからないボクサーが、口にするには早すぎる台詞《せりふ》だった。

彼は夢を見ているようだった。夢を見ることは悪いことではない。その夢こそがつらい練習に耐え、困難に耐える力を与えてくれるのかもしれないのだ。しかし、それはあくまでもおぼろな夢にすぎない。私には、ひとたび口にすると、その夢は夢のまま凍りついてしまうような気がしてならなかった。

だが、内藤は熱っぽく喋《しゃべ》りつづけた。

「日本ではね、エディさんは超一流のトレーナーだと思うんだ。インファイトを教える技術は、他の人に何も言わせないだけのものを持っている」

確かに彼の言う通りだった。トレーナーという職業についている男たちの中で、いったい何人が、見よう見まねの技術と知識以上のものを持っているかは疑問だった。一流の選手が常に一流のコーチになれるわけではない、というのはボクシングも他のスポーツと変らない。選手を育てるには、自分が選手になるという時とは、まったく別種の哲学が必要とされるのだ。エディにはボクサーというものに対する確固とした哲学があった。それが、リングの中では人を殺せという台詞になり、あるいは、打たれはじめたボクサーを守るためにいちはやくタオルを投げ入れるという決断となった。エディにはトレーナーとしての優れた技術と知識と哲学と、それに愛情があった。日本においてはエディ以上のトレーナーはいない、という内藤の言葉は誤りではなかった。

「でもね」

と内藤はさらに続けた。

「エディさんは、やっぱりアメリカ人なんだよね。日本でいくら一流でも、それだけじゃあ、寂しいんだよ。だから、俺、アメリカで尊敬されるようにしてあげたいんだ」

「…………？」

「チャンピオンになったら、エディさんとアメリカに行って、向こうの奴《やつ》と試合をやりたいんだ。そうして、そいつらに何も言わせないだけのものを見せる。そうすれば、エディさんにだって、きっと……」

それは必ずしもエディのためだけではなさそうだった。

裕見子は内藤の話をひとりで小さく頷きながら聞き入っていた。彼女もまた内藤と同じ夢を見はじめているようだった。

「はじめ、彼がボクシングをやるのに反対したんだって?」

私は裕見子に訊ねた。

「ええ……」

「それが、今はどうしてオーケーなんだろう」

「………」

彼女はどう答えていいかわからず、しばらくうつむいて考えていたが、やがて顔を上げ、ゆっくりと喋りはじめた。

「この人は……何かできる人だと思うんです。それがボクシングなのかどうかは、私にはわからないけど、きっとこのままじゃない、何かができる人だって……」

私の質問に対する答えにはなっていなかったが、彼女の心情はよく理解できた。内藤が言っていたことは正しかったな、と私は思った。彼女について、わけはわからないが自分によく合っているような気がする、と言っていたのだ。彼女の、この人には何かができる、という台詞がそれを雄弁に物語っていた。この素朴な信頼が彼を持続させているのかもしれなかった。

「私はボクシングが好きではないけど、この人がこんなにやりたがっているんだから、その何かっていうのはボクシングなのかもしれない、と思うようになって……」

裕見子は言葉とは裏腹に確信に満ちた口調で続けた。

「これから、この人は上に登っていくような気がするんです。もしかしたら、登っていけないかもしれない。でも、私には、登っていける人のように思えるんです」

その夢が、ひとりで働き内藤にボクシング一筋の道を歩ませる、という生活によく耐えさせているのだろう。

「……そうなっていくと、やっぱり、この人は遠くに行ってしまうのかなと思えたりして、逆に少し心配になるんです」

男としてこれ以上はないという言葉を彼女から投げかけてもらいながら、内藤は少しずれたことを言い出した。

「そうだな……試合があると遠くへ行かなけりゃならないし、ふたり、離れて暮らさなければならないこともある」

内藤は、遠くへ行ってしまうという彼女の言葉を取り違えていた。だが、別にその齟齬《そご》を正してやる気にはならなかった。彼女の言う意味において、内藤が遠くへ行けるかどうかは、まだ少しもわかっていなかったからだ。遠くへ行くためには、多くの弱点を克服し、さらに厳しくなるだろう状況に耐えなくてはならない。内藤にそれができるかどうか、私にはまだ確信が持てなかった。

「離れて暮らすっていうのは、結構むずかしいものなんだ」

内藤は裕見子にしみじみとした口調で言った。

「そんな時にもうまくやっていけるかどうか、それが問題なんだよな。……前の彼女、おまえも知っているだろうけど、あいつともそれでうまくいかなくなったし、な」

私は、内藤がどんなことも話しているらしいことに、また安心した。これなら大丈夫だ……。

私はふたりの話を聞きながら、どうしようか迷っていた。いつ渡そうか間合いをはかりかねていた。

その夜、内藤に裕見子を連れてきてもらって、一緒に食事をしようとした理由のひとつは、彼女に金を手渡したいということがあった。生活が苦しいことは、内藤の言葉のはしばしからうかがえた。貯《たくわ》えも底をつき、裕見子ひとりの稼ぎで生活を支えている。喰うに困るというほどではないにしても、それに近い状態になりつつあることは間違いないようだった。私はしばらく外国を転々とするつもりで金の準備をしてあった。しかし、ニューオリンズへ行って、すぐ帰ってくるつもりなら、それほど金はいらなかった。余分になったいくらかの金を、彼女に渡そうと思った。そんなことはないだろうが、せっかくここまで努力してきて、金がないために挫折《ざせつ》でもしようもののなら、彼女が可哀《かわい》そうにすぎる。私が日本にいない間にどんな必要が生じるかわからない。少なくとも、私が帰ってくるまで、金についてのつまらないトラブルは回避させてあげたかった。

だが、私は人に金を渡すなどということに慣れていなかった。つい最近までは私のほうが金を借りる側だった。どう切り出したらいいか困っていた。何かひどく恥ずかしい行為をするような気がした。しかし、この金は、私が持っているより、彼らが持っていたほうがはるかに有意義な金なのだ。そう無理にでも思い込むようにして、私は裕見子に向かって喋りはじめた。うろたえながらさまざまなことを喋ったが、結局はこの金を使ってもらえば嬉《うれ》しい、ということに尽きた。

黙って私の話を聞いていた彼女は、私が喋り終ると、しっかりした声で短かく言った。

「お借りします」

もちろん返してもらおうなどとは考えていない金だった。しかし、そう言われると、私は弾んだような気分になった。彼女には私の気持が通じたらしいことが嬉しかった。内藤はひと言も口をきかなかった。口を固く結び、眼に強い光が宿っていた。彼の内部に湧《わ》き起っている思いが、その光によって読み取れるようだった。私はそこに醸《かも》し出されそうな湿った情感に狼狽《ろうばい》して、わざと軽薄そうな声を上げた。

「よし、貸したぞ。いつか、でっかい利子をつけて返してもらうからな」

ふたりの表情がゆるんだ。それを見て、私は続けた。

「……なんてね。俺も他の人からこんなふうにされてきたんだ。余裕ができたら、今度は君たちが誰かにというだけのことさ」

内藤は微《かす》かに頷いた。裕見子は、私にでもなく、内藤にでもなく、自分自身に言いきかすように呟いた。

「この人は、そういうことができる人だと思うんです。そういう運命の人だと……」


十時を少し廻った頃、私たちは店を出た。

外は涼しかった。次第に暑さが遠ざかっていく。私がアメリカから帰ってくる頃には、さらに涼しくなっているに違いなかった。

酔客とタクシーが往《い》きかう細い通りを、ゆっくりと歩いた。

「もし、何かあったら……」

内藤と肩が並んだ時、そう言いかけて、私は口をつぐんだ。その言葉の後に、利朗に相談してほしい、と続けるつもりだったのだが、あるいは余計なことかもしれないと思ったからだ。

二日前、私は友人をジムに連れて行った。内藤に紹介しておきたかったのだ。内藤利朗というカメラマンで、私の古くからの友人だった。練習が終り、帰りに三人で喫茶店に寄り、私は二人を紹介した。しかし、偶然、ふたりが同じ姓だったため、互いに、内藤が内藤を内藤さんと呼ぶ、という奇妙なことになってしまった。面倒なので、カメラマンの内藤は、いつも私がそう呼んでいるように、利朗という名で覚えていてくれ、と言ってあった。

利朗はフリーのカメラマンだった。しかし、私が内藤に彼を紹介したのは、カメラマンとしてというより、むしろ親しい友人として、だった。

私は利朗に見ていてほしかったのだ。私がアメリカへ行っている間に、内藤の肉体と精神がどう変化していくか、あるいはしていかないか。それをカメラマンの眼で正確に見て、あとで伝えてもらいたかった。そして、もし内藤に困ったことが起きたら、できるだけ相談に乗ってあげてほしかった。利朗は無口な男だったが、相談相手としてこれほど信頼のできる男はいない、と私は思っていた。

もし何かあったら、と言っただけで、私が言い淀《よど》んでいると、内藤は先をうながすように顔を向けた。ここまで言い出したのだから、余計なことかもしれないが言っておこう、と思い直した。

「何かあったら、利朗に相談してほしい……」

気を悪くするかなと思ったが、そんなことはなかった。

「ああ、あの、カメラマンの内藤さん」

「そう。あいつは、きっと頼りになると思うから」

「うん……。でも、平気だよ。俺のことは心配しないでも、平気」

確かに平気そうだった。私は頷いた。

「じゃあ、この辺で別れよう。俺は桜木町に出るから」

「アメリカ、気をつけて」

裕見子が言った。私は彼女のほうを向いて、

「頑張って、ね」

と言った。言ってしまってから妙な台詞《せりふ》だなと思ったが、私の素直な気持は頑張ってというものだった。彼女は笑いながら答えた。

「頑張ります」

三人は声を合わせて笑い、別れた。

# 第四章　ニューオリンズの戦い

## 1

ロスアンゼルスの上空にさしかかったのは夜だった。

空港に着陸するまでの三十分ほど、飛行機は広大な光の海を飛びつづけた。美しい夜景だった。しかし、その美しさは、他の都会の夜景とは異なり、人の心を感傷的にさせたり波立たせたりするものではなく、むしろ柔らかく包み込むような穏やかなものだった。それはその光の粒の連なりが、まさに海というにふさわしい広がりを持っているからに違いなかった。ロスアンゼルスは確かに茫漠《ぼうばく》たる都会であるようだった。

ゲートをくぐると、ターン・テーブルには寄らず、そのまま空港ビルの外に出た。別に受け取るべき荷物がなかったからだ。数冊の本と洗面道具、それを入れた小さな布製のバッグひとつが私の荷物のすべてだった。

ロスアンゼルスは思ったほど暑くなかった。風は生暖かく感じられるが、汗が出るというほどではない。

私は、ビルの前を走り廻る車を眺めながら、さてこれからどうしたものかと考えた。どこへ泊まってどうするか、ロスアンゼルスに着いてからのことは一切決めていなかった。旅行案内書の類《たぐ》いも持っていなかったので、空港から街の中心部までどのくらいあるのかすらわからなかった。通りがかりの、空港職員らしい女性に訊《たず》ねると、約二十マイルだという。二十マイルといえば三十キロを優に超す。タクシーで行くのはもったいなかった。私が思い迷っていると、彼女がこのすぐ近くからダウンタウン行きのバスが出ていることを教えてくれた。

それは空港とダウンタウンを結ぶ直通バスだった。途中いくつかの有名ホテルに寄り、グレイハウンドのバスターミナルまで行くという。バス駅の周辺ならきっと安いホテルがあるはずだった。私は三ドル五十セントの料金を払い、エアポート・エクスプレスと名づけられたそのバスに乗り込んだ。

バスは夜のフリーウェイをかなりのスピードで突っ走った。街の中心部に入り、インターチェンジを複雑に昇り降りして、やがてヒルトンホテルに着く。乗客の何人かがそこで降り、また次のホテルに向かう。そのようにしてひとつずつホテルを経由していくうちに、乗客の大半は降りてしまい、最後のメイフラワーホテルを出た時には、私を含めて五人しか残っていなかった。ザックを背負って長い旅をしているらしい白人の若い男女、何ひとつ荷物を持っていない若い黒人男性、口髭《くちひげ》をたくわえたラテン系の顔立ちの中年男性、それに私という具合だった。いずれも大して金のありそうな風体ではなかった。

しばらく下町風のくすんだ町並を走ると、バスは不意に巨大な建物の中へ吸い込まれるように入っていった。そこが終点のグレイハウンドのバスターミナルだった。ターミナルの内部は閑散としていた。発券の窓口も大半は閉ざされ、発車を知らせるアナウンスも間遠だった。あまり豊かそうには見えない旅行者が、ソファに腰を落とし、静かに深夜の長距離バスを待っている。構内の簡易レストランにも人影はまばらだった。

午後十時をすでに過ぎていた。私は格別の当てもなく、方向もわからないまま建物の外に出た。街は空の上から見た時とは異なり、暗く重く沈んでいるように感じられた。私は勘にまかせて左への道を選んだ。そちらへ向かえば安宿にぶちあたるような気がした。根拠があったわけではない。だが、私はその種の勘についてはかなりの自信があった。香港《ホンコン》でもシンガポールでもカトマンズでもイスタンブールでもリスボンでも、勘にしたがい少し歩けばどこでも安宿が見つかった。外から検分し、そうして選んだホテルに間違いはなかった。

バッグを左手に、私はダウンタウンの暗い道をぶらぶらと歩きはじめた。二ブロックほど行くと、かなり広い道に出た。その両側にはポルノフィルムの上映館やバーが寂しげに並び、赤や紫のネオンがひっそりと舗道を照らしていた。建物と建物の間の暗がりには、黒人が三、四人ずつ、何をするでもなくたむろし、通行人に鋭い視線を投げかけている。

広い道に沿って一ブロックほど歩き、ふと左に折れてみると、すぐそこにホテルの看板があった。ガラス越しにフロントの様子が見える。ロビーの左側に清涼飲料水の自動販売機が並び、右側にソファが並んでいる。そこでは、長期滞在者らしい老人が、パイプをくわえながら新聞を読んでいた。安そうなホテルの割には荒れた感じがしなかった。私はロザリンと書かれたそのホテルのドアを押した。

「部屋はある?」

フロントの若い男に訊ねると、彼はにっこりして言った。

「いくつでも」

私は口元をほころばせた。

「ひとつでいいんだけど、いくらなのかな」

「十二ドルと税金が八十四セント」

ロスアンゼルスの相場がいくらくらいなのかは知らなかったが、かなり安いホテルであることは確かなようだった。名前を宿泊者カードに書き込み、パスポートをバッグから出そうとして、あるいは不要かもしれないと思いつき、フロントの若い男に訊ねた。

「要りません」

彼は短く答えた。それまで私がうろついてきた多くの国では、パスポートの提示なしにホテルに泊まることはできなかった。しかし、アメリカでは必要がないらしい。考えてみれば、それも当然のことだったかもしれない。この国ではいったい誰が外国人なのか外見では判断できないだろうし、また外国人かどうかを判定する必要もないのだ。ホテルにとって客は金さえ払えば文句のない存在なのだろう。十二ドル八十四セントを払うと部屋の鍵《かぎ》をくれた。同時にその保証金として三ドル請求された。鍵を返してくれれば金も返すとのことだった。どこの国でも安宿のシステムは変りない。私は妙なところで安心したりした。

部屋は通りに面した三階の角部屋だった。古いことは古かったが、空間的にはかなりの広さがあった。バスルームも一応は清潔に保たれてあり、デスクの横には白黒の大きなテレビが置いてある。十二ドルではまず文句のいえない部屋のようだった。

テレビをつけると、クリント・イーストウッドが派手にピストルを撃ちまくっていた。『ダーティー・ハリー』の第二作目か三作目か、いずれにしても私の見ていない作品を放映していた。言葉が大して理解できないにもかかわらず、ストーリーはおそろしくわかりやすい。オートバイを使ってのカー・チェイスも面白く、二転三転するラストもスリリングだった。だが、それを見ることに熱中しながら、一方でぼんやりと、いま自分が触れているのと同じ空気がその画面の中にも流れているのだなあ、などと考えていた。そして、なるほど自分はアメリカに来ているらしい、という思いが湧《わ》いてきたりした。

映画が終り、シャワーを浴びて寝ようとしたが、少しも眠くない。初めての町に着いた夜は、やはり昂奮《こうふん》してなかなか寝つかれないものだ。東京からホノルルを経由して十数時間、オイル・サーディンの罐詰《かんづめ》のように、狭い場所に押し込められたままの姿勢で運ばれてきたのだから、疲れていないはずがない。しかし、それが眠気と結びつかない。

午前零時を過ぎていたが、空腹を覚えていたこともあって外に出てみることにした。どこかでハンバーガーかホットドッグでも買ってこようと思ったのだ。

街燈《がいとう》はついているのだが、前日まで東京にいた者の眼には、暗く感じられて仕方がない。人通りも少なく、たまにすれちがう通行人も、黒人かメキシコ人風の有色人種がほとんどだった。ビルの谷間で少年たちの叫び声がすると、それも黒人の子供たちのバスケットボールに熱中する声だった。立ち止まり、変則的な人数の彼らのゲームを眺めていると、次第に黒い皮膚が闇《やみ》に溶け、白いシャツだけが幻想的に空中を乱舞しているように思えてくる。バーの扉の前には呑《の》んだくれの老人がコンクリートの階段に腰を落とし、ひとりで何か呟《つぶや》いている。そんな中をぶらぶら歩いているうちに、私の気分は少しずつ落ち着いてきた。あたりにはいかにも街らしい匂《にお》いが充満していた。どういうわけか、私は街の中にいる時、最もくつろいだ気分になれるようなのだ。

駐車場の横で開いている、屋台のような店でフライドチキンを買い、散歩しながらそれを食べた。揚げてからかなりの時間あたためつづけているため、いくらかパサパサしてはいたが、決してまずくはなかった。

疲労を覚えるくらいまでぶらつき、それからようやくホテルに戻った。

少し汗ばんだのでクーラーをつけ、部屋を暗くしたまま窓際《まどぎわ》に立った。クーラーの風にあたりながら、ぼんやり外の通りを眺めていると、ひとりの黒人が踊るような腰つきで歩いてくるのが眼に止まった。通りの角でたむろしていた四人の若者たちに声をかけられ、男はその仲間に加わって喋《しゃべ》りはじめた。声は届かないが、大声で喚《わめ》き、笑っているらしいことが、その様子からわかる。ひとりがひとりの肩にふざけてパンチを繰り出す。何がおかしいのか、それでまた笑いになる。別のひとりが煙草《たばこ》をくわえ、火をつけた。その瞬間、ライターの火によって浮かび上がった若者たちの中に、内藤とそっくりの顔があるのに私は驚いた。顔ばかりでなく、体つきまでよく似ていた。よく見ようと眼をこらした時には火が消え、また薄暗がりの中に彼の顔は沈んでいってしまったが、驚きはしばらく消えなかった。もちろん、こんな場所に内藤がいるはずはなかった。他人の空似というにすぎない。

それから十分も雑談をしていただろうか。やがて彼らは二組に分かれて立ち去っていった。私はその後姿を見送りながら、内藤の言葉をあらためて思い出していた。

ロスアンゼルスは自分にとって住みやすそうな街だった、と内藤は言っていた。その時は軽く聞き流してしまったが、このロスアンゼルスに実際に来てみると、彼の言葉が生々しい現実味を帯びて迫ってくるように思えた。この街なら彼は異邦人ではなかったろう。彼のような姿かたちの男は到《いた》るところにいるのだ、少なくとも、街を歩いて奇異なものを見るような視線を向けられることはなかったはずだ。しかし、日本ではそうはいかない。あの横浜の夜においてさえ、内藤を異邦人と見なさずにはおかない視線に、私たちは困惑せざるをえなかったのだ。

私たちが食事をした関内の小料理屋でのことだった。何度目かに料理を運んできた仲居が、刺身の皿に箸《はし》を伸ばす内藤の様子を見て、感嘆の声をあげた。

「まあ、こちら、ほんとに通でいらっしゃる」

私たちは仲居の言っている意味がわからず、互いに顔を見合わせた。仲居は私たちの怪訝《けげん》な面持に気がつくことなく、さらに言葉を重ねた。

「お箸、こんなに上手にお使いになって」

仲居は内藤を外国人と見なしていたのだ。私たちは仕方なしに苦笑した。仲居が誤解したからといって、どうということもない。ええ、まあ、と曖昧《あいまい》にして済ますこともできた。しかし、たとえ内藤がこの仲居と二度と顔を合わさないにしても、きちんと説明しておいたほうがいいと私は思った。これから先も、内藤と一緒にいれば、必ずぶつかる局面に違いなかった。そのたびに曖昧に笑ってごまかすのは決してよいことではなかった。私は仲居に、彼が日本で生まれたこと、だから箸を上手に使うのは当然だということを説明した。頷《うなず》きながら聞いていた仲居は、私の話が終ると、こう言った。

「まあ、そうですか。でも、ほんとに、なんてお上手なんでしょう」

私は途方に暮れて溜息《ためいき》をついた。仲居は私の言っていることなど聞いていなかったのだ。たとえ私の言葉が耳に入っていたとしても、彼女の確固たる実感の前には、ただ無力にはね返されるだけだったのだろう。

内藤は表情ひとつ変えず黙っていた。しかし、その無表情が、三十年近くものあいだ背負わなければならなかった困難に対する、彼なりの防禦《ぼうぎょ》の方法だということは、私にも少しずつわかるようになっていた。自分を守り、傷つけまいとする本能が、彼を無表情の鎧《よろい》で閉ざしてしまうことがよくあった。

だが、このロスアンゼルスで、恐らく内藤はその鎧が不用なことを知ったのだ。

カーテンを閉め、横になったが眼が冴《さ》えてどうしても眠れない。明け方になり、窓の外がうっすらと明るくなりはじめた頃、ようやく眠りに入ることができた。

翌日、眼が覚めると、すでにカーテンの隙間《すきま》から強烈な陽光が射《さ》し込んでいた。シャワーを浴び、フロントでもう一日分の宿泊料を払い、ロビーでコーラを呑んでから外に出た。三ブロック歩くと、激しく人の往《い》き交う、繁華な通りに出た。標識によればブロードウェイという通りらしかった。

道の両側には大衆的な店が隙間なく並んでいる。洋服屋、アクセサリー屋、皮革製品店、果物屋、眼鏡屋、貴金属店、それにデパート。どれも安直な店構えで、値段も安そうだった。人の流れに身を任せて歩いていると、眼や耳に飛び込んでくる言葉は英語よりスペイン語のほうが多い。この界隈《かいわい》はメキシコ系住民の勢力圏なのかもしれないと思えるほどだった。

七番街の角で、ひとりの若い黒人男性が、通行人に向かって呼びかけていた。この暑いのに、茶色の三つ揃《ぞろ》いをきちんと着て、直立不動の姿勢をとっていた。片手に雑誌を持ち、それを高く掲げて叫んでいる。

「モハメッド・スピークス！　モハメッド・スピークス！」

表紙にはエライジャ・モハメッドの写真が刷り込まれている。ブラック・モスレム、黒人回教徒の機関誌売りのようだった。額に汗を浮かべて叫んでいるが、誰も見向きもしない。私は一冊買ってあげようかなと思った。モハメッド・アリの試合を見にきて、すぐにブラック・モスレムの機関誌売りに出くわすとは、存外この旅はついているのかもしれないと思えたからだ。

2

ロスアンゼルスからニューヨークへ立ち寄り、マンハッタンでの用事を済ませた私は、宿のチューダーホテルから、四十二丁目をポート・オーソリティー・バスターミナルに向かって歩いていた。ニューオリンズまで、バスで行くつもりだった。

その日の朝、グレイハウンドの事務所に電話で訊ねると、夕方の五時にニューオリンズへ行く便があるという。私は昼食をゆっくり取り、二時過ぎにホテルを出た。

アメリカでは、灰色の猟犬のマークをつけて走っているバスをよく見かけるが、それがグレイハウンドだ。市内観光用のバスもあれば、何十時間も走りつづける長距離バスもある。たとえば、ニューヨークからニューオリンズまでなら二千数百キロ、時間にして三十数時間が必要である。

しかし、それほど時間がかかるのにもかかわらず、なぜ私は飛行機でなくバスを選んだか。理由はひとつ、もったいなかったのだ。金の問題ではなかった。いや、バスのほうが料金は数等安く、それはそれでありがたかったが、大事なのは料金の差ではなかった。私は、アメリカの東部から南部への風景の移りかわりを眺めながら、スーパードームへ向かいたかった。つまり、そこに着くまでの道中を愉《たの》しみたかったのだ。

ポート・オーソリティー・バスターミナルは、四十二丁目をハドソン河に向かって真直《まっす》ぐ西へ進み、八番街を左に折れたすぐのところにある。五時の発車まで、時間はたっぷりあったので、四十二丁目の通りを散歩するようなつもりで歩いて行くことにした。

私は左手に小さなバッグ、右手にロスアンゼルスで増えた荷物を持っていた。その荷物とはブロードウェイで買った安物のジャンパーである。ロスアンゼルスが想像していたほど暑くなかったので、この分でいけばニューヨークの九月はかなり冷たいかもしれないと思ってしまったのだ。私は木綿のシャツを一枚着ているだけだった。寒ければニューヨークで買えばいいと考えていたが、そこへ辿《たど》り着くまでに震えあがってしまうかもしれない。私は、ブロードウェイのはずれの、スペイン語しか通用しない、バラックのような洋服屋で、襟にメード・イン・コリアと刺繍《ししゅう》の入ったジャンパーを買った。誰の目にもビニールとわかってしまう皮のまがいものだったが、値段は六ドル八十五セントと東京でシャツを買うより安かった。だが、ニューヨークに着いてみると、依然として木綿のシャツ一枚で充分の気候だった。嵩張《かさば》るジャンパーをもてあましながら、だからといって捨てるわけにもいかず、仕方なく腕に抱えて持ち運んでいた。

ホテルからしばらく歩くと、舗道に三、四十人くらい男たちが坐《すわ》り込んでいるところに出くわした。意外な光景だったが、彼らが坐り込んでいる建物がデイリー・ニューズの社屋だということで了解できた。ニューヨークは新聞ストの真っ最中だった。

ニューヨークでは主要新聞が軒並み休刊中で、僅《わず》かにゲリラ的に発行している小新聞がスタンドの店先に並べられているくらいだった。ニューヨークに着いて、まず私はアリとスピンクスの一戦を、ニューヨークのスポーツ記者がどのように報じているかを知りたいと思っていたが、新聞が出ない以上それは不可能なことだった。

デイリー・ニューズの社屋からさらに歩いていくと、途中のスタンドに『スポーツ・イラストレイテッド』誌の最新号が置いてあるのが眼に入った。一ドル二十五セントでそれを買い、時間つぶしにどこかで読むことにした。三ブロックほど歩くと公園が見えてきた。近くの屋台でアイスクリームを買い、それを口に運びながら、ベンチに坐って『スポーツ・イラストレイテッド』を広げた。巻頭の記事はやはりアリとスピンクスの一戦についてのものだった。

この二月レオン・スピンクスに敗れ、王座を奪われたモハメッド・アリが、半年間の周到な準備のあとで、三度の王座復活という世界へビー級史上だれひとりとしてなしえなかった偉業に、この一週間後に挑戦しようとしているのだ。スポーツ誌でなくとも無視できないイベントだったであろう。しかも、かつてマニラで行なわれたアリ対フレイジャーの一戦を「スリラー・イン・マニラ」というキャッチ・フレーズで売りまくった凄腕《すごうで》の興行師たちは、今度は「バトル・オブ・ニューオリンズ」という惹《じゃっ》句《く》でセンセーションを巻き起こそうとしていた。「マニラの恐怖」を演出した黒人の山師ドン・キングとは違って、「ニューオリンズの戦い」の興行師はハーバード出身の白人ボブ・アラムだったが、モハメッド・アリという世界最高の「玉」を使っての宣伝方法に、さしたる差があるわけではなかった。この試合がアリにとってどれほど大事なものであるかを浸透させればよかった。あるいは、それすらも必要なかったかもしれない。アリが本当に闘う、それだけでよかったとも言える。あとは、アリという神話的な存在が放つ、不思議な磁力によって、スーパードームの数万の観客と、その背後にいる数億のテレビの視聴者は、引きつけられるに違いなかったからである。『スポーツ・イラストレイテッド』の記事は、試合を直前に控えたふたりの表情を伝えたあとで、次のような文章で締めくくられていた。勝つにしても負けるにしても、スピンクスにはこれからもっと多くの選手権試合があるだろうが、アリにとってはまさにこれっきりなのだ……。

その思いは私にもあった。このリターンマッチに敗れればすべてが終る。アリは今まで同一のボクサーに二度負けたことはなく、ましてや連続して負けたことなどない。それだけでもアリにとっては致命的なダメージだが、たとえその精神的な衝撃を乗りこえられたとしても、三十六歳という年齢がそれ以上の挑戦を不可能にさせていくだろうことは明らかだった。かりに、アリがスピンクスに勝ったとしても、やはりそれで終りのはずである。アリの肉体の条件と現在の状況を仔細《しさい》に検討すれば、チャンピオンのまま引退することが最善の道だと判断できる。勝つにしろ負けるにしろ、アリはこの一戦が最後のはずだった。かりに何かの拍子でリングに上がることになったとしても、それはアリであってアリではない。恐らくは、金のためにグローブをつけた、アリの残骸《ざんがい》のはずである。ニューオリンズがアリの見納めだった。だからこそ、私も見ておきたいと望んだのだ。

記事の中で、とりわけ印象的だったのは、本文とは別に小さな囲みの欄に載っていた、ボクシング関係者の戦前の予想が、圧倒的にアリ有利に傾いていたことだった。アリの顎《あご》を打ち砕いたことのあるケン・ノートンも、フロイド・パターソンを育てたクス・ダマトも、アリの唯一《ゆいいつ》のライバルといってよいジョー・フレイジャーも、口々にアリの老練さによる勝利を語っていた。

チャンピオンはスピンクスであるにもかかわらず、この試合の主役はアリだった。スピンクス対アリではなく、あくまでアリ対スピンクスなのだ。チャンピオンにとってのこの屈辱的な状況は、しかしひとりスピンクスばかりでなく、彼に先行したフレイジャーもフォアマンも等しく味わわねばならないものだった。アリがボクシング界に存在するかぎり、誰もが真の王者と認定されないという不運に見舞われる。それは単にアリ以外では客を呼べないという興行的な問題だけではなかった。アリには分析不能な神話性がまとわりついている。アリとグローブを交えようとするボクサーは、生身のアリ以外に、常にその神話とも闘わなくてはならなかった。

私はジャンパーを枕《まくら》にベンチに横になった。木立の微《かす》かな風が快かった。いつの間にか、とろとろとしていた。どれくらいたっただろう。眼が覚めて、腕時計を見ると、四時を過ぎていた。私は慌《あわ》てて立ち上がり、ターミナルに向かった。

古いバスターミナルの内部は静かな活気で溢《あふ》れていた。かなりの数の人が忙しげに動き廻り、切符売場によっては長い列ができているところもあった。身軽にハンドバッグだけで歩いている女性もいれば、重そうなスーツケースを布のベルトで曳《ひ》いている老人もいた。私は地下の発着所へ降り、二十四番ゲートでニューオリンズ行きのバスを待った。

近くのゲートには、様々な行先のバスを待つ客が、あるいは並び、あるいは近くのベンチに腰をかけ、時間がくるのをじっと待っていた。ワシントンやボストンといった近距離のバスを利用する客はさほどでもないが、二十四番ゲートのように遠距離のバスを待っている客は、飛行機で旅するには貧しすぎるということが、その服装から明らかにわかるような人たちが多かった。終点のニューオリンズに、到着するのは二日後の午前零時か一時である。時間より金を惜しむ人でなければ利用できない乗物である。飛行機なら、二、三倍の値段で十分の一の時間で済む。

大きな荷物を抱えた人たちが次第に二十四番ゲートのまわりに集まってきた。ジャンパー姿の白人の中年男。ジーンズをはいた白人の若者。見事なほどの黒さの年老いた黒人。中南米の出身だろうと思われる浅黒い皮膚の二人の男性。いささかくたびれたスーツを着た初老の白人。そこに、場違いな印象を与える、純白のハーフコートを着た白人の中年女性。しかし、そのコートも見かけほど立派そうではない。どこか全員にうらぶれた雰囲気が漂っていた。そんな中にまじって、ハンチングをかぶった神経質そうな少年がいた。十歳とも十五歳とも見うけられるが同伴者はいないようだった。傍を通りかかった警邏《けいら》中の警官も不審に思ったらしい。何気ない様子で彼に話しかけた。少年はチューインガムを噛《か》んだまま質問に答え、切符を取り出して示した。ひとりでニューオリンズまで帰る、という意味のことを喋っていた。

定刻の五分前にバスが入ってきた。窓ガラスには光線よけのためなのだろう濃紺の色が入れられ、外から見ると内部は暗く不気味に映った。

私が窓際《まどぎわ》の席に坐り、雑誌の頁《ページ》を繰っていると、白人の老人が隣に坐ってもいいかと訊《たず》ねた。正確に訳せば、あなたは私と話しながら行くことを欲するか、と言ったのだ。ほとんど喋《しゃべ》れもしないのに、相手の言うことを必死に聞き取り、単語を並べただけのような英語で話さなければならないのは億劫《おっくう》だったが、厭《いや》とは言えなかった。笑って頷くと、律儀《りちぎ》に名前を名のり、アトランタへ行くのだと言って、握手を求めてきた。

老人は早口に喋りかけてきた。私がたどたどしい英語で応じると、はじめて気がついたように、おまえは観光客なのか、と言った。そして、矢つぎばやに訊ねてきた。どこから来たのか。どこへ行くのか。私が答えると、老人は呟《つぶや》いた。

「そうか、ニューオリンズはいい街だからな」

「そうですか」

私があまり関心のない口調で言うと、老人は意外そうな表情を浮かべた。

「知らないのか」

「ええ」

とまた気のない返事をすると、ニューオリンズへ何をしに行くのかと訊ねてきた。

「遊びに行くんじゃないのかい？」

「ボクシングを見に行くんです」

老人は私が言うことを理解できないでいるようだった。私はもう一度、ニューオリンズへボクシングの試合を見に行くのだ、と繰り返した。

「誰の?」

「モハメッド・アリ」

「誰だって?」

老人は訊《き》き返してきた。モハメッド・アリ、モハメッド・アリ、と私は大きな声で言った。英語風にムハマッド・アリーと発音してみたが、それでも通じない。ふと思いつき、カシアス・クレイ、と言い直すと、老人は声をあげた。

「クレイ! クレイ! おお、クレイ!」

そして、クレイがどうしたって、と付け加えた。ニューオリンズでレオン・スピンクスという男とタイトルマッチをやるのだ。私が説明すると、老人は信じられないというような顔をして、そいつは本当のことかい、と呟いた。

「クレイがタイトルマッチをやるって?」

この老人にとってカシアス・クレイとは、徴兵忌避によってチャンピオンの座を剝《はく》奪《だつ》されたままの存在なのかもしれなかった。老人は、何度も、そいつは本当かい、と言いつづけた。

やがて席の大半は埋まった。乗客は黒い肌や褐色の肌を持った人が多かった。このバスの中では白人は小さくなっているように感じられた。

発車寸前に黒人の少女が四人、ゲートから駆け込んできた。ひとりの少女が、バスのステップの前で、あとから走り込んできた見送りの若夫婦ときつく抱き合った。それを取り巻いて見守っていた残りの三人も、順にその若夫婦とキスをしていく。窓からその情景を眺めていた私は、夏休みに兄夫婦のいるニューヨークに友達と一緒に遊びにきていたのかな、などと想像した。運転手にせかされて、四人はバスに乗ったが、窓際の席はすべてふさがっていたため、通路をはさんで四カ所に散らなくてはならなかった。

バスが走り出すと、眼に涙を溜《た》めて別れを惜しんでいたにもかかわらず、すぐに少女たちは陽気に喋りはじめた。静かな車内にその声はひときわ高く響き渡った。周囲に気がねすることなく、笑い合い、叫び合った。

私の隣に坐っている老人は、こちらに顔を向けて肩をすくめた。私も少し表情を動かして応じたが、それほど迷惑に感じていたわけではなかった。むしろ、彼女たちの不思議な美しさに見惚《みと》れていたといってもよい。

日本流にいえば、まだ中学一、二年といった年頃の少女たちである。それでも精一杯のおしゃれをしているのだろうが、身につけている洋服はいかにも古い型のものだった。肌は漆黒に近い。しかし、背後から見える彼女たちの細い腕とうなじには、白人の少女の持っていない、硬く張りつめた美しい線が走っている。静止している時でさえ、すでに動的な緊張感をはらんでいるような、彼女たちの黒い肌が、私には眩《まぶ》しく感じられた。

ブラック・イズ・ビューティフルとは、六〇年代の黒人急進派が唱えた重要な主張のひとつであった。黒という色が、悪や負性の象徴と見なされている社会で、黒こそ美しい色なのだと言うことは、確かに革命的な行為であった。だが、どれほど多くの政治的宣伝より、モハメッド・アリの一個の肉体ほど、「黒こそ美」という文句を他に納得させるものはなかった。アリの前には、他のどんな人種の、どんな存在も、卑少で醜く映った。アリは黒人の美しさを劇的に表現する存在だったのだ。私もまた、アリをこの眼で見なかったとしたら、この少女たちに対していまと同じような視線を向けていたかどうかは、疑問だった。

少女たちの傍若無人の振るまいはとどまるところがなかった。ひとりが小さい声で歌をうたいはじめた。四人の中では最も小さい少女だったが、声はハスキーでしっかりした音程だった。歌詞を覚えていないのか、ところどころでハミングになったが、流行歌をバラード風にうまくうたっていた。こんなに幼い時から、これほどの哀感をかもし出すことができるのか、と私はいささか呆然《ぼうぜん》とする思いでその歌を聞いていた。

別のひとりが、前に坐っている少女の頭をさわりはじめた。何をするのかと見ていると、バッグからヘアー・カーラーのようなものを取り出して、それをセットしはじめた。細かくちぢれた毛を伸ばし、カーラーを巻きつけていく。パチン、パチンという クリップの金属音に、驚いて振り向く乗客もいた。ひと通りセットしおわると、今度は席を交替して同じことを始めた。私は飽きずに彼女たちの動作を見つめていた。

ターミナルを出たバスは、混雑する市内を抜けるのに手間取った。ようやくホランド・トンネルをくぐり、ハドソン河を渡り終えた頃には三十分以上が過ぎていた。最初の停車地は四時間後のワシントンだということだった。

## 3

バスは九十五号線をワシントンに向かって走っていた。

窓の外には単調な郊外の風景が続いている。陽はまだ地平線のかなり上にあり、すっかり暮れ切るにはあと一時間は必要なようだった。九月というのに、ずいぶん日が長い。しかし、道路沿いの並木からは、少しずつ深まっているらしい秋の気配が感じられないことはなかった。

地平線のあたりには薄く乳白色の膜のような雲がかかっている。陽がその中にまぎれ、周辺がぼんやりとした朱色に染まると、バスは夕暮れどきの色彩につつまれるようになった。なだれるような華麗な夕暮れではなかったが、青から藍《あい》に、藍から紫に、あたりの空気は急速に色づきはじめた。

バスの窓にもたれ、ぼんやりとその風景を眺めながら、私は自分自身の思いの中に入っていった。

……五年前、思いはいつもそこに戻っていってしまうのだが、とにかく五年前、数十行の新聞記事によって内藤を復活させるという夢が崩れ去った数カ月後に、私は日本を離れてかなり長い旅に出ることになった。

日本を出て、ぶらぶらと異国をほっつき歩きたいと思ってしまったのだ。理由は自分にも明らかではなかった。友人たちには、インドのニューデリーからイギリスのロンドンまで、乗り合いバスで行けるかどうか試してみる、と言ってあった。だが、自分でも本当にそのような馬鹿《ばか》ばかしいことをしたがっているのかどうか、よくはわからなかった。友人の餞別《せんべつ》から机の中の小銭までかきあつめ、千五百ドルのトラベラーズ・チェックを作り、私はどうにか日本を出ることができた。

香港《ホンコン》から始めたその旅は、東南アジア、インドと歩いているうちに、春と夏が過ぎていった。インドからパキスタン、アフガニスタンからさらにイランへさしかかった時は、すでに秋も深く、朝晩はかなりの寒さになっていた。イランの山にも美しい紅葉があったが、私は長い旅に疲れ、ただそれを無感動に眺めていたような気がする。テヘランにしばらくとどまり、南下してペルセポリスに近いシラーズへ行き、そこから古都イスファハンに向かった。その時のことである。

シラーズから夜行の長距離バスに乗り、イスファハンには早朝ついた。

安宿を探し、町を歩いていると、鞄《かばん》をかかえた子供たちが大勢群らがり、必死に中を覗《のぞ》き込んでいる店先があった。通りすがりにちらりと見ると、そこは電気器具の販売店のようだった。ウィンドーの向こうに白黒のテレビ受像器が一台置いてあり、子供たちは登校途中の足を止め、そこに映し出されている画像に見入っていたのだ。イランの子供たちがこれほど熱中する番組とはどのようなものなのだろう。ふと興味を覚え、彼らの頭の上から覗き込むと、どうやらそれはボクシングの試合らしかった。らしいとしかわからなかったのは、不鮮明で、上下二段に分裂し、しかもそれが逆転しているという、凄《すさ》まじい画像だったからだ。

しかし、しばらくじっと見ているうちに、どうにか自分の頭の中で画像を修正し、ボクサーたちの動きを追えるようになってきた。雑音に近かったアナウンサーの声も、その早口のあいだから、「アリー、アリー」という叫びが洩《も》れるのを聞き取ることができるようになった。

眼をこらすと、ひとりのボクサーは確かにアリに似ていた。だが、ペルシャの古都で、しかも早朝にアリを見るということがどうしても納得いかず、どういうことなのだろうかと不思議に思っていた。朦朧《もうろう》とした画像の中で、アリは追い込まれ打ち込まれていた。だが、アリを圧倒している相手のボクサーがよくわからない。誰なのだろう。疑問に思っていると、一瞬だけ画像が鮮明になった。なんとアリが闘っているのはジョージ・フォアマンではないか。長い旅の間に、うっかり忘れていたが、その日はアフリカのザイールで行なわれることになっていたアリ対フォアマンの世界戦の当日だった。ザイールの首都、キンシャサで深夜おこなわれているはずの試合が、イランには衛星中継で早朝に送られてきていたのだ。アリとフォアマンという世界最強のボクサーたちが、たったひとつの座をかけて争う試合を、偶然にも回教国の静かな街で見かけたということが、私を昂奮《こうふん》させた。

ラウンドはすでに四回に進んでいた。私はイランの子供たちと一緒に息を呑《の》んで見守った。

アリは打たれていた。サンドバッグのように打たれていた。フォアマンの強打が一発一発アリの体にめり込んでいく。そのたびにアリの表情が歪《ゆが》むようだった。フォアマンは自身の腕を丸太か鉄管のように振り回していた。アリはその荒っぽいパンチに対応する術《すべ》を持たないようだった。フォアマンの強烈なジャブが一発入るだけで、アリの体はガクッと崩れかかる。ロープに追いつめられたアリは、両腕で顔をカバーする。その必死さが、アリの姿をみじめなものにしていた。

ジョージ・フォアマンはメキシコ五輪大会におけるヘビー級のゴールド・メダリストだった。プロに転向して不敗のまま、ジョー・フレイジャーの持つ世界ヘビー級のタイトルに挑戦した。フレイジャーがアリの挑戦を退け、真のチャンピオンは誰かを人びとに知らしめた、その一年後のことである。自信を持ってフォアマンの挑戦を受けたフレイジャーは、しかしたった二ラウンドでキャンバスに沈められた。のちにフィルムで見るジャマイカでのその試合は、恐ろしいほどのものだった。フォアマンがフック気味のアッパーをフレイジャーの左右の脇腹《わきばら》に叩《たた》きつけると、そのパンチによってフレイジャーの体はキャンバスから浮いてしまうのだ。凄まじいパンチ力だった。

フレイジャーと闘い敗れていたアリにとって、そのフレイジャーを簡単に倒してチャンピオンの座についたフォアマンが、分の悪い相手でないはずがなかった。だが、アリに選り好みをしている余裕はなかった。チャンピオン・ベルトを持っているのは相手であり、そのフォアマンへの挑戦が、アリに許されたほとんど唯一《ゆいいつ》の、そして最後のチャンスだったからである。

イスファハンの電気屋の店先で、テレビの中のアリとフォアマンの闘いを見ながら、私は次第に不安になっていった。そこで何か決定的なことが起こるような予感がしたのだ。

アリは防戦一方だった。後退し、ブロックし、クリンチした。フォアマンは前進し、ブロックする腕の上からパンチを浴びせ、クリンチされたままボディを叩いた。淡々とした表情で、人を殺しかねないパンチを振るった。

少しずつ、試合展開のパターンのようなものができていった。フォアマンが進み、アリが退く。アリがロープにつまり、フォアマンの首を抱え、クリンチをする。それを無視してフォアマンがボディを連打する。フォアマンはダメージを与えられることなく、アリをサンドバッグのように打っていた。いまやアリはクリンチできるサンドバッグにすぎない、と私は思ったものだった。ゴングが鳴る寸前の三十秒に、アリは二、三発パンチを出すがフォアマンにはまるで効果がないようだった。

フォアマンは常に前へ進み、アリは常にロープを背負う。ラウンド終了のゴングが鳴るたびに、イランの少年たちはホッと肩で息をついた。

やがてアリがキャンバスに這《は》わされるだろうことを私は疑わなかった。フレイジャーに敗れ、ノートンに敗れたことがあるとはいえ、それはどちらも僅差《きんさ》の判定だった。しかし、今度こそは、ノックアウトで打ち倒されるのだ。そして、その時こそ、アリの神話は粉々に打ち砕かれる。

試合は第八ラウンドに進んでいった。フォアマンはまた前に出た。だが、イスファハンの波打つテレビの画像からでも、フォアマンの体の動きが、いくらか重くなっているのが見て取れた。フォアマンはそれまでと同じように前進し、パンチを出していたが、アリをロープにつめての、不用意な左フックがアリの体をとらえることなく右に流れたその瞬間、アリの右フックがフォアマンの頰を綺麗《きれい》に打ち抜いた。よろめいたフォアマンに、廻り込んだアリが右で追い打ちをかけた。これがヒット。アリはフォアマンを追い、もう一発、右を放った。ヒット！　そして左。その左が当たると、フォアマンは信じられないといった表情を浮かべて立ちすくんだ。そしてアリの最後の右が当たるか当たらないかのうちに、フォアマンの体は巨木が倒れるようにゆっくりとかしいでいった。キャンバスに沈んだフォアマンに向かって、レフェリーがカウントを数えはじめた。フォアマンは気を取り直し、立ち上がろうとしたが、それより早くレフェリーは十を数えた。

あのフォアマンがノックアウトで敗れてしまったのだ。こんなことがありうるのだろうか。その寸前まで、追われ、打たれ、喘《あえ》いでいたアリが、一瞬にしてフォアマンを打ち伏せてしまった……。私は茫然《ぼうぜん》と画面を眺めていた。

アリが勝った瞬間、肩で息をしながら心配そうにテレビを見つづけていたイランの子供たちは、天を指さし、声を合わせて叫んだ。

「アリー！」

その叫びには誇らしさが溢《あふ》れていた。私もアリの奇蹟《きせき》的な復活を眼《ま》のあたりにして、彼らと共にアリーと叫びたいような気持になった。その時が、アフガニスタンのカブールでこわした体が充分になおりきらず、あらゆることに物憂《ものう》い頃だったからかもしれない。アリという男がひとつの奇蹟を行なうさまを見て、微《かす》かな生気が注ぎ込まれるように感じられた。アリは完璧《かんぺき》に甦《よみがえ》った。私にはアリの偉大さが素直に納得できた。なるほどね、そういうことですか、と小さく独り言を呟《つぶや》いていた。やがて衛星中継は終った。子供たちは、アリーと叫びながら、学校に向かって走り去った。私は再びイスファハンの街を歩きながら、もう一度、頭の中で試合を反芻《はんすう》していた。右、右、右、左、そして右。信念のこもったパンチを繰り出していたアリの姿に、私はやはりいつしか内藤の像を重ね合わせていた。その時はじめて、内藤がカシアスというリングネームをつけられたことの悲劇を、真に理解できたと言えるのかもしれない。内藤の困難、という時、それは明らかに彼が黒人との混血児として生を享《う》けたことを意味する。

父の名はロバート・ウィリアムズ。東部の農家の出身で、日本に進駐してきた米軍の軍曹だった。母の名は内藤富美子、米軍キャンプの将校クラブでウエートレスをしている時にウィリアムズと知り合った。やがて内藤を生み、弟の清春を妊《みごも》った時、ウィリアムズは朝鮮戦争のため半島に渡り、前線で戦死した。富美子は女手ひとつで二人の息子を育てることになった。このような状況のもとで、黒人の混血児として成長していかねばならなかった内藤に、困難が背負わされなかったはずはない。

しかし、ボクサーとしての内藤が背負わなければならなかった困難は、それとは別のものだったように思われる。

内藤はデビューしてからの数試合を本名の内藤純一でリングに上がっていた。連勝し、人気が高まるにつれて、ジムとテレビ局は彼にリングネームをつけたいと考えるようになった。内藤自身が強く望んだのはウィリアムズ内藤という名前だった。内藤はロバート・ウィリアムズという父の名のいずれかを冠してリングに上がりたいと考えたのだ。しかし、ロバートもウィリアムズも「地味すぎる」と反対された。すべてに営業政策が優先された結果、残ったのはカシアスという名だった。内藤はカシアス内藤として売り出されることになった。

だが、その頃すでにトレーナーになっていたエディ・タウンゼントは、そのリングネームをつけることには反対だった。エディの反対の理由は、内藤が黒人との混血児だから、というのだった。普通の日本人ならカシアスとつけるのもいいだろう、それはファイティングとか、ライオンとかつけるのと同じ御愛嬌《ごあいきょう》で済むからだ。しかし、内藤は黒い皮膚を持っている。だからこそ、黒人のヒーローであるクレイの名を冠してはならないのだ。しかし、このエディの正論も、聞き流され、理解されることはなかった。確かに、内藤はカシアスというリングネームと共に、爆発的な人気を獲得していった。だが、それは同時に「和製クレイ」という、ある意味で屈辱的な呼び方を甘受しなくてはならない種類の名づけ方でもあった。エディは私にこう言ったことがある。

「内藤純一、いい名前ね、とてもとてもいい名前ね、どうして取り換える必要あるの」

内藤純一はカシアス内藤になった。しかし、皮肉なことに、内藤は皮膚が黒いということと、足が早いということを除けば、およそクレイと似るところのない男だった。それは皮肉を通りこして悲劇ですらあった。内藤は、同じカシアスという名をつけながら、どうしてもクレイにはなれなかった。

だが、クレイになれなかった男は、あるいは内藤だけではなかったかもしれない。カシアス・クレイという存在の前には、ジョー・フレイジャーも、ジョージ・フォアマンも、やはりクレイになれなかった男たちのひとりになる。

カシアス・クレイ、のちにモハメッド・アリと改名したケンタッキー生まれのボクサーは、ボクシングというスポーツの世界が、その全歴史を通じてひとり持てるかどうかといった傑出した存在だった。

私は、イスファハンの電気屋の店先で、アリがアリでありつづける力の淵源《えんげん》を見たように思った。それは過剰なほど自己を信じる能力とでもいうべきものだった。そして、それこそが内藤に欠けていた最も大切なものではなかったか。私はイスファハンの街をやみくもに歩きながら、ある口惜しさと共にそんなことをいつまでも考えていた……。

バスは九十五号線を快調に飛ばしていた。気がつくと、窓の外はすっかり暗くなっていた。街なのだろうか、闇《やみ》に灯が浮かんでいるのが見える。よほど遠くにあるらしく、白く冷たい輝きがいつまでも追いかけてくる。

窓から顔を離すと、隣に坐《すわ》っていた老人が待ちかまえていたかのように話しかけてきた。

「ニューオリンズにクレイの試合を見に行くって？」

私は頷《うなず》いた。

「それから？　それからどこを旅行する？」

すぐに日本へ帰る。私がそう答えると、老人は怪訝《けげん》そうに質問を重ねた。

「それだけで？　どこにも寄らず？」

私がまた頷くと、老人はおおと小さく呟き、首を振った。

「そいつは狂ってる」

そうかもしれないなと私も思った。老人の気持もよくわかった。それがまっとうな感覚というものだ。しかし、イスファハンを出て、中近東からヨーロッパに辿《たど》り着き、その翌年に日本に帰ってきた私は、この眼で直《じ》かにアリの試合を見たいと思い、友人に借金してはクアラルンプールやマニラに行った。確かにそれは狂っていたかもしれない。だが私は見たかったのだ。

「仕事なのか？」

老人はきつい語調で訊《たず》ねてきた。いや、ただ見たいだけなのだ、と答えようとして、不意にその老人にひどく悪いことをしているような気がしてきた。そうだ、と私は頷いた。

「そうか、仕事なのか」

老人は急に明るい表情になって言った。

やがて河が見えてきた。そのむこうに塔が立っている。照明が当てられ、光が滝のように流れている。もしかしたら、あれがワシントンなのだろうか。

ふと、内藤の言葉が思い出された。よく知らないんだけど、親父《おやじ》はワシントンの近くの農家で生まれたらしい……。私は窓の外に眼をこらした。光の塔は次第に近づき、やがて林の陰に消えた。ニューオリンズまではまだはるかな道のりなのだろうが、こうしているうちに存外早く着いてしまうような気もした。

## 4

その日、フレンチ・クォーターのはずれにある、穴倉のような一室で眼を覚ました時、一瞬、まだ夜中なのではないかと錯覚した。私が泊まっていたのは、壁にひとつの窓もなく、昼間でも灯りなしには真っ暗になってしまうという、信じられないような造りの部屋だった。

ニューオリンズ観光の中心地であるフレンチ・クォーターは、アリ戦の客でどのホテルも満員だった。ニューオリンズでもいっさい予約をしていなかった私は、空部屋の有無を一軒一軒たずねてまわっているうちに、とうとうフレンチ・クォーターのはずれの、小さく薄暗いホテルに泊まることになってしまった。だが、何日かそこで過ごしてみると、さほど居心地の悪いホテルでもなかった。ローヤルオリンズなどのような格式高いホテルと違って、すべてに安直なのが気楽でありがたかった。レストランへ食事に行くのが面倒な時は、近くのスーパーマーケットで食料を買い込み、自分の部屋で食べればよかった。しかも、フレンチ・クォーターのはずれにあるため、アリとスピンクスが公開スパーリングをしているムニシパル講堂へ歩いて行くこともできたし、ミシシッピーの河岸にも近かった。暇な時は河岸へ行き、水の流れを見ているだけで退屈しなかった。

しかし、窓がないため、一度眠ってしまうと次に眼を覚ました時に朝と夜の区別がつかなくなる、というのが唯一の難点だった。その時も、サイドテーブルの灯りをつけ、腕時計の針を読み、昨夜は午前二時に寝たのだから、今はきっと朝の八時なのだろうと見当をつける始末だった。

テレビのスイッチを入れると、ＮＢＣの朝のニュースが流れていた。寝呆《ねぼ》けた眼でしばらく画面を眺めていたが、不意にニューオリンズの風景が映し出されて、頭がはっきりしてきた。スポーツキャスターが、ビッグファイトを前にしたニューオリンズの街の表情を、流暢《りゅうちょう》に報告していた。

まず、いつもながらの大騒ぎの計量風景を映したあとで、アリの軍団がスピンクスの「葬式」を出して街を練り歩いている様子を流した。次にキャスターが、ＷＢＣの世界ヘビー級チャンピオンであるラリー・ホームズに、アリとスピンクスのいずれが有利かを訊ね、次のような答を引き出していた。

「わからない。でも多分アリが勝つだろう」

アリを破ったスピンクスは、ＷＢＣの勧告にもかかわらず、次期挑戦資格を持つケン・ノートンと闘わず、アリとのリターンマッチの道を選んだ。ＷＢＣはこれに対し、スピンクスのタイトルを剝奪《はくだつ》し、ノートンを新しい王者と認定するという強硬な措置を取った。世界のボクシング界を支配するふたつの団体、世界ボクシング連盟ＷＢＡと世界ボクシング評議会ＷＢＣは、それぞれスピンクスとノートンというふたりのヘビー級チャンピオンを分裂して持つことになったのだ。若いホームズはＷＢＣのノートンに挑戦し、大方の予想をくつがえしてこれを破り、新しいチャンピオンになっていた。

ホームズは、アリがキンシャサでフォアマンと闘った時、スパーリング・パートナーとして同行したボクサーのひとりだった。アリをよく知っているはずのそのホームズが、ラスベガスの賭《か》け屋の予想と反対にアリ有利を打ち出すには、それなりの理由があるに違いなかった。しかし、テレビではそれ以上の深追いはしなかった。

やがてキャスターは「これがアリ・ダンスを見る最後の機会になるだろう」と言って放送を締めくくった。

ホテルの近くのレストランで軽い朝食をとり、ロイヤル通りをぶらついていると、背後から声をかけられた。

「やあ、どこへ行く」

振り返ると、金髪の若者が立っていた。

「なんだ、君か」

私は日本語でそう言った。意味はわからないはずだが、彼は頷きながらにこにこと笑った。

その若者とは私がニューオリンズに着いた日に知り合った。彼も旅行者だった。私が空部屋を探してフレンチ・クォーターをうろうろしていた時、やはり安い部屋を探しまわっていた彼に、どこかいいホテルを知らないかと声をかけられたのだ。オーストラリアから世界一周の貧乏旅行をしてるのだと言った。私の風体から同じような旅行をしている者と判断して、情報を求めてきたというわけなのだ。しかし、いいホテルを知っていれば、こちらがおしえてもらいたいくらいだった。ところが、しばらく話しているうちに、彼は二、三日しかニューオリンズにいるつもりがないということがわかった。それなら、私は断わられてしまったが安くて清潔そうなホテルがあった。そこは試合の前日と当日は予約で満室になっていたが、その直前までは空いていた。私は通しで借りたかったので諦《あきら》めたが、逃すには惜しいホテルだった。値段をおしえてあげると、それくらいの予算はあるという。少しわかりにくい場所にあるので、先に立って案内してあげようとすると、彼は急に真剣な顔つきになって訊ねた。

「あんた、ゲイじゃないだろうな」

彼は私が一緒に部屋を借りようとしているのかと誤解したらしかった。

私もアジアから中近東を金もなく旅している時、偶然どこかの街で知り合った相手と、よく共同で部屋を借りることがあった。そのような場合、ひとつのエチケットとして、互いにさりげなくゲイではないことを表明しておく。相手がどんな趣味の男かわからないのは、いささか不気味だからだ。時には、おまえさんはゲイじゃないだろうな、と直截《ちょくせつ》に訊《き》き合うこともあった。

だが、私はそんな旅から離れて何年にもなる。今度のこの旅も、その若者のような切羽つまった旅をしているわけではなかった。見知らぬ誰かと倹約のために一部屋を借りるなどという疲れることはしたくもなかった。だから、彼が「ユー・アー・ノット・ゲイ？」と言った時、すぐには意味がわからなかった。しばらくして理解できた時には思わず笑ってしまった。こいつも結構手ひどい目に会っているのかもしれない。余計な心配をさせても可哀《かわい》そうなので、ホテルのある場所を適当に説明し、心細そうな彼を残してそこで別れたのだ。

通りで声をかけてきたのはその時の若者だった。しかし、二、三日でニューオリンズから離れるはずではなかったのか。どうしたのだと訊ねると、滞在を少し延ばしたのだと言った。

彼と初めて会った時、ニューオリンズには二、三日しかいないとこともなげに言うので、試合を見ないつもりかと訊ねた。

「試合？」

「バトル・オブ・ニューオリンズ。アリの試合さ」

すると、彼はさもくだらないというように顔をしかめ、まるで興味がないと言った。

私はその時の彼の表情を思い浮かべ、冷やかすような調子で訊ねた。

「やはり試合を見たくなったのかい」

「いや。今夜ここを発《た》つ」

「今夜！」

私は声を上げた。何もアリの試合をやっているその時に出発しなくてもよさそうだと思ったからだ。

「そう、今夜。明日の朝からは街が戦場になる。試合が終って、ニューオリンズから出ようとする観光客でどの乗物もいっぱいになる。宿の支配人がそう言っていた。だから、その前にこの街を出る」

なるほど、今夜の試合を見るためだけにわざわざ遠い島国からやってくる男もいれば、折よく通りかかっても見ないで過ぎて行ってしまう男もいる。その場で、じゃあ、と別れたが、奇妙な気持だった。

ホテルへ戻る途中で、白い無地のTシャツを一枚買った。Tシャツ屋の壁には、アリ軍団の連中が着ている制服のようなTシャツが、ディスプレイ用に貼《は》ってあった。胸に「ザ・サード・カミング」とプリントされたTシャツだ。正確には次のように記されてある。

ザ・サード・カミング
モハメッド・アリ
フロリダ
キンシャサ
ニューオリンズ

つまり、このニューオリンズが、アリの王座獲得の三番目の土地になるだろうというのだ。フロリダでのソニー・リストン、キンシャサでのジョージ・フォアマン、そしてこのニューオリンズでのレオン・スピンクスと、三つの土地で、三人のチャンピオンから、三たびタイトルを奪う。アリの軍団はTシャツでそう宣言していた。

ヘビー級史上、三たび王座についたボクサーはひとりもいない。一九六〇年、フロイド・パターソンがインゲマル・ヨハンソンを倒してタイトルを奪回するまで、ヘビー級に王座復活はありえないとされてきた。それ以後も、アリがフォアマンを破って復位するまで、失なったタイトルを奪い返したヘビー級ボクサーは出てこなかった。

しかし、パターソンにしても、王座についたのは二度までである。もしアリが三度目への挑戦に成功すれば、ヘビー級の歴史は大きく書き換えられることになる。それは同時に、アリ自身の二十年に及ぶプロボクサーとしての経歴に、もうひとつの高峰を築くことにもなるのだ。

アリは、スピンクスとのこの試合までに、二十三回もの世界タイトルマッチを経験してきていた。

初めての挑戦は一九六四年、彼が二十二歳の時だった。ローマ五輪で金メダルを獲得し、帰国してすぐプロに転向したアリは、十九勝無敗の戦績をひっさげて、ソニー・リストンの持つ世界タイトルに挑戦した。リストンは、パターソンからたった二分でタイトルをもぎ取った際の強打によって、「不敗の男」と畏怖《いふ》されていた。しかし、アリはそのようなリストン伝説に萎縮《いしゅく》することなく、逆に狂気にも似た試合前の空騒ぎで相手を混乱させ、リングに上がっては素早いフットワークと鋭いジャブで翻《ほん》弄《ろう》し、第七ラウンドついにノックアウトで勝利を収めた。

チャンピオンになったアリは、一戦ごとに強さを増し、彼の持つタイトルに挑戦してくるボクサーを、ことごとく撃破していった。リターンマッチのリストンを一回でKO、フロイド・パターソンを十二回でKO、ヘンリー・クーパーを六回でKO、ブライアン・ロンドンを三回でKO、カール・ミルデンバーガーを十二回でKO、クリーヴランド・ウィリアムズを三回でKO、ゾラ・フォーリーを七回でKO、アーニー・テレルとジョージ・シュバロを判定で破り、九度防衛を果した。

ところが、一九六七年、思わぬ敵に足をすくわれる。敗れずして王座を剝奪されてしまったのだ。アリのブラック・モスレムへの改宗と、その信仰にもとづく徴兵忌避が、タイトルとライセンスの剝奪を強行させることになった。ベトナム戦争下のアメリカで、「ベトコンは俺を黒んぼと言ったわけじゃない、俺がベトコンを殺すいわれはない」と主張して一歩も退《ひ》かなかったアリへの、それは見えざるアメリカ多数派の報復だった。

徴兵忌避を理由に、ヒューストンで裁判にかけられたアリは、一万ドルの罰金と懲役十五年の判決を受ける。アメリカ国内の状況の変化により、一九七〇年、ようやくボクシングを再開する機会を得るが、二十五歳から二十八歳までという、ボクサーとして最も充実した時期を、裁判闘争とその資金を得るための講演旅行に費やさねばならなかった。やがて、最高裁で無罪を勝ちとるが、その三年余の空白は、トップレベルのボクサーにとっては回復不能な負荷であるはずだった。事実、七一年に当時のチャンピオンだったジョー・フレイジャーに挑戦したが、十五ラウンドにダウンを喫し、判定で敗れることになる。さらに、七三年、当時まだ無名だったケン・ノートンに顎《あご》を割られ、判定で敗れるに到《いた》って、ついにアリも復活はならないのかと思われた。しかし、半年の治療のあとで、まずケン・ノートンと再戦してこれを破り、次にフレイジャーとの雪辱戦に勝ち、さらにフレイジャーからタイトルを奪っていたフォアマンと王座を争うまでになったのである。彼にとって十二度目のそのタイトルマッチで、誰もが予想しなかったほどの劇的な勝利を収めたアリは、以後、十回連続してチャンピオンの座を保持していった。

しかし、フォアマンに勝ってからのアリは、緊張の糸が切れたのか、弛緩《しかん》した肉体とだらけた闘いぶりを観客の眼前にさらしつづけることになった。それはただ年齢からくる衰えばかりが原因ではなかったはずである。重要なのは、アリに試合の主題が見えなくなったということだった。なぜ俺は彼と闘うのか。その意味がどうしても見つけられなくなってしまったのだ。アリのボクシングは常に精神的な何ものかによって支えられてきた。それは、アリがその主題を発見し、そこへ全神経を集中した時、はじめて作動する力であった。リストンと闘った時は、自分が世界で最も強く、最も美しいことを認めさせる必要があった。パターソンと闘った時は、キリスト教の十字軍をもって任じている「黒い白人」を叩《たた》き伏せなくてはならなかった。最初にフレイジャーと闘った時は、誰が真のチャンピオンかを明らかにする必要があった。フォアマンと闘った時は、チャンピオンとしての復活の最後のチャンスがかかっていた。だが、フォアマン戦以後のアリには、たとえそれがブラック・モスレムのためであれ、金を稼ぐという以外の主題を見つけることができなくなってしまったのだ。とりわけ、生涯のライバルというべきフレイジャーと、一勝一敗のあとを受け、結着をつけるべく行なわれたマニラでの三度目の闘いに、十四ラウンドの死闘の末ノックアウトで勝利を収めると、アリの内部にはもう何も残らなくなってしまった。

マニラでの闘いで、ジョー・フレイジャーのボクシング生命は絶たれた。だが、その時、勝ったアリのボクサーとしての生命にも、終りが近づいていたはずなのだ。ノートンに敗れ、砕けた顎と傷ついた心を抱えて故郷に帰る、というところから筆を起されたアリの自伝『ザ・グレイテスト』は、フレイジャーにようやく勝利したマニラで筆が擱《お》かれている。

フレイジャーを愛しているファッチは、そこで試合中止の合図を出す。おれはリング中央へけんめいに歩いて行くが、不意にひざの力が抜ける。頭がくらくらする。おれはキャンヴァスに倒れる。

だれかがおれを抱き起こして水のびんをさしだすが、うけとる力もない。のどはからからだ。ようやく身を起こし、セコンド陣にたすけられながら控室に向かう。肩ごしにふり返ると、試合場のむこう端にフレイジャーが姿を消すところだ。巨大な肩にブルーのガウンをはおり、群衆をかきわけ控室へもどって行く。おれたちは三度の試合で、毎度くっつかんばかりにし向かい合いたたかった。四年間に四十一の、生きるか死ぬかの血なまぐさいラウンド。これでもう二度と、たがいにリングで顔を合わせることはないだろう。

『世界最強の男』村上博基訳

もう、これですべては終ったはずだった。アリはこの時点で引退してもよかったのである。だが、アリはそれ以後も闘いつづけなければならなかった。ただ金を稼ぐという目的のために、弱い挑戦者をどこからか探し出し、しかもその相手をノックアウトで破ることすらできず、だらだらとタイトルマッチの回数だけをこなしていった。アリは、スポーツマンとしてではなく、ビジネスマンとしてリングに上がっていたのだ。

この二月、アリがレオン・スピンクスと闘うと発表した時も、単なる金稼ぎの試合にすぎないと見なされた。モントリオールのオリンピックで金メダルを取っていたとはいえ、プロとしてはまだ七戦しか経験していない未熟な相手だったからだ。しかし、試合開始のゴングが鳴ると、賭《か》けが成立しないほどの差があるとみなされていたスピンクスが積極的に攻めまくり、手数の上でアリを圧倒し、二対一のスプリットデシジョンながら、判定で勝利を収めた。

王座を失ったアリはスピンクスとのリターンマッチを望んだ。敗れたことで、久し振りに金儲《かねもう》け以外の目的が得られたのだ。しかも、それはスピンクスに対する復讐《ふくしゅう》戦というばかりでなく、三度の王座復活という、前代未聞《みもん》の記録がかかっていた。アリに、この「ニューオリンズの戦い」の主題は明らかだった。

5

夕方、ニューオリンズは激しい雨に見舞われた。

私もそろそろホテルを出て、スーパードームに向かおうかな、と思った矢先の雨だった。

しばらくやむのを待ったが、雨の勢いはさらに激しくなっていく。ホテルの前でタクシーを拾おうとしたが、空車がまったく通りかからない。絶対数が少ないうえに、たまにやってくるタクシーも、スーパードームに向かうらしい客を乗せて、どれもふさがっていた。

仕方がなかった。意を決して、本屋、時計屋、レストラン、古道具屋と、軒から軒をつたって雨の中を走ることにした。私以外にも、雨の舗道を走っている人たちが大勢いた。雨に髪や衣服を濡《ぬ》らしながら、しかし男も女もどこか愉《たの》しそうな、嬉々《きき》とした声をあげていた。これから見ようとしているアリの世界戦に関わることなら、どんなことでも面白がってしまおうという貪欲《どんよく》な陽気さがあった。私は、ロイヤル通りからメイン・ストリートのカナル通りまで駆け抜け、バスを待つことにした。そこからスーパードームの近くまで行くバスがあるはずだった。

鞄屋《かばんや》の軒先を借りてバスがくるのを待っていると、反対側の舗道で、やはりスーパードームへ行くらしい中年の夫婦が、必死にタクシーを止めようとしている姿が眼に入ってきた。傘も持たず、雨に濡れながら、行き交うタクシーに盛んに手を振るのだが、一台も止まってくれない。それでも諦《あきら》めず、なおも手を振っていると、ついにブルーの車が横づけにされた。喜び勇んで乗り込もうとすると、運転席から制服姿の警官が降りてきた。彼らはパトカーを止めてしまったのだ。

だが、止めた方も止められた方も、その間違いに気づいて笑っている。やはり、世界一の男を決める祭りの当日ということがあったのだろう、街全体が浮き立っていた。かなり待ったあとで、ようやく満員のバスに乗ることができた。しかし、スーパードームに近づくにつれて、四方から集まってきた車の波に呑《の》み込まれ、ほとんど前に進めなくなった。動かなくなったバスを諦め、私はまた雨の中を走り出さなくてはならなかった。

スーパードームの入口はごったがえしていた。待ち合わせをしている人、有名人を見ようと待ち構えている人、意味もなくうろついている人、アイスクリーム屋、警官、それにダフ屋。値を訊《き》くと、かなりダンピングしている。二百ドルのリングサイド券を百五十ドルで売っていた。かつて、アリとフレイジャーが初めてグローブを交えた時、リングサイドのチケットは百五十ドルから七百ドルにまではねあがったといわれる。それに比べれば、いささか寂しい値段だった。しかし、それもある意味で当然のことといえた。スーパードームは、アリ対フレイジャー第一戦が行なわれたマジソン・スクエア・ガーデンの、実に三倍以上の観客を呑み込んでしまうのだ。

スーパードームは、正式な名称をルイジアナ・スーパードームという。世界最大の多目的室内スタジアムで収容人員は八万人、というのが謳《うた》い文句の建物だ。プロフットボールのチャンピオン・チームを決めるスーパーボウルも、この一月はスーパードームで行なわれていた。その試合は日本にも衛星中継されたが、スーパードームはいかにも巨大な建物のようだった。しかし、実際にこの眼で外観を見ると、むしろ意外に小さくまとまった印象を受ける。後楽園球場がすっぽり入ってしまう大きさがあると聞いていたが、なるほどそういわれればそうなのかな、といった程度の感想しか湧《わ》いてこない。

ところが、中に入ってみて、やはりその巨大さに圧倒されることになった。

屋外の競技場ならフィールドにあたる部分の中央にリングが設けられ、その周囲にギッシリと椅子《いす》が並べられてある。そして客席は、さらに二階、三階、四階と、屋根に向かってすりばち状に広がっている。最上階の観客の姿は、暗いせいもあるだろうが、ぼんやりとしか見えない。

強烈なライトに照らされているリングの頭上には、六面のスクリーンがかかっていて、下で行なわれる試合の模様を同時に映すようになっていた。そうでもしなくては、遠くの席から肉眼でとらえるのはかなり難しいのかもしれない。いや、私がどうにか手に入れることのできたリングサイドと称される席も、リング上の動きを克明にとらえるには、あまりにも遠すぎた。後楽園ホールなら、最後部の壁を突き抜け、水道橋の駅から見ることになるくらい、リングから離れていた。

すでに前座試合は始まっていた。だが、広い場内を八分通り埋めた観客たちは、その試合をほとんど見ていなかった。とりわけそれはリングサイドの客にはなはだしい傾向だった。ビールを呑み、笑いさざめき、席を離れて歩きまわり、声高に叫び合っていた。リング上の試合はホルヘ・ルハンとアルバート・ダビラの一戦だった。前座試合とはいえ、それはバンタム級の世界タイトルマッチだったのである。

アリ対スピンクス戦の前座には、贅沢《ぜいたく》にも三つの世界戦が用意されていた。バンタム級のルハン対ダビラ、フェザー級のダニー・ロペス対ホアン・アルバレス、ライトヘビー級のビクトル・ガリンデス対マイク・ロスマン。アメリカでは、僅《わず》かな例外を除けば、ヘビー級以外はほとんど商売にならないといわれている。たとえそれが世界戦でも事情は大して変らない。アメリカ人にとってボクシングとは、まずヘビー級なのだ。

前座試合はどれも倒し倒されのスリリングなものだったが、観客はほとんど関心を示さなかった。

世界タイトルを賭け必死に闘っているボクサーを無視して、勝手にふざけちらしている観客は確かに無作法だったが、この巨大なスーパードームの中では、バンタム級やフェザー級のボクサーはあまりにも小さすぎた。それはライトヘビーのボクサーでも同じことだった。玩具のボクサーが跳びはねているようにしか見えない。このだだっぴろい空間を、一個の肉体で支え切ることができるのは、ヘビー級のボクサー、それもアリ以外にはいないのかもしれなかった。

白熱した前座試合がすべて終った。

私も売店でビールを買い、一息ついて喉《のど》をうるおしていると、赤い衣裳《いしょう》をまとった細身の女性が、不意にリングの上で踊りはじめた。黒い髪と浅黒い皮膚を持ったなかなかの美人だった。ボクシングには珍らしく気の利《き》いた余興だなどと思いながら見ていると、彼女は胸をおおっていたスカーフのような布切れをはらりと取り、それをひらひらと宙に舞わせながら、軽やかにステップを踏んだ。さほど豊かではないが、乳房があらわになった。にこやかな笑みを浮かべながら、堂々とストリップを始めた彼女に、観客は度肝を抜かれた。次に、腰に巻きつけただけのスカートに手をかけ、取り去ろうとした時、下で待機していた係員が慌《あわ》ててリングに跳び上がり、彼女のもとに殺到した。ひとりが上着を脱ぎ、彼女の体にかけた。どうやら予定された余興などではなく、調子に乗ったどこかの踊り子が、自発的に公演してしまったということのようだった。ようやく事態を察した観客がもっとやらせろと騒ぎ出したが、その時はすでに遅く彼女は会場の外に連れ出されたあとだった。

やがて、大きなボクシングの試合にはつきものの、今度は本物のショーが始まった。リングサイドに集まった有名人紹介、という名のショーだ。俳優ジョン・トラボルタ、歌手ダイアナ・ロス、大統領ジミー・カーターの母親と息子などが次々と紹介される。その中でも、最大の拍手で迎えられたのは、映画『ロッキー』で一躍ビッグスターになったシルベスター・スタローンだった。しかし、それはかなり皮肉な図だったかもしれない。なぜなら、『ロッキー』という映画は、この試合の主役であるアリを、揶《や》揄《ゆ》し戯画化することで成立していた作品だったからである。

キンシャサでフォアマンからタイトルを奪ったアリは、最初の防衛戦の相手にチャック・ウェプナーを選んだ。ウェプナーは、こなした試合の数しか誇るものがないというような、歴然たるオールドタイマーだった。保険の外交とも、酒屋の配送ともいわれるが、とにかくそのような職業につきながら細々とボクシングを続けてきたボクサーだった。アリはそのウェプナーを挑戦者に選ぶことで、いささか楽をしながら金を儲けようと考えたのだ。

だが、生涯にたった一度のそのチャンスに、老雄ウェプナーは彼のボクシング生命のすべてをかきたてて闘った。打たれながらも勇敢に前進し、眼がふさがるほど顔面を腫《は》らしても、決して試合を捨てようとしなかった。執拗《しつよう》に喰い下がり、最後までアリを苦しめた。最終ラウンド、ついに力尽きてノックアウトで敗れたが、ウェプナーは見ている者の心を熱くさせる闘いをした。

シルベスター・スタローンは、その時の感動から映画『ロッキー』のシナリオを書きはじめたのだ。若いロッキーの原型は、少し髪の薄くなったウェプナーの中にあった。

九時十七分、まずスピンクスが場内に姿を現わした。一分遅れてアリが登場する。そのとたん、スーパードームを揺るがすかと思えるほどのアリ・コールが湧き起こった。拍手、歓声、口笛。そのすべてがアリに向けられていた。

私の隣に坐っていた茶色のスーツ姿の黒人が、周囲を圧する大声で「アリ、アリ、アリ、アリ、アリ」と絶叫している。だが、叫んでいるのは黒人ばかりではなかった。白い肌も褐色の肌も、スーパードームにいる観客のほとんどすべてがアリに声援を送っていた。

私には意外だった。この試合の主役がアリだということはわかっていた。しかし、アメリカ国内で、これほど圧倒的な人気があるとは思ってもいなかった。もちろん、これまでもアリに人気がなかったわけではない。しかし、それは、否定と肯定とが拮《きっ》抗《こう》することで相乗的に高まる、といった種類の人気であるはずだった。かつては、客の半分がアリのぶちのめされる姿を期待して試合場に足を運んだものなのだ。ところが、ここではアリという存在が全面的に肯定され、あえていえば愛されている。十年前、理不尽にアリからタイトルを奪ったアメリカはどこに行ってしまったのか。そのアメリカと激しく闘っていたアリはどこへ行ってしまったのか。恐らく、アリとアメリカは、いつしか和解してしまっていたのに違いない。

リングに上がったスピンクスは、軽く上体を動かし、どうにかして心を落ち着かせようとしていた。

いつものように純白のガウンを羽織ったアリは、硬く凍りついたような表情を浮かべてキャンバスを見つめている。私の席からでも、アリの異常なほどの緊張は見て取れた。アリにいつもの晴れやかさはなかった。

九時二十分、試合に先立って、国歌がうたわれた。リング上でマイクを握り、「星条旗よ永遠なれ」をうたったのは、なんとジョー・フレイジャーだった。彼は、マニラでのアリとの闘いに敗れたあと、ボクサーからシンガーに転向しようとしていた。だが、たとえそれがシンガーとしての晴れ舞台だったとしても、アリの試合の前にフレイジャーがアメリカ国歌をうたうというのは、私にはあまりにも無惨《むざん》な光景のように思えた。

アリはガウンを脱ぎ、上半身を場内の熱っぽい空気の中にさらした。古くからの相棒であるバンディーニ・ブラウンが、手のひらから精気を吹き込もうとする巫女《みこ》のように、アリの体をゆっくりとなでまわしている。しかし、アリは暗く孤独な表情を消さなかった。

リングアナウンサーが、チャンピオンとしてスピンクスの名を告げると、観客は不満の声を上げた。それは驚くほど露骨で大きなものだった。彼らはスピンクスをチャンピオンとして認めたくない、という意思表示をしていたのだ。この広い場内に、スピンクスの味方はただのひとりもいないかのようだった。

スピンクスは、いわば黒いロッキーであるはずだった。手頃なシンデレラボーイとして挑戦者に仕立てあげられたスピンクスが、判定でチャンピオンを破ったのだ。セントルイスのスラム街に育ち、一切れのパンを奪い合い、弟と喧嘩《けんか》することで強くなってきたという伝説を持つスピンクスは、アリと異なるまったく新しい型のヒーローになりうる可能性を持っていた。しかし、そう思われたのも、アリに勝った直後のほんの僅かな期間だった。黒いロッキーたるスピンクスは、不意の栄光に混乱し、不名誉な事件を起こしてはみるみる人気を失なっていった。交通違反でつかまったといえば新聞で叩《たた》かれ、昔のつけを払えといっては下宿の親父《おやじ》に告訴され、麻薬所持で逮捕されてはカメラマンのフラッシュを浴びた。

観客の罵声《ばせい》と嘲笑《ちょうしょう》を浴びながら、無表情に体を動かしているスピンクスを眺めているうちに、私は雑誌に載っていた彼の言葉を思い出した。

この四月、アリとのリターンマッチが決定した直後の記者会見の席上で、スピンクスはこう言ったという。

「俺はアリが好きだ。心の底から好きだ。誰も俺のことなんか尊敬してくれないのに、アリはそうじゃない」

スピンクスは、ほとんど全員が敵という会場で、そのアリと闘わなくてはならないのだ。それは二十五歳の若者にとって苛酷《かこく》すぎる状況であったかもしれない。

確かに、年齢が問題なのではない、と言うことはできる。アリが、同じように敵意のこもった視線に取り囲まれてリストンと闘ったのは、まだ二十二歳の時だった。だが、アリはリストンに対して、スピンクスのように「彼は俺のアイドルだった」と言わなくても済んだ。スピンクスがアリに勝つということは、その偶像の偉業を阻止することであり、しかし敗れるということは、自分自身が再びスラム出のただの若僧に逆戻りすることであった。

この試合は、「ザ・サード・カミング」をかけたアリばかりでなく、スピンクスにとっても重いものだった。

喚声にかき消されて、試合開始のゴングの音は聞こえなかった。はじめ、アリはスピンクスの強引な突進に対応しきれないでいるようだった。低い姿勢から、スピンクスが思い切りよく左右のフックを振りまわすと、アリはうろたえるように後退した。ロープにつまり、上半身をのけぞらせ、ようやくスピンクスのパンチを避けると、懸命にクリンチした。あるいは、この試合も前と同じような展開になるかもしれないと思われた。

しかし、アリはロープにつまることはあったが、常に背負いつづけるということはなかった。そこが前の試合と決定的に違っている点だった。クリンチをし、あるいは足を使って廻りこみ、リングの中央へ戻る意志を示した。それは、ロープを背負い、その弾力を利用して相手のパンチの威力を減殺し、打ち疲れたところを反撃する、という「ロープ・ア・ドープ」の作戦を放棄したことを意味していた。若く、しかも軽量のスピンクスには、それがまったく通用しないことを前の試合で見極めていたのだ。

ロープ際《ぎわ》に追い込まれ、スピンクスのパンチが飛んでくると、アリは左のフックで応戦し、巧妙に左手をスピンクスの首筋に巻きつけ、力をこめて引き寄せる。それによってスピンクスは距離を失ない、パンチの力が半減してしまう。アリはそのまま体をあずけてクリンチに持ち込む。離れると、今度は足を使って得意のジャブを放ち、時には足を止めてスピンクスの出てくるところを迎え打つ。スピンクスが、そのカウンターにもめげず、強引に接近すると、またすぐにクリンチする。

それがアリの、この半年間に練りに練った戦法であるらしかった。

序盤はいくらかスピンクスが押していたようだった。しかし、中盤に入って、スピンクスのスピードが鈍ってきた。彼はどう闘っていいかわからなくなってしまったのだ。大きく体を揺さぶりながらロング・フックを放とうとすると、アリの狙《ねら》いすましたようなカウンターを喰らってしまう。接近してショート・アッパーを打とうとすると、クリンチで逃げられる。前の試合でアリを圧倒し、ダメージを与えたパンチがすべて封じられてしまっていた。

コーナーに戻り、椅子に腰かけているスピンクスの顔に、途方に暮れたような表情が浮かぶようになった。

しかし、だからといってアリが余裕をもってスピンクスをあしらっているというわけではなかった。

ロープに追いつめられると、アリはリングの外にまで上半身をのけぞらせてパンチを避けようとした。その避け方の必死さが、アリの三十六歳という年齢を物語っているようだった。両手を突き出し、顎《あご》を引き、ロープにもたれながらスピンクスを見ているアリの眼には、明らかに恐怖があった。しかも、危地を脱するためのアリのクリンチは、反則すれすれのものが多かった。首に手を巻きつけ、引き寄せる。相手が体重の軽いスピンクスだから可能なことだったが、アリがこのようにあからさまに汚い手を使うのは珍らしかった。

アリのコーナーも浮足立っていた。トレーナーのアンジェロ・ダンディーやバンディーニ・ブラウンも冷静さを失ない、戦況に一喜一憂していた。アリが少しでもポイントを稼いだとみると、バンディーニはVサインを掲げ、リングの下で跳び上がって喜んだ。そして、そのラウンドが終わり、疲れ切った様子でアリがコーナーに戻ってくると、ダンディーは大きく手を叩きながら迎え入れた。

苦しそうにマウスピースをむき出し、しかしアリは懸命にリングの上を動きまわった。後退しながらもジャブを放ち、スピンクスの前進をはばもうとした。スピンクスは両腕を顔の前に交差させてそのジャブを防ごうとするが、三発に一発はまともに喰らい、一瞬、追う足が止まってしまう。

回を追うごとに、アリがポイントを奪い、優勢になっていくのがはっきりしていく。見ている私のところには、リングから遠いためにパンチの音が届いてこない。だから、そのパンチにどれほどの威力があるのかはわからなかったが、ジャブもストレートも、アリのパンチはどれもスピンクスの顔面を的確にとらえていた。ヒットされるたびに、スピンクスの頭がガクッと揺れる。それがアリのパンチを実際以上に威力あるものに見せているようだった。

アリはよたよたしながら頑張りつづけた。弱みを見せれば、一気に崩されてしまう。その恐怖がアリの足を動かし、ダンスを踊らせていた。逃げてはくっつき、打ってはまたクリンチする。その姿は哀れなほど必死だった。こんなアリを私は見たことがなかった。そこには、王の中の王、最も強く、最も美しく、最も偉大なはずのボクサーの姿はなかった。ただ、なだれようとする疲労を喰い止め、謀反《むほん》をおこしそうな肉体を騙《だま》し騙ししながら、どうにか自分の仕事をやりとげようとしている必死の中年男がいるだけだった。

スピンクスが前進し、アリが後退する。私が見ていたのは、その無限の繰り返しだったような気がする。大喚声の中にすべての音は呑《の》み込まれ、逆に静まり返ったリングの上で、彼らはたったふたりだけの物悲しい劇を演じていた。

それを茫然《ぼうぜん》と眺めているうちに、私の意識は試合から次第に離れはじめた。リングが遠ざかっていくにつれ、私は自分がまったく関わりのない場所にいるような落ち着かなさを感じるようになっていた。リングの上のふたりとはどのような意味においても繋《つな》がりえない。そのことが私をひどく空虚にさせているようだった。

彼らと無縁であるということは自明のことだった。それを承知で、クアラルンプールでも、マニラでも、アリの試合を見てきたはずだった。しかし、そのいずれの時も、試合を見ながら、このような空虚さを味わうことはなかった。

ふと、大事なことはここにはない、という思いがよぎった。ここにはない、ここにはない……。

気がつくと、試合はすでに最終ラウンドを迎えようとしていた。スピンクスは劣勢だった。スピンクスが勝つためには、ノックアウトしかなかった。

場内ではもうアリが勝ちでもしたかのような大騒ぎが始まっていた。リングサイドの客は全員が立ち上がり、口ぐちに叫んでいた。私の隣の茶色のスーツを着た黒人は、ほとんど切れ目なく「アリ、アリ、アリ、アリ、アリ、アリ……」と呪文《じゅもん》のように呟《つぶや》きつづけていた。

ゴングが鳴るのを待っているあいだ、アリは椅子から立ち、両手を頭上にかざして歓呼に応《こた》えていた。だが、それは自信に満ちた絶対的な勝者の勇姿ではなく、早く仕事を終らせたいと望んでいる中年男の消耗しきった姿でしかなかった。

　十五ラウンドが開始されると、スピンクスは激しい勢いで突っかかっていった。最後の力をふりしぼり、むしゃぶりつくようにアリに殴りかかった。しかし、アリはスピンクスの肩に手をかけ、パンチの威力を殺し、体を寄せてクリンチにもちこむ。揉《も》み合っているうちに、刻々と残り時間は少なくなっていく。スピンクスはアリの手をふりほどき、再び大きなパンチを振るってとびかかっていく。だが、またクリンチ。それにかまわず、スピンクスは力をこめて殴りつづける。しかし、アリに抱え込まれたその背中には、すでに怒りと哀《かな》しみがないまぜになった諦《あきら》めが浮かんでいた。

　スピンクスの最後の右フックが、アリの眼前を虚《むな》しく流れていったその数秒後に、試合は終った。

　スーパードームから吐き出された人の群れの中に身を任せて、私は濡《ぬ》れた舗道をゆっくりと歩いていた。雨は綺麗《きれい》にあがり、空には明かるい星があった。人の流れはフレンチ・クォーターに向かっていた。

　互いに試合の昂奮《こうふん》を確かめるため、声高に話しながら歩いている人びとのあいだにあって、しかし私が考えていたのは、アリのことではなかった。スピンクスのことでもなく、試合のことですらなかった。私の頭の中に重く沈み、どうしても消え去ろうとしなかったのは、アリの試合の前にタキシードを着て歌をうたいに出てきたフレイジャーのことだった。

前夜、私はフレイジャーと会っていた。彼がニューオリンズのはずれのクラブでショーをやっているということを知り、そこへ直接会いに行ったのだ。マニラで、彼の震えるような闘いをこの眼で見ていた私は、フレイジャーに訊《たず》ねたいことがあるような気がしていた。別にどうするというあてがあったわけではなかったが、彼にインタヴューをしようとした。

ウェアー・ハウス・ウエストという名の、百人は入れそうな店に、だが客は十人もいなかった。元ヘビー級チャンピオンというだけで、大してうまくもない歌を聞きにくる物好きが、そう多くいるはずもない。寒々しい舞台で酔っ払いにからまれながら、彼は投げやりにうたっていた。

控室で会ったフレイジャーは、薬の力を借りているのか、生気のない眼をしていた。長椅子《いす》に横たわり、全身をぐったりと投げだしている彼と、私が交すことのできた言葉はひとつだけだった。彼はこう言ったのだ。

「いくら出す？」

俺と話したいならいくら出す？　しかし、いくら出しても、このような状態の彼と、まっとうに話すことはできそうもなかった。私は諦め、そのまま暗い気持を抱いて帰ってきたのだった。

人の流れに従って歩いているうちに、いつしかバーボン通りに入ってきていた。すでに道の両側のバーやレストランでは、アリの勝利を祝福しての乱痴気騒ぎが始まっていた。

「ハウ・マッチ・ユー・ペイ？」

フレイジャーの嗄《しわが》れた低い声が、不意に耳の奥で甦《よみがえ》った時、私は唐突に、勝たなくては駄目だ、と思った。勝たなければ駄目だ。どんな不様な闘いであれ、勝たなければならない。フレイジャーも、マニラで勝っていさえすれば、アリの前座をつとめるなどということはなかったはずなのだ。

勝たなくては駄目だ。いい試合さえすれば負けても仕方がない。そんなことはないのだ。どうしても勝たねばならない。なぜなら、彼にとって勝つことがすべての始まりなのだから……。私は、明らかに内藤のことを考えはじめていた。

6

試合の二日後、フレンチ・クォーターのホテルを引き払い、ニューオリンズ空港に向かった。私はそこからサンフランシスコ行きの飛行機に乗るつもりだった。

空港に着き、発券カウンターの前にできている列に並んだ。サンフランシスコまでの航空券をまだ買っていなかったのだ。順番がくるのを待っている間、私はカウンターの背後の壁にある発着時刻の案内板をぼんやり眺めていた。アメリカ国内のさまざまな都市を結ぶ便があり、中には私のまったく知らないような都市の名もあった。眺めているうちに、この三十分後にラスベガスへ向かう便があることに気がついた。ふと、ラスベガスに寄ってみようかな、と思った。サンフランシスコへ着くのが半日や一日遅れたからといって、別に誰が困るという旅をしているわけでもない。すでにニューヨークで、サンフランシスコから東京までの航空券は買ってあったが、座席の予約まではしていなかった。

私はさほどギャンブル好きではなかったから、普通ならラスベガスなど簡単に素通りしてしまっただろう。しかし、その時、博奕《ばくち》をすることに心を動かされたのは、ラスベガスのカジノでちょっとした運だめしをしてみたいと思ったからなのだ。

ノーマン・メイラーは、キンシャサでのアリとフォアマンの一戦を取材して、『ザ・ファイト』という長文のノンフィクションを書いた。その中に、さりげないが印象的な一節がある。

試合の当日、メイラーは試合場へ向かう直前にカジノへ寄る。キンシャサに着いて以来、まったくツキに見放されてしまっていると感じていたメイラーは、そのツキのなさを試合場のアリのもとへはこぶくらいなら、カジノでギャンブルをすることで発散してしまおう、と考えるのだ。その結果がどのようなものであったかは「ブラックジャックで少し散財した」としか書いてないので、明確にはわからない。だが、とにかくメイラーのツキのなさはカジノで霧散したのだろう。アリはフォアマンを破った。アリが勝てたのはそのためだった、とはもちろん書いてないが、メイラーがそのように勝手な思い込みをし、酔狂な行動に及んだ気持はよく理解できる。やはり彼は、勝ち目の薄いと思われていたアリを、どうにかして勝たせたいと望んでいたのだ。

私もラスベガスのカジノで試してみたかった。内藤がどんな運を持っているか、いや私が彼のもとへどんな運をはこぶことができるか、を。

カウンターの中の女性に訊ねると、ラスベガス行きの便にはまだ二、三の空席があるという。私は行先を変更して、ラスベガスまでの航空券を買うことにした。

ラスベガスは快晴だった。

強い陽射《ひざ》しに照りつけられたラスベガスは、乾いた赤土の上に、白っぽい光をはね返しているビルがただ林立しているだけの、やけに空疎《くうそ》な印象の街だった。

私はラスベガスの街やカジノについてほとんど知識を持っていなかった。空港のロビーにある地図でおよその見当をつけ、バスに乗って適当な場所で降りることにした。十分ほど走ると、テレビや映画で馴染《なじ》みぶかい、テントを模したピンク一色の建物が見えてきた。そのけばけばしいテント風のカジノは、いかにも大衆的な雰囲気を持っていそうだった。

バスを降り、サーカス・サーカスという珍らしい名のそのカジノの中に入ってみると、予想通り猥雑《わいざつ》で安っぽく、いかにも私の風体と懐《ふところ》具合にふさわしそうな博奕場だった。

天井からブランコがさがっていて、その下に網が張ってある。数人の男女がそこで実際に空中ブランコを演じていた。まさに、サーカス・サーカス、というわけだ。博奕場はその奥に延々と続いていた。ルーレットやブラックジャック、バカラやクラップスなどが賑《にぎ》やかに開帳されている。そして、それを取り囲むようにして、各種のスロットマシーンがぐるりと置かれている。

スロットマシーンは現金で、しかも大きく重い一ドル銀貨を使うのが面白かった。二、三十分、ハンドルをただ手前に引くだけの単調な遊びをしたあとで、私はルーレットを始めた。ルーレットからブラックジャックの台に移り、それからまたルーレットに戻った。

どのくらい遊んだろうか。小さな勝負しかしなかったが、それでも負けに負けつづけ、夕方の六時頃になると、五百ドルはあった手持ちの金が、いつの間にか百ドルを切っていた。それに気がついて少し慌てた。その金でサンフランシスコへ行き、しかも一晩か二晩はホテルに泊まらなくてはならなかったからだ。

いい辻占《つじうら》が出なかったことにがっかりし、いくらか暗い気持になってサーカス・サーカスを出た。私はそこからラスベガスのダウンタウンに向かった。すでに飛行機でサンフランシスコへ行く金はなくなっていた。長距離バスで行くより仕方がなかった。

ところが、バスターミナルに着くと、最終バスが出たあとだった。どうやら、ラスベガスで一泊しなくてはならないらしい。金もなく、だから博奕もできず、ラスベガスで虚《むな》しく夜をすごさなければならないとは、かなり本格的にツキから見放されてしまったようだった。

私はバスターミナルに近い、ゴールデンゲートという安宿に泊まった。ラスベガスの安宿の相場を知るため、一番手近にあったそのホテルで訊ねると、十二ドルという答が返ってきた。ロスアンゼルスの安宿と同じ値段だった。それなら、あちこちのホテルを訊ねまわる手間をかけるまでもない、と思ったのだ。

日本に着くまでは、とにかく、手元に残った金ですごさなくてはならない。私はホテルに付属している簡易レストランで安く夕食をすませ、一セントでも余分な金を使わないようにと部屋でテレビを見ていた。

しかし、どうしても落ち着かない。ホテルの代金は前払いしてある。サンフランシスコまでのバス料金を除くと、三十数ドルが残るはずだった。その金でもう一度だけ勝負をしてみようかという誘惑に負けそうになり、テレビを見ていても気が散ってしまうのだ。かりに全部すってしまったとしても、それはその時のことだ。サンフランシスコで東京行きの飛行機をすぐつかまえればいい。飛行機に乗りさえすれば飢えることもないだろう。このままではどうにも気持が収まらない。

午前零時頃、とうとう我慢できず、外に出た。

路上に人影はほとんどなかった。広い道には車も少なく、風が吹き抜けると、紙屑《かみくず》が舞い上がり、紙コップが寂しい音をたてて転がった。場末の、三流、四流のカジノが立ち並ぶ通りにも、ただ派手なネオンが点滅しているばかりだ。その中のひとつに入ってみたが、閑散として、熱気のこもった勝負が行なわれている様子はなかった。カジノはどこも一晩中営業しているが、このあたりのカジノで、深夜、大きな金を賭《か》ける上客がいるはずもなかった。客の多くは金を持たない夫婦連れの観光客だった。ダウンタウンのカジノは、賭ける単位が一桁《けた》ひくいようだった。スロットマシーンにしても、サーカス・サーカスでは見かけなかった五セント用の器械が何種類もあった。

私はルーレットで一発勝負をしようかどうしようか迷いながら、そのスロットマシーンのハンドルを引いていた。

なかばそれで時間つぶしをしていたのだが、意外にも二十分くらいの間にジャックポットが四回も出た。バーが三つ並ぶ、百倍のものだ。五セントだから百枚でも五ドルにしかならないが、しかしそれが四回なら二十ドルになる。

私はその二十ドルとポケットに残っている三十ドルを合わせて、ルーレットで一勝負してみることにした。

そのカジノを出て、ぶらぶらと何軒かのカジノを見てまわり、人のあまり多くいない、うらぶれた感じのカジノを選んで入った。

それでもクラップスやブラックジャックの台には客がついていたが、ルーレットは一台を除くとまったく客の姿がなかった。休止しているもののなかに、中年のディーラーがぼんやりと床に視線を落としている台があった。ものおもいに耽《ふけ》っているような、実は何も考えていないような、不思議な眼をしていた。

私が黙って前に立つと、少し驚いたように顔を上げた。しかし、私の風体を見て、いささかうんざりしたようだった。小さな細かい勝負になると思ったのだろう。無理もなかった。

私は五十ドル余りの金をすべてチップに換えた。そして、右手に二、三枚のチップを持ち、それをもてあそびながら、ゲームの始まるのを待った。ディーラーはつまらなそうに回転盤をまわし、無造作に球を投げ入れた。同時に、私はチップに換えられた有り金のすべてを黒に賭けた。ディーラーはびっくりしたような表情で私を見た。二、三枚ずつ細かく賭けてくるだろうという予想がはずれ、ディーラーは困ったような、しかしそのことを面白がっているような、複雑な笑いを浮かべると、

「ワン・ショット！」

と小さく言った。

普通、カジノのルーレットでは、客が賭け終ってから球が投げ入れられる、と聞い

ていた。しかし、実際はさほど厳密でもなかった。投げ入れたあとからでも賭ける客はいて、どこでもそれは許されていた。ノー・モアー・ベッツ、つまりもう賭けられませんという合図も、出すところと出さないところがあった。ラスベガスのカジノともなれば、ディーラーは自分の出したい数字を出すことができる、とも聞いていた。確かにそうでなければカジノはカジノとして生き抜いていけないだろう。

私はそこではじめから一発勝負をやろうとしていたが、そのような腕のディーラーと一対一で勝負をすれば、簡単に負けてしまうに違いなかった。あるいは、少し遊ばせてくれようとして、最初はわざと負けてくれるかもしれない。いずれにしても素朴な運だめしにはなりそうもない。だから、二、三枚ずつ小さく賭けるふりをして、無造作に盤をまわさせ、無造作に球を投げ入れたところで、一気に黒か赤のどちらかに賭けようと思ったのだ。

盤はまわりつづけ、象牙《ぞうげ》の球はゆっくりと十七の黒のポケットに落ちて、止まった。ディーラーはにやっと笑い、チップを倍にしてこちらにぐいと押し返した。

私はそのディーラーの応対の仕方が気に入り、そこでしばらく遊ぶことにした。今度は二、三枚ずつ小さく賭け、取ったり取られたりしていたが、それでもチップは少しずつ増えていった。

依然としてその台の客は私しかいなかった。二人でののんびりチップのやりとりをしているうちに午前二時になった。そろそろ切り上げどきかもしれなかった。

ディーラーが盤をまわし、賭けるように眼でうながした時、私は手前に積んであるチップをすべて黒に賭けた。ディーラーは「おっ」というように小さく声を出して、さりげなく、しかしそう装《よそお》った慎重さで、球を投げ入れようとした。その瞬間、私は黒に積まれたチップの山から、五ドル分ずつを、0と00と書かれたところに置き直した。ディーラーはそのまま球を投げ入れたが、微妙にタイミングが狂ったように感じられた。ディーラーは私に「生意気をやるじゃないか」というような笑いを向けた。

もしディーラーが自由に望む数字を出せるものなら、一対一の勝負に客が勝つ法はないということになる。しかし、一対一であるということは、同時に一対多とは異なる心理的な側面が出てくるということでもある。あるいはその心理の裏をかくことで勝機が生まれてくるかもしれない。私は乏しい経験と知識からそのように考えたのだ。

私は一時間も相対で勝負をしているうちに、私にはこのディーラーの性格が僅《わず》かだがわかるような気がしてきた。場末のカジノで退屈そうにルーレットの台の前に坐《すわ》っているが、そのひとつひとつの仕草や、私への反応の仕方に、独特の性格がうかがえるようだった。それを好みと言い換えてもよい。彼は不思議に統一の取れた好みを持っていた。私はその好みの裏をかこうとしたのだ。

私がいかにもこれが最後というような調子でチップのすべてを黒か赤に賭けた場合、彼が露骨にその反対の色を出すとは思えなかった。しかし、彼にしても負けるわけにはいかない。とすれば、彼ならどうするだろう。0か00に球を落とそうとするのではないか。0と00は赤と黒に関係なく親の総取りである。しかも、この一時間ほどの何十ゲームかで、その数字は出たことがなかった。だから、私はディーラーが投げ入れる寸前に、そこへ保険をかけるようにして、実はフェイントをかけたのだ。それで少しでも手元が狂えば、黒が出るか赤が出るかの確率は五分五分になる。私はそう読んで黒に賭けた。もちろん、黒でも赤でもよかった。いずれにしても、そこから先は運の問題になる。しかし、それこそが私の望むところだった。

ディーラーによってスピンをかけられた球は、回転盤のへりを勢いよくまわりつづけ、ようやくポケットに落ちた。十三の黒だった。それが00の二つ手前の数字だったことが私を嬉《うれ》しくさせた。

「あんたの勝ちだ」

ディーラーは短くそう言い、チップを数えた。手元にきたチップの山から二十ドル分を抜き、礼を言ってディーラーに渡すと、無理をするなというようにウインクして、それを押し戻した。

窓口で現金に換えると、それは全部で三百十八ドルあった。はじめの時の五百ドルからすればかなりの負けということになるのだが、数万ドルも大勝したような爽快《そうかい》さがあった。

悪くない、と思った。どうやら俺はそう悪くない運を彼のもとにはこんであげられるかもしれない。

その時、私は指を鳴らしたいような気分で思うことがあった。これから私は日本へ帰る。日本では内藤の再起第一戦が待っている。たとえその試合に千人の客しか集まらないとしても、私にとっては、七万余の大観衆を集めたアリの試合より、はるかに大事なのだ。とすれば、私がニューオリンズで見たアリの試合は、内藤の再起戦のための前座試合だったと考えることができるのではないか。そうだ、「ザ・バトル・オブ・ニューオリンズ」は、私にとって、内藤の試合のための壮大な前座試合だったのだ。

そう理解すると、スーパードームで感じていた胸のつかえが、すべて融《と》けて消えるように思えてきた。

ホテルへ帰る途中の道で、明日は飛行機でサンフランシスコだ、と声に出して呟《つぶや》いてみた。そして、明日の夜は有り金はたいておいしい魚料理でも食べることにしよう、と思った。私は自分の小さな勝利にいささか有頂天になりすぎていたかもしれない。

しかし、アメリカに来て以来、これほど気持が昂揚した瞬間はなかった。

部屋に戻り、靴をはいたままベッドに引っくり返り、天井に貼《は》りついた小さな羽虫の動きを眼で追いながら、早く日本に帰ろう、と私は思っていた。

# 第五章　片　鱗

## 1

下北沢の喫茶店で私は利朗と待ち合わせをしていた。何週間ぶりかで内藤の練習を見る前に、彼の話を聞いておきたかったのだ。利朗は、私がアメリカに行っている間にも何度かジムへ通い、内藤の写真を撮っているはずだった。カメラマンの彼の眼に、この半月余りの内藤がどのように映ったか、私はそれが知りたかった。

夕方、下北沢の本屋で新刊書を買い、約束の時間よりだいぶ前に喫茶店に行った。アメリカに行っている間に出されたその本を、コーヒーでも呑《の》みながらしばらく読んでいたいと思ったからだ。

待ち合わせの場所は、駅前の小さなビルの三階にあるペルモという店だった。窓からは高架の線路と古びた駅が見える。さえぎるものもなく剝《む》き出しにされたプラットホームに、電車が着いてはまた出ていく。そのたびに車輪とレールのこすれる音が響いてくる。日本を一年も離れていたというわけでもないのに、街の喧騒《けんそう》の中から伝わってくるその軋《きし》みが妙になつかしく感じられる。

まだその仕事に慣れ切っていない、ういういしさの残っているウエートレスが、注文を取りにきた。コーヒーを頼み、水をひとくち呑み、本の最初の頁《ページ》をひろげた時、利朗が姿を現わした。意外なことにその後に内藤がいる。

「金子ジムの前に車を停めにいったら、偶然会っちゃって……」

利朗が説明しようとすると、背後から内藤が顔中を皺《しわ》だらけにするいつもの笑いを浮かべながら、

「やあ、お帰りなさい」

と言い、あとを引き取った。

「いまやっているスパーリング・パートナーはね、区役所に勤めていて五時を過ぎないと出てこられないんですよ。だから、まだジムへ行くには早いんだけど、どういうわけか今日に限って乗り継ぎがうまくいってね。仕方がないから駅前でパチンコでもしようと思ったんだけど、先に一応ジムに寄ってからなんて思いながら行ったら、彼とばったり会っちゃって。ここで待ち合わせているというんで、久し振りでしょ、会いたいと思ってね」

「あとからジムに行ったのに」

「うん、でもね……」

そう言いながら前の椅子《いす》に腰を下ろした内藤を見て、私は内心驚いていた。彼の体の様子が一変していたからだ。頬からはげっそりと肉が落ち、えぐれているような印象すら受ける。ことさら頬骨が高く感じられ、眼窩《がんか》がくぼんで見える。以前は坐《すわ》るとはちきれそうだったジーンズの太股《ふともも》も、いまはいくらか弛《ゆる》んでいる。体はひとまわりもふたまわりも小さくなったような気がする。しかも、皮膚にはまったく艶《つや》がなく、白い粉でも吹いているかのように乾いてカサカサになっている。

「調子は？」

私はつとめてさりげなく内藤に訊《たず》ねた。

「悪くない」

「でも……少し瘦《や》せたな」

「そうでもないよ」

意外なほど強い調子で内藤は否定した。あるいは自分でもそのことが気にかかっていたのかもしれない。

「それなら別にいいんだけど」

私がそう言って話題を換えようとすると、内藤がこだわりを見せた。

「痩せてなんかいない。ただ、いくら食べても太らないだけさ。昔は、前に食べたものはすぐ肉になったんだけど……」

「そう、コーラまでが肉になった」

私のつまらない冗談に微《かす》かに笑みを洩《も》らしたが、内藤はすぐ真顔になって呟《つぶや》いた。

「これが……齢《とし》というものなのかなあ……」

何週間か前にも彼から同じような台詞《せりふ》を聞かされたことがあった。しかし、その時の口調は、このように沈んだものではなかった。

内藤は恐らく壁にぶつかったのだ。それは、彼がカムバックを決意して以来、初めてぶつかる壁のはずだった。四年余の空白と二十九歳という年齢が、ボクサーにとってどのような意味を持つのか。内藤は、彼自身の肉体によって、それを手荒くおしえこまれようとしていた。いくら食べても肉にならない、それが齢というものだろうか、という内藤の言葉には、一歩誤まれば絶望に転化しかねない切迫した実感がこもっているようだった。

肉体と年齢との相関関係にはかなりの個人差があるだろう。職業によっても状況によってもその発現形態は異なってくる。同じボクサーでも、どうしても肉が落ちないということで年齢を感じる場合もあれば、その逆もありうる。内藤は、かつてしたことがないというほどの激しい練習に疲労困憊《こんぱい》し、太ることができなくなっていたのだ。

ウエートレスが私にコーヒーを持ってきてくれた。彼女はテーブルにコーヒー・カップを置くと、高く澄んだ声で内藤と利朗に注文を訊《き》いた。

「アメリカン・コーヒー」

二人はほとんど同時に答えた。それを聞いて、私は内藤に言った。

「いいのかい、コーヒーなんか」

「うん、エディさんも認めてくれているんだ、コーヒーは。一日に一杯か二杯くらいなら構わないって。……それに、今度は減量の心配は全然ないしね。むしろ、もっと欲しいくらいだから、いいんだよ」

それが内藤の本音だったかもしれない。今の彼は七十キロを切っているようにさえ見える。その体重で八十キロからの相手と闘わなくてはならないのだ。

「肉がほしい、か」

私が呟くと、内藤が頷《うなず》いた。

「うん、欲しい」

内藤の言葉があまりにも切実だったので、私たちのテーブルの周囲の空気がいくらか重くなった。利朗は使い捨てのライターで煙草《たばこ》に火をつけ、私はコーヒーに砂糖を入れた。だが、すぐに内藤がその場の沈んだ空気を動かしてくれた。

「試合、どうでした？」

　その質問に救われたような気がし、私は熱心にニューオリンズで見たことを喋《しゃべ》りはじめた。そして、席がそう近くなかったため、どちらのパンチがより相手にダメージを与えていたか正確に判断できなかったこと、またエキサイトする場面になると前の席の観客が立ち上がってしまうため、天井から下がっているスクリーンを見なければならなかったこと、そのふたつのことを前提に、ジャッジについての疑問を述べた。

「ニューオリンズの戦い」の採点法は、五点法でも十点法でもなく、テネシー州ルールということでラウンド制が採用されていた。ラウンドごとに優劣を判断し、優勢な方にそのラウンドを与える。アリ対スピンクス戦の三人のジャッジは、平均するとアリに十一ラウンド、スピンクスに三ラウンドを与え、一ラウンドを引分けとしていた。

「でもね、俺が見ていたかぎりでは、あんな大差の判定が下される試合ではなかったと思うんだ。確かにアリは優勢だった。勝ったと思う。しかし、十一対三というような差があったとは、どうしても考えられない」

　すると、内藤はまったく同感というように頷いた。

「そう、あの試合には決定打がなかったからね。だから、どちらの攻撃のスタイルをとるかによって、優劣の判断は違ってくると思うんだ。スピンクスのインファイトをとるか、アリのアウト・ボクシングをとるか……。スピンクスも本当によく闘っていたもんね。アリの勝利は動かないにしても、あんな大差がつくとは思えなかった」

「アリはその前のスピンクス戦と比べてどうだった？　かなり違ったボクシングをしてた？」

「うん、そうだね、どういうのかなあ……そう、前の試合はアリが一発打ちにいくと、スピンクスに二、三発返されてたよね。足がないんでどんどん追い込まれ、その上、手数でも圧倒されていた。でも、今度は違ってた。アリもこの半年に鍛えに鍛えていたから、瞬発的な反応が鋭かったでしょ。一発打ってもお返しをもらわなくてすんだ。打っても打たれない、打っても打たれない……決定打がないのにアリが勝てた理由はそれだと思うな」

私は内藤の説明に深く納得するところがあった。

「なるほどな」

「アリは以前とそう違うボクシングをしてたわけじゃないけど、アリの体そのものが違ってたんだよ」

「ということは、結局、この試合に対する心構えが違っていたんだろうな。アリは本当に必死だったからね。しかし、スピンクスは前と変らなかった。いや、もしかしたら、前より以下の緊張度しかなかったかもしれない」

私がそう言うと、内藤はひと呼吸置いてから呟くように言った。

「でもね、負けたけど、俺、スピンクスが好きなんだな」

その台詞は意外だった。内藤がケン・ノートンが好きだという話は前に聞いたことがあった。理由を訊ねると、頭がよくて、不運だから、という答が返ってきた。確かにノートンは不運なところがあるボクサーだった。アリのタイトルに挑戦し、ほとんど勝利を収めかけたが、判定のマジックによって敗北を喫し、それ以後も挑戦資格を持つにもかかわらず、敬して遠ざけられてしまった。アリを破ったスピンクスからWBCが剝奪《はくだつ》した王座を与えられた時には、すでに盛りを過ぎていたのか、その初めての防衛戦で若いラリー・ホームズに敗れてしまった。内藤がノートンを好きだという気持はよく理解できた。しかし、スピンクスにはおよそノートンと似たところがない。

私はニューオリンズでスピンクスの公開スパーリングを何度か見る機会があった。アリと比べればいないに等しい客を前に、ディスコミュージック風のテープを流しながら、軽やかに体を動かしているスピンクスを見ているうちに、私は不思議な親愛感を覚えるようになっていた。しかし、内藤がスピンクスを好きだという理由はよくわからなかった。

「でも、どうして？」

「きびきびした気持のいい動きをするし、何か好きなんだな」

「アメリカでは、ノートンみたいにクレバーなボクサーじゃないと思われてるぜ、つまり馬鹿《ばか》だって」

「そんなこと関係ないよ。……あの試合が終って、でもまだアリは自分の偶像だって、スピンクスが言ってたでしょ」

「言った。アリ・イズ・スティル・マイ・アイドルってね」

「それを聞いて、スピンクスって、心の優しい人なんだなあと思ったんだ」

人間にはいくつかの情感がある。ひとりの人間を見て喚起される情感の種類は、人によってそれぞれ異なるだろう。その人が彼、あるいは彼女によってどのようなものを喚起されるかは、逆にその人がどのような情感に最も敏感なのかを物語ってもいる。内藤は常に優しさに反応する。そのことが、ボクサーとしての内藤に、どれほどのハンデを与えてきたことだろう……。

私と内藤の話に黙って耳を傾けていた利朗が、二人の間に言葉がとぎれると、のんびりと口を開いた。芸能週刊誌のインタヴュー記事に、男性の演歌歌手のこんな談話が載っていたというのだ。歌手は離婚したばかりの女優との派手なスキャンダルに巻き込まれている最中だったが、その彼がアリとスピンクスの試合をテレビで見て、憤慨したり諦《あきら》めたりしていたのだという。テレビの解説者は、はじめアリを批判し、もう齢だ、衰えがきているなどと言っておきながら、次第に優勢になっていくにつれて、さすがにアリなどと讃《ほ》め出す。いい加減なものだ。しかし、とその演歌歌手は言っていたそうだ。しょせん世間なんてそういうものなのさ、と。

私たちは声を上げて笑った。だが、私は内藤や利朗ほど無邪気に笑い飛ばすことはできなかった。見るということは、そう易しいことではないのだ。たとえば、イランのイスファハンで見たアリとフォアマンの一戦にしても、私が思っていたほどアリが劣勢だったわけではない。しばらくして日本に帰り、落ち着いてビデオ・テープで見てみると、アリはそれなりにポイントを稼いでいた。私は、老いさらばえた無残なアリ、という思い込みによって、正確に試合を把握することができなかった。あるいは、アリとスピンクスの一戦も、スピンクスへの親愛感から、アリに厳しく見すぎていたかもしれない。正確に見て正確に語るということは、誰にとっても恐ろしく難しいことなのだ。

「ボクシングの解説者って、ほんとに調子いいからなあ」

と内藤が言った。

「そういえば、長岡さんの時だって、ほら……」

利朗が笑いを含んだ声で内藤に話しかけると、内藤も口元をほころばせながら応じた。

「ほんと、そう、ひどかった」

意味がわからず黙ってふたりの顔を眺めている私に向かって、内藤が言った。

「長岡っていたでしょ、金子ジムに」

私は頷いた。アメリカに行く直前に、内藤とスパーリングをするところを見たことがあった。

その長岡が三日前にネッシー堀口というベテランと対戦した。長岡はコング斎藤をノックアウトしたこともあるハード・パンチャーであり、堀口は三十歳を超えた下り坂のボクサーだった。しかも、堀口にとってその試合は、一年半のブランク後の、復帰第一戦だった。誰の眼にも長岡の勝利は動かぬものと映っていた。ところが、長岡は堀口のラッキーパンチを顎《あご》に喰らい、一回で決定的なダウンを奪われ、二回にノックアウトで負けてしまったというのだ。

堀口のブランクを重視したテレビ解説者が、パンチがまとまっていない、体が動かないと批判した直後、一発で堀口は長岡からダウンを奪ってしまったのだという。利朗は、内藤と一緒にその試合を見に行き、そのあと家に帰って深夜のボクシング番組で再びその試合を見たらしい。だから、なおさらテレビの解説者の言葉が空疎《くうそ》に響いたのだろう。

だが、それは解説者を責めるべきことではない。ボクシングとは、まさにそのような意外性を秘めたものなのだ。どれほどすぐれた見巧者にも、一瞬先のことは予測がつかない。だからこそ、ボクシングはボクシングたりえるのだ。

「ボクシングって……ほんとにわからないな……」

内藤が私たちに向かってではなく、自分自身に呟くように言った。

ウエートレスが内藤と利朗にコーヒーを運んできた。コーヒーに砂糖を入れ、スプーンでかきまぜていた内藤が、不意に真面目《まじめ》な表情になって言った。

「やっぱり、ボクサーは……勝たなければ駄目なんですよね」

私は、口に運ぼうとしていたコーヒー・カップをそのまま受け皿に置き直し、内藤の顔を見つめた。私がニューオリンズに行く前に、内藤はしっかり試合を見てきてほしいと言っていた。しかし、私はアリとスピンクスの試合からさほど大きなものを見《み》出《いだ》すことはできなかった。多分、内藤がテレビで見た以上のものを発見することはなかっただろう。だが、ただひとつ、試合そのものというのではなく、ニューオリンズでの何日かによって、私が強烈に思い知らされたことがあった。それがまさに、ボクサーは勝たなければならない、ということだったのだ。私は日本に帰ったら、いつか折を見て、そのことを内藤に話したいと思っていた。ところが、それとまったく同じ思いの言葉を、内藤自身が口にしたのだ。私はふつふつとたぎる気持を抑えて、フレイジャーの話をはじめた。場末のクラブで、数人の客を相手に投げやりにうたってい た、元チャンピオンについての話だ。内藤は、黙って私の話に聞き入っていた……。

窓からは強い西日が射《さ》し込んでいた。黄色いビニール製の日おおいから透けてくる光に照らされて、喫茶店の内部のすべてが美しい橙《だいだい》色に染っていく。

「そろそろジムに行こうか」

私が言うと、内藤は頷いて、立ち上がった。

私たち三人は肩を並べ、ゆっくり歩きながらジムに向かった。

「スパーリング、今日はどのくらいやるつもりなんだい？」

私が訊《たず》ねると、内藤は首をかしげた。

「どうなのかな。行ってみなければわからないんだ。ラウンドの数ばかりじゃなくて、スパーリングをやるのかどうなのかもわからない。吉村もいろいろあるらしくってね」

「吉村？　スパーリング・パートナーは吉村っていうのかい？」

初めて耳にする名だった。

「うん。彼はね、エディさんが面倒を見ているアマチュアの選手なんだ」

内藤の説明によれば、吉村はアマチュアのヘビー級ボクサーで、日本選手権に三年連続して優勝しているということだった。エディは傭《やと》われトレーナーとしてプロに教えるだけでなく、乞《こ》われてアマチュアのコーチもしていた。吉村はその中の有望なひとりであるらしかった。

近くアジア大会の代表選手選考会が後楽園ホールで開かれる。吉村も出場することになっていたが、しかし彼にはそのためのトレーニングに必要な手頃なスパーリング・パートナーがいなかった。重量級の人材が乏しいという状況はアマチュアにおいても変わらない。日本選手権においてさえ、ヘビー級などは参加者が極端に少ないため、一回戦がそのまま決勝戦になってしまうほどなのだ。そこでエディは内藤に吉村のスパーリング・パートナーを勤めさせることにした。それは内藤のためにならぬことでもなかった。たとえ相手がアマチュアであっても、自分より大きなボクサーと、一ラウンドでも多くグローブを交えておくということは、決して損ではなかったからだ。

とにかく、吉村は内藤に相手をしてもらうため勤務先の葛飾《かつしか》区役所から下北沢の金子ジムまで通ってきている、ということらしかった。

「昨日は本当に凄《すご》かったなあ」

不意に利朗が呟《つぶや》いた。

昨日は三人を相手に七ラウンドのスパーリングをしたということだったが、とりわけ吉村との三ラウンドは力のこもった激しいものだったらしい。途中で内藤の鋭い右アッパーが入ってしまい、吉村がリングに崩れ落ちるという一幕もあったという。

「吉村さん、苦しそうにうずくまっちゃったでしょ」

利朗が感嘆したような声で内藤に言った。エディには叱《しか》られたということだったが、内藤は満更でもないようだった。

「そう、あれはアマチュアにはよけられないかもしれないね」

そう言って、嬉《うれ》しそうに笑った。

利朗は想像していた以上に内藤と親しくなっていた。私がいない間によほど頻繁にジムに通ったものとみえる。駆け出しのカメラマンである利朗には、何はなくても時間だけは充分にあったのだろう。

　彼は、私の古くからの友人というばかりでなく、私が初めてルポルタージュを書いた時以来の仕事上の相棒でもあった。初仕事のテーマは若い自衛隊員の意識構造を探るというものだったが、当時まだ大学の写真学科に在学中だった利朗は、その取材に常に同行し、まったくの無報酬で写真を撮ってくれたのだ。

　その頃、活字を主体とする雑誌では、単なるルポルタージュのために専門的なカメラマンをつけるということはほとんどなかった。私に初めて仕事をさせてくれた雑誌でも、ルポルタージュの写真には、筆者のスナップかありあわせの写真で間に合わせる、という考え方が支配的だった。しかし私は、自分が懸命に書いた原稿にはやはり誰かが懸命に撮った写真を載せてもらいたかった。だからといって、プロの著名なカメラマンに頼むには、雑誌にも私にも経済的な余裕がなさすぎた。いや、かりに金があったとしても、大したスペースを与えられるわけではないその写真に、プロのカメラマンが情熱を注いでくれるはずはなかったかもしれない。

　だが、無報酬にもかかわらず、しかも撮ってもマッチ箱くらいの大きさにしか扱ってもらえないにもかかわらず、利朗は私が頼むと厭《いや》な顔ひとつせずいつも一緒に取材先に足を運んでくれた。そして、私が見ても丁寧すぎるのではないかと思えるほど律《り》儀《ぎ》に写真を撮ってくれた。それは私への友情というより彼の性格によるものだったろう。無口で感情を表にあらわすことの少ない男だったが、他人に対しては実に細やかな神経の使い方をする。私は利朗が人に頼まれて厭と断わったところを見たことがなかった。大学を卒業し、秋山庄太郎の助手をするようになってからは、一緒に仕事をすることも少なくなったが、それでもいざという時には私の頼みを快く引き受けてくれていた。数年前、秋山スタジオを出てフリーのカメラマンになったが、独立したといってもその日から仕事が殺到するというようなカメラマンではなかった。ジャーナリズムの世界をうまく泳いでいくには、あまりにもおとなしく、律儀でありすぎた。

カメラマンにかぎらず、ライターやイラストレーターといったジャーナリズムの世界に浮遊する人たちは、まず口に出し、それをあとから必死に収拾していくということで道を切り拓《ひら》いてきた人が少なくない。それが自分にできるかどうかわからなくとも、まず口にしてしまうのだ。しかし、利朗にそんな芸当はできなかった。確実に自信があることでも口に出さない。彼はいつでも過剰なほど控え目だった。

利朗は、彼がカメラマンである以前にすでに私の友人だった。だから、彼にカメラマンとしての才能があるかどうかを冷静に判断することは不可能だった。しかし、いずれにしても、私が彼の撮る写真を好んでいたことだけは確かだった。とりわけその人物写真は、対象の最もいい瞬間を定着する、実に気持のよい作品が多かった。小回りのきく器用さはうかがえなかったが、対象とじっくり渡り合う誠実さが画面に滲《にじ》み出ていた。ギラギラとした才能の輝きはなかったが、時間に耐えられる静かな力が秘められているようだった。

だが、たまに私と組んで仕事をする以外、利朗にはこれといった仕事がなかった。長く付き合うことで初めてそのよさが見えてくるという性格に似て、彼の写真も一瞬にして人の心を奪うという派手さに欠けていた。彼が仕事を獲得できない最大の理由はそこにあるのかもしれなかった。しかし、彼もやがて三十になる。このままの状態でいいとは思っていないはずだった。これから自分は何をどう撮っていったらいいのか。このままカメラマンとしてやっていくことに、どのような意味があるのだろう。それをあからさまな言葉にして語ることはなかったが、少しずつ思い悩むようになっているようだった。

私がアメリカに行く前に内藤の話をすると、利朗は撮ってみようかなと呟いた。発表のあてがあるわけでもなさそうだったが、私にはありがたいことだった。利朗が私のいない間に見ていてくれれば、安心してアメリカに行くことができるような気がした。そこで、私はふたりを引き合わせることにした。利朗が撮らしてもらえないかと頼むと、内藤はむしろ進んで撮ってほしいと答えていた。

しかし、僅《わず》かこの半月余りで、普段は無口な利朗が内藤と軽口を叩《たた》けるくらいまで親しくなっているということが、私には意外だった。

「吉村さん、勝つといいけどね」

利朗が内藤に言った。

「勝つと思うよ、吉村は。パンチはないけどスピードはあるからね。ただ……」

「ただ？」

私は言い淀《よど》んでいる内藤の顔を見ながら訊ねた。

「いや、ただね、俺とスパーリングをやったやつはみんな試合に負けちゃうんだ。どういう訳かみんなね」

「みんな？」

「そう、みんなさ。竜反町も負けたし、堀畑も負けたし、長岡も負けた」

内藤がスパーリングを再開して、初めてスパーリングをした相手が竜だった。しかし、その竜が敗れ、その次にパートナーを勤めた堀畑が敗れ、さらに長岡までが敗れていた。内藤が妙な気分になるのも無理はなかった。スパーリング・パートナーがすべて試合で負けてしまうということが、大切な試合を前にしたボクサーにとって縁起のいい話であるはずがない。偶然さ、と言って私は話題を換えようとした。口を開きかけると、その前に珍らしく利朗が気の利《き》いた台詞《せりふ》を吐いた。

「きっと、運を吸い取っているんだよ」

内藤が彼らの勝ち運を吸い取っている。なるほど、そう考えることもできないことはない。いや、そう考えたほうがよさそうだった。

「いまの君は、運のかたまりというわけだ」

私が言うと、内藤は不安そうに呟いた。

「そうだといいんだけど……」

2

久し振りのジムは、しかしいつもと変わらず蒸し暑く、汗臭かった。外にはいくらか風があったが、ジムの中に一歩足を踏み入れると、熱を含んだ湿気が全身に搦《から》みついてきた。

ジムは夏でも窓を開け放たない。冷房がきいているわけではないから、その暑さはかなりのものになる。窓を開けないのは、ボクサーが汗をかきやすくするためだ。窓を開け、涼しい風が吹き抜けると、それだけボクサーの汗を止めることになってしまう。ジムには一グラムでも体重を落とそうと必死になっている若者たちが蠢《うご》めいている。ボクサーとはまず減量に耐えることが仕事であるといった職業なのだ。夏は最も減量のしやすい季節だが、窓を密閉することでさらに汗をかきやすくする。夏のジムはそのためにサウナ風呂《ぶろ》のごときものに化す。

夏は過ぎたはずなのに、ジムに入ってしばらくすると汗が吹き出て止まらなくなる。

エディはすでに来ていた。内藤の顔を見ると、そう遠くにいたわけでもないのに大きな声を上げた。それはエディの癖のひとつだった。いつもは若々しく感じられるエディが、不意に年老いたように見えるのはそんな時である。

「ジュン！　今日はスパーリングなしね」

吉村が都合で来られなくなったらしい。内藤は拍子抜けしたようだった。

「明日は？」

「メイビー、明日はオーケーね」

内藤は黙って頷《うなず》いた。スパーリングがなくなったことで、練習の時間が拘束されなくなった。内藤は、事務所の横のテーブルに置いてある雑誌を取り上げると、リングの前のソファに深く腰を落として読みはじめた。それは、表紙に荒っぽく「金子ジム」と書き込まれてある、ジムに備え付けの『ボクシングマガジン』だった。

私は事務室の奥で帳簿をつけている金子に挨拶《あいさつ》し、エディと言葉を交した。しばらくして内藤を見ると、まだ雑誌を読んでいた。その姿があまりにも熱心だったので、興味を覚えた。近づいて覗《のぞ》き込んでみると、彼の視線は雑誌の終りに付されているランキング表に注がれていた。その頁《ページ》には日本のランキングと世界のランキングが載っていたが、内藤が喰い入るような眼つきで見ていたのは世界ランキングの方だった。

私の視線に気がつくと、内藤は指を差しながら言った。

「ほら、ここに、ブリスコってあるでしょ」

見ると、ＷＢＡのランキング表の第五位の欄に、ベニー・ブリスコというアメリカ人ボクサーの名があった。

「それが？」

「こいつは凄いやつなんだ。俺がプロに入った時もう世界ランキングに入っていたんだけど、それから十年、まだランキングに入っている。これは世界チャンピオンにならなくとも、やっぱり凄いことだと思うんだ」

内藤の言う通りだった。ひとりのボクサーが、十年ものあいだ世界的なレベルの力量を維持してきたとすれば、やはりそれは大したことに違いなかった。かつて、内藤もそのブリスコと同じように、世界ランキングに名を連ねたことがある。世界ミドル級三位。それは、日本のボクサーが、最も重いクラスで最も高く昇ることのできた、ほとんど最高のランクだった。しかし、彼はその位置を一年と保ちつづけることはできなかった。

内藤は頁を繰った。そこには東洋のランキング表が載っていた。しばらくそれを眺めていた内藤が、

「まったくなあ……」

と溜息《ためいき》をついた。そして、私を見上げて言った。

「昔は日本とフィリピンがほとんどだったのに、いまや韓国が独占という感じだね」

東洋にはヘビー級は設けられていないが、J・フライ級からミドル級までの十一階級のうち、なるほど六階級までが韓国のボクサーによってチャンピオンの座が占められていた。

ランキング表の右端には、かつて内藤がそのチャンピオンの座を制したことのある、ミドル級のランキングが載っている。チャンピオンは韓国の柳済斗。彼の名の横に小さく二十という数字が記されている。それは、内藤から一九七一年にタイトルを奪って以来、実に二十回もの連続防衛を果しつつ現在に到《いた》っている、ということを物語る

数字だった。いま内藤は柳についてどんな思いを持っているのだろう。私は内藤の言葉を待ったが、彼はそれには一言も触れなかった。雑誌を手荒く閉じると、

「さあて」

と言いながら、地下の更衣室に降りていった。

トレーニング用のパンツとシャツに着替えてくると、内藤はバンデージを巻き、リングに上がった。

しかし、シャドー・ボクシングをする内藤の動きには冴《さ》えがなかった。上半身は軽やかに動いているように見えるが、足の運びにスピードがない。ただ、すり足で前に進んでいるにすぎない。白いボクシングシューズの中に、鉛でも入っているかのような重い足の運びをしている。蛍光燈《けいこうとう》に照らされているためというばかりでなく、皮膚の色が蒼味《あおみ》を帯びて沈んで見える。よほど深い疲労がたまっているに違いなかった。ここ数カ月の激しいトレーニングによる疲労が抜け切らず、そこへさらに新たな疲労が積み重なり、疲労が塊となって体内で凝固してしまったのだろう。果して、試合の日までに、それを解きほぐし、溶かし出すことなどできるのだろうか。

内藤の動きに視線をやったまま、私は横に坐《すわ》っている利朗に訊《たず》ねた。

「ずっと、あんな感じだった？」

利朗は質問の意味を取りかねているようだった。

「少し動きが重いんだけど、いつもあんな調子だった？」

私が言い直すと、利朗はしばらく考えてから答えた。

「あんなだったと思うよ」

いま、内藤は疲労のピークにさしかかっているのだろう。やがて練習は少しずつ軽くなっていき、疲労を取り去ることに主眼が置かれるようになっていく。そうすれば、生気が甦《よみがえ》り、元の体と動きを取り戻すことになるのだろう。私はそう思うことにした。

内藤はシャドー・ボクシングを三ラウンドこなすと、ジムの最も奥に備え付けられているパンチングボールの台に向かった。ジムの中で起きる音のうち、最も景気のよいのはパンチングボールを叩く音といえるかもしれない。叩き方の巧拙にかかわらず、皮のボールが木の盤を打つ音は、鋭く刺激的な響きを持っている。だが、今日の内藤のパンチングボールからは、リズムのない、鈍くひび割れたような音だけしか聞こえてこない。

パンチングボールは、木製の盤からぶら下がっている、西洋梨《せいようなし》の化物のような形をした皮のボールを殴ることで、手首を強くし、パンチのタイミングと相手の動きを見る眼をよくしようとする道具である。激しい勢いで首を振るボールを、上手にリズムを取りながら左右の拳《こぶし》で殴りつづける一種の曲打ちには、ちょっとした慣れと技術が必要になる。だが、あれほどすぐれたボクシング技術を持つ内藤が、パンチングボールの扱いだけは四回戦ボーイ並みなのだ。ある時、その理由を訊ねると、これまでほとんどパンチングボールをやったことがなかったのだ、という答えが返ってきた。内藤はこれまで練習らしい練習をしたことがなかったのだ。ダブル・パンチングボールもロープ・スキッピングも、金子ジムに通うようになって初めてやるようになった。パンチングボールもやったことがなくてチャンピオンになったやつがいるのか。私が言うと、内藤は笑いながら応じたものだ。ここにいるんだから仕方がない。

しかし、今日のパンチングボールの音の張りのなさは、必ずしもその技術の問題ではないようだった。

利朗はカメラを片手に立ち上がり、今度はサンドバッグを叩きはじめた内藤の傍《そば》に近寄っていった。そして、その横に立つと、ほとんどカメラを構えることもなく、黙って内藤の動きを見つめた。シャッターを切ったのはほんの数回だった。だが、内藤は利朗の動きにはほとんど反応せず、ただサンドバッグの腹を殴りつけていた。それが、親しさの故《ゆえ》なのか、疲労の故なのか、私には判断がつかなかった。

私たち三人が揃《そろ》ってジムを出た時は、すでにあたりはすっかり暗くなっていた。車で来ていた利朗とはジムの前で別れ、私と内藤は駅に向かって歩いた。怠《だる》そうな内藤に合わせて、私も歩調をゆるめた。

「俺、臆病《おくびょう》でしょ」

突然、内藤が言った。何を言いたいのかわからなかったが、私は笑いながら頷いた。内藤が臆病なことは確かだったからだ。

いつだったか、大きな蜂《はち》がジムの中に入ってきて、大騒ぎになったことがある。もっとも、大騒ぎをしたのは内藤ひとりで、リングの上をうなりをあげて飛び狂っている蜂を見ると、彼は慌《あわ》ててリングを跳び降り、叫んだ。

「やばいよ、これ。きっと刺すよ、これ。ほんとにやばいよ、これ」

窓を開け放ち、ようやく蜂を追い出すことができたが、その時の内藤の怯《おび》えようは、滑稽《こっけい》なくらい真剣だった。

その内藤が自分で臆病だと認めているのがおかしくて私は笑った。しかし、それがどうしたというのだろう。

「でもね、勇気がないわけじゃない」

「……………？」

「リングに上がるまでは確かに恐ろしい。上がっても、試合が始まるまではやっぱり恐ろしい。でも、始まって、この野郎と向かっていけば、すうっと恐ろしさは消えていくんだ」

「なるほど。恐ろしいけど、向かっていく勇気はあるというわけか」

「うん、そうなんだ。でもね、そうやって相手に向かっていっても、まだ恐ろしさが消えなくなったら……引退しようと思うんだ」

私は内藤の横顔を見た。彼が突然このような話を始めた理由がわからなかった。あるいは、無意識のうちに、彼の心に不安が芽生えていたのかもしれなかった。私にはそれが不吉な予言のように聞こえた。

3

翌日から、私は再び下北沢に通うようになった。夕方ジムへ行き、内藤の練習を見る。それを繰り返す以外ほとんど何もしない、という一日を送るようになった。

仕事の依頼がひとつふたつないわけではなかったが、ここ当分は仕事をしたくないという気分は変わらず、その思いはむしろ以前より強くなっていくようだった。つましくやっていく限りは、仕事をしなくとも、しばらく喰っていくことくらいはできそうだった。

その日、いつものようにジムに顔を出すと、休日でもないのにひと気がない。夕陽に照らされているガランとしたジムには、珍しくリングの上に人がいない。事務室から出てきた金子は、私と顔を合わせると、不思議そうに呟《つぶや》いた。

「今日はどういうわけかみんな遅いんだ。こんな日がたまにあるんだな」

私は、自分で勝手に指定席と決めている、灰色の壊れかかったソファに坐り、夕暮れどきの空と街を眺めていた。

夕方の、人が気ぜわしく動き廻っているはずのこの時刻に、ぼんやりと風景など眺めている。ここ何年と、そんな時間を持ったことがなかったような気がする。大した仕事をしていたわけでもないのに、瞬時も休まず走りつづけてきたように思えるのだ。

仕事を始めたばかりの頃、私はこう考えていた。一カ月を三つに分け、十日を取材、十日を執筆、十日を酒に充《あ》てて、何とか喰っていけないものだろうか。そして、実際にそれは不可能なことではなかった。少なくとも、内藤と初めて会った頃までは、そのようなリズムで仕事をすることができた。しかし、長い旅から日本に戻り、仕事を再開してからはそうはいかなくなった。無性に仕事がしたくなり、少し走りはじめたら、それが止まらなくなってしまった。仕事の量は以前と大して変わらなかったが、常に書くことが頭から離れず、すべてを忘れて酒に充てるという日々が失なわれてしまったのだ。

しかし、ジムのソファに坐り、茫然《ぼうぜん》と外に眼をやっていると、この無為な時間がたまらなく貴重なものに思えてくる。あるいは、この無為の時間をくぐり抜けると、以前の自在な自分に戻れるのかもしれない……。

電車が徐行しながら下北沢の駅に向かう。それを意味もなく見送って、ふと妙なことが気になった。電車の中の女学生たちが着ていたのは紺の制服ではなかったか。思い返してみると、確かに白いブラウスではなく、紺のセーラー服を着ていた。そうなのか、もう衣更《ころもが》えの季節になっていたのか、と私は思った。気づかぬうちに十月に入っていた。

振り返り、玄関の脇《わき》に貼《は》ってあるボクシング・カレンダーを見ると、そこには間違いなく十月の試合予定が刷り込まれてあった。

十月十二日

元東洋ミドル級王者　カシアス内藤

対

ヘビー級強打者　大戸　健

試合まで、もう十日余りしか残っていなかった。私は立ち上がり、事務室でひとり仕事をしている金子に話しかけた。

「金子さんは大戸って御存知ですか？」

「知ってるよ」

机の上の帳簿から眼をはなし、右手で眼鏡を軽くおさえながら金子が答えた。

「よく？」

「うん、まあ、うちの長岡とも結構やってるしね」

それは思いがけないことだった。私が意外だと呟くと、金子は見てごらんと言いながら事務室を出て、壁のポスターを指差した。ジムの天井に近い壁には金子ジムが主催した興行や、ジムの主力選手が出場した興行のポスターが、記念のためにびっしりと貼りめぐらされている。これまで意識して見たことがなかったが、なるほどその中に「長岡俊彦　対　大戸健」という一行のあるポスターが何枚かあった。

「それで、ふたりの対戦成績は？」

私は金子に訊ねた。内藤は長岡とスパーリングをしたことがある。その長岡との戦績がわかれば、大戸の力量のおよその見当がつく。

「そうだなあ……あのふたりは勝ったり負けたりでね」

金子はポスターに眼をやり、考えながら答えた。

「何勝何敗です」

「どうだったかなあ。そう、一度、ノックアウトで負けたことがある」

「長岡が？　大戸に？」

私は思わず大きな声で訊き返した。

「うん。でも、あとは勝っているけどね。そう、長岡の三勝一敗一引分かな」

「どんなボクサーなんです」

「パンチもあるし、あの重さにしては結構スピードもあるしね。なかなかのボクサーだよ」

「…………」

あるいは不安そうな表情が浮かんだのかもしれない。私が黙り込んでしまうと、金子は安心させるような調子で言った。

「しかしね、内藤があの大戸のパンチを受けるとは、ちょっと思えないけどね」

大戸健という、ただ紙の上でだけ存在していたボクサーが、急に現実味を帯びて迫ってくるような気がした。

五時半を少し過ぎた頃、エディがやって来た。背広姿のふたりの男と一緒だった。少し遅れて、内藤が勢いよく玄関の戸を引き開けて入ってきた。エディと一緒にいるふたりの姿を認めると、大きな声で挨拶《あいさつ》した。

「お久し振りです」

内藤が私の前を通りかかった時、小声で彼らを知っているのかと訊ねた。

「アマの連盟の偉い人でね。俺がアマの時にレフェリーをしてもらったことがある」

どうやら吉村の練習ぶりを見にきたらしい。その日は内藤とのスパーリングの最後ということになっていた。

地下の更衣室で素早く着替えてきた内藤は、私の前のリングの縁に腰を下ろして、バンデージを巻きはじめた。別に衣更えの時期だからというわけでもないのだろうが、内藤も先週までとはまるで違った色のパンツとシャツを身につけていた。しかし、通常の衣更えとは逆に、シャツは青から白に変わっている。私には、そのシャツの白さが、内藤の顔色の悪さをさらに浮き立たせているように感じられた。

「まだ、疲れているようだな」

私が言うと、内藤は抗弁する気力もないのか素直に頷《うなず》いた。

「うん……」

声にも心なしか張りがない。

「だるそうだな、ずいぶん」

「そうなんだ。……このあいだの土曜の夜もね、ジムから帰る途中、電車で眠り込んでね。結局、乗りすごしちゃったよ。よっぽど疲れてるんだね。……でも、日曜は走りもせず完全に休んだから、もう大丈夫だよ」

最後の言葉は自分に言いきかせているようでもあった。

吉村は、内藤がシャドー・ボクシングの三ラウンド目に入った頃、ようやく姿を現わした。葛飾から区役所の勤めを終えて下北沢までくるのだ、遅くなるのも無理はなかった。

やがて、内藤と吉村はリングに上がった。開始のゴングが鳴る寸前に、エディは内藤を呼び寄せて言った。

「あんたは、手を出さないで、逃げるのよ」

内藤は、マウスピースを歯に合わせながら、わかっているというように二度ほど頷いた。

このスパーリングでの内藤の役割は、吉村の忠実なパートナーになることだった。相手に思いのまま攻撃させる。しかし、ただ打たれるだけなら、サンドバッグをリングの上に置けばいいことになる。打たれたら、逃げる。追わせて、また逃げる。時には軽く一発当てて、相手をひるませ、また逃げる。だが、そうした時でも相手にダメージを与えてはならない。あくまでも、相手の主に対して、従の立場を守らなくてはならないのだ。これまでの何日か、内藤はその難しい役割を完璧《かんぺき》に果していた。

吉村は、骨格のがっちりとした、胸の厚い、見事な体をしていた。百八十五センチというから内藤より五センチは高いはずである。しかし、リング上のふたりは大した差がないように見える。むしろ、内藤の構えがゆったりと自信に満ちているだけ大きく感じられた。

ゴングが鳴ると、吉村はその体に似合わぬ敏捷《びんしょう》さで突っかけていった。頭を小刻みに揺らしつつ、小さなモーションからジャブを放ち、ストレートを繰り出した。だが、内藤は鮮やかにステップ・バックすると、右のフックで吉村の左肩を引っかけ、簡単に体を入れ替えてしまった。

あいかわらずのうまさだった。それを見ている限りは、何も心配することはない、と思わせるほどのうまさだった。

内藤の足はさほど速くはなかったが、吉村のスピードを殺す抜群の技術を持っていた。吉村の突進を、内藤は軽く体を動かすだけでさばきつづけた。

ラウンドの後半になると、内藤はロープを背負うことが多くなった。疲労しているわけでも、アリのロープ・ア・ドープを真似《まね》ているわけでもなさそうだった。しばらく見ているうちに、私には内藤の意図がわかってきた。

内藤には吉村を思い切り打つことが許されていない。そうである以上、このスパーリングで実戦の勘を取り戻そうとする努力は虚《むな》しいものになる。そこで内藤は、この日のスパーリングを、ロープ際《ぎわ》での闘い方を練習するためのものにしよう、とひとりで決めてしまったのだ。このスパーリングの中心は確かに吉村だったが、その流れを実質的に支配しているのは内藤だった。

第二ラウンドに入っても、内藤はロープ際で闘うことをやめなかった。リングの中央に戻り、そこで軽くパンチを交換すると、またロープに貼りついた。体をロープに預け、低く腰を落とし、両腕を広く大きく構え、内藤は吉村を誘った。吉村はあいかわらず小さく頭を動かしながら、いきなり左のストレートを放った。待っていた内藤は、右のストレートをそれに合わせた。パンチそのものは軽いものだったが、完璧なカウンターとなっていたため、顎《あご》をヒットされた吉村はよろめきながら後退した。内藤は、しかしロープから離れようとしなかった。体勢を整えた吉村が、再び大きな左右のフックを振るって飛び込んでくると、内藤は今度も鮮やかなウィービングでそのパンチを避けた。

第二ラウンドの序盤で、三度同じことが繰り返された時、エディが声を上げた。

「ちょっと、やめて！」

ふたりの動きを止めると、ゴム草履を突っ掛けたエディはリングの中に入り、吉村に近づいた。

「吉村、聞きなさい。いいですか、頭はウィービングで、いくらでも逃げられます。でも、腹は逃げれない。ロープにつめたら、ボディを狙《ねら》いなさい」

それだけ言うとエディはリングを下り、スパーリングは再開された。

内藤は意識的にロープに退き、吉村の攻撃を待った。しかし、吉村はカウンターを恐れて、どうしても思い切ってボディを打っていけない。半歩だけ踏み込み、左右にボディ・フックを放ったが、上体が起きているため何の効果もない。

エディはまたふたりの動きを止め、リングに上がっていった。

「そうだないよ、吉村、頭をかがめて、こう打つの。ボン、ボン、ボン。わかるでしょ。低く、ボン、ボン、ボンよ。わかるでしょ。のけぞって打つのは、ポンビキだけよ」

エディがポンビキというような日本語を使ったので、リングのまわりから笑いが湧《わ》き起こった。その笑いに調子づいたのか、リングから下りたエディは、私の横に並びながら大きな声で言った。

「ポンビキ・フックはノー・グッド。当たらないね」

「どうしてです?」

いかにもそう訊《き》いてほしそうだったので、私はエディの顔を見ながら質問した。

「どうしてね、それは、ポンビキの人は、ぼくにいい女の人を世話してくれたことないね」

そう言うと、エディは私の肩を強く叩《たた》いて、愉《たの》しそうに笑った。わかるようなわからないような答であったが、エディの笑顔につられて私も笑い出してしまった。

「始めて!」

エディの声で、ふたりはまたスパーリングを開始した。内藤は吉村の一本調子の攻撃を軽くかわすと、今度はコーナーに後退した。吉村は追いすがり、間合いをつめ、柱を背にしている内藤と正対した。内藤が自ら選んだ場所は、それまでの単なるロープ際と違い、ロープの反動を利用することもできず、左右の逃げ場もない、極めて危険な空間だった。そこで彼は何をしようとしているのか。私は息をつめるようにして次の展開を待った。

吉村が左のストレートを突き出そうと微《かす》かに体を動かした瞬間、内藤は鋭く体を左に入れ替え、そのブローをミスさせると、すぐさま切れ味のいい動きで体を右斜め下に沈め、素早く右フックを吉村の脇腹に決めた。と、次の瞬間には、スウェー・バックしつつ体の重心を左に移し、吉村の右フックを綺麗《きれい》にかわした。それは連続した、ほとんど一瞬の動作だった。吉村は内藤の鋭角的な動きに幻惑され、しばし呆然《ぼうぜん》とした表情で立ちすくんだ。内藤は、ウィービングとダッキングとスウェーイングによって、一歩も動かぬまま相手の攻撃を防ぐという高度なテクニックを披露してくれたのだ。

私は溜息《ためいき》をついた。このような防禦《ぼうぎょ》のテクニックを持った内藤を、いったい誰が打てるというのか。

横で見ていたエディが、私の耳元で囁《ささや》いた。

「吉村、ラッキーボーイね。こんなすばらしいスパーリング・パートナー、どこにもいないね」

小さいが弾むような声だった。エディはそれだけ言うと、アマチュアの関係者の傍へ行き、上機嫌で喋《しゃべ》りはじめた。

しかし、第三ラウンドに入ると、内藤のスピードが眼に見えて落ちてきた。吉村のパンチを喰うようになり、自分のパンチが軽くではなく、強烈に当ってしまうようになった。疲労したため、スパーリングを完全に意のままにすることができなくなってしまったのだ。動きに精彩がなく、鈍くなった。それまでの動きがあまりにも鮮やかだったために、その落差は際立ったものに映った。気怠《けだる》そうにロープにもたれる。それはもう練習のためではなく、明らかに疲労がさせている。僅《わず》か二ラウンドのスパーリングでスタミナを切らしてしまう。このような調子で、果して十日余りに迫った試合で十ラウンドも闘うことができるのだろうか……。

4

内藤がマットを使っての柔軟体操を終えた時、私は手を上げて挨拶し、ジムを出た。内藤は一緒に帰らないのを訝《いぶか》しむような表情を浮かべたが、すぐに笑って、

「また、明日！」

と大声で叫んだ。

練習を終えた内藤は、まずシャワーをゆっくりと浴び、髪を乾かしてから、ジムの

大鏡の前に立つ。そして、ミニチュアの鋤《すき》のような形の櫛《くし》を取り出すと、入念にアフロヘアーを整えるのだ。それを待っていると、いつも一時間近くはかかった。しかし、この日、内藤を待たずにジムを出たのは、その時間が惜しかったからではない。酒を吞《の》もうと思ったのだ。内藤は一滴も酒を口にしない。だから、彼と一緒にいる限り、どうしても酒から遠ざかることになってしまう。私は、久し振りに新宿に出て、一晩中吞んでいたいような気分がしていた。暑くもなく寒くもなく、吞み歩くにはよい季節になっていた。

映画館と線路にはさまれた細い道を抜け、交番の角を曲がって少し行くと、どこからか私の名を呼ぶ声がする。あたりを見まわすとまた同じ声がした。

イソップという看板の出ている小さな喫茶店があり、その開け放たれたドアの奥にエディが坐《すわ》っているのが見えた。私が店の中を覗《のぞ》き込むような仕草をすると、

「コーヒー、吞まないですか?」

とエディが言った。少し迷ったが、せっかくの誘いを断わるのも悪いような気がした。

「ひとりで、どうしたんです?」

私が訊《たず》ねると、エディは肩をすくめた。

「少し疲れたね。だから、コーヒーを一杯呑んで、それから電車に乗ります」

確かにエディの頬のあたりには疲労が色濃く滲《にじ》んでいた。六十を過ぎた老人にとって、トレーナーという職業が楽なものであるはずがなかった。

「一緒じゃなかったんですか？」

私は訊ねた。

「誰のこと？」

「ほら、吉村を見にきていた、アマチュアの関係者だとかいう……」

彼らは、吉村と内藤のスパーリングが終ると、すぐ帰っていった。そして、エディもそのふたりと共にジムを出ていた。

「ああ、あの人たち。駅まで送って、別れたの」

「そうですか。何か用事でもあるのかと思ってました」

すると、エディは意外な反応を示した。練習が完了しないうちにジムを出ていったことを、私に非難されたと思ってしまったらしいのだ。

「仕方ないよ。僕は、アマで教えてお金もらってるの。それがないでは、生活できない。それがあっても、生活とても苦しいよ」

私は狼狽《ろうばい》してしまった。そんなつもりで言ったのではなかった。私は話題を換えようとしたが、エディは自分の収入について語るのをやめなかった。

老人の愚痴、と言って言えないことはなかった。しかし、確かに、エディが口にする金額は、日本でも最高の技能を持った者の収入としては驚くほど少なかった。エディの定収入といえば金子ジムから受け取るコーチ料だけだが、それも高校生が放課後のアルバイトで稼ぐことのできそうな額にすぎなかった。もっとも、ジムの側にもそれなりの理由はあったのだろう。ジムを全体的に見てもらっているわけではなく、村田英次郎ひとりのコーチであるエディに、それほど多くを支払うわけにはいかない。他のトレーナーとのバランスもあった。だが、いずれにしても、定収入だけで一家四人の生活を維持していくことは不可能である。エディには日本人の妻との間にふたりの娘がいた。アマチュアにコーチをし、その謝礼を貰《もら》っても、まだ足りない。かつては、彼が育てた世界チャンピオンとリングに上がることで、不定期ではあったが大きな金を手にすることができた。しかし、今ではほとんどそれもない。

「昔ね、僕ね、税金……あれ、なに税金言うの……区とかそういうのへ払う税金……」

エディが唐突に言った。

「地方税のことかな」

「そうね、きっと。よく知らないけど……それ、三回に分けて払ったよ。一回に五十万円だったね。五十万円。でも、今年は、三回で五千円なの。笑わないで、ほんとの話よ。寂しいね、五千円の税金……」

内藤からエディも生活が苦しいらしいということは聞いていた。しかし、これほどとは思っていなかった。

「大変ですね……」

他に言葉が思い浮かばずそう言うと、エディはその言葉をひったくるようにして続けた。

「大変よ。苦しいよ。金子のお金とアマのお金を合わせても、大変よ」

「…………」

「でも、仕方ないよ。この仕事は、山もあれば谷もあるの。だから、今は、山の時のお金を、少しずつくずして使ってるよ」

エディは自嘲《じちょう》するような笑いを浮かべた。私は眼の前のコーヒー・カップを眺めながら、エディと別れるタイミングを逸してしまったことに気づかざるをえなかった。珍らしく妙に悲観的な気分になっているらしいエディひとりを残して、それではこれでと席を立つわけにはいかなかった。エディは話し相手が欲しそうだった。今晩はエディに付き合おう、と私は腹を決めた。ひとりで呑んでも、ふたりで呑んでも酒は酒だ。

もしよければ一緒に酒を呑まないか。私が誘うと、エディはいくらか驚いたようだったが、すぐ嬉《うれ》しそうに答えた。

「おお、いいね、酒」

私はエディと共に喫茶店を出て、近くの縄のれんに入った。

「酒は、何にします」

エディに訊ねた。

「そうね、ウィスキーがいいね」

私たちは、ウィスキー一瓶と氷を貰い、おのおの好きなスタイルで呑みはじめた。濃い水割りを一杯呑むと、エディの首筋は見事な桜色になった。

エディはグラスを傾けながら、おそらく人に何百回と話したに違いない昔語りをした。ハワイで少年時代からしていたベビー・ボクシングのこと、ジョー・ルイスと同じ時に出場したゴールデングローブ大会のこと、プロに転向し真珠湾攻撃の前夜も試合をしていたということ、戦後力道山に招かれて日本に渡ってきたこと、日系二世の藤猛《ふじたけし》を世界J・ウェルター級チャンピオンに作り上げたこと、しかし力道山がヤクザに刺殺されてからさまざまのジムを転々としなくてはならなかったこと……。それは五年前にも聞いたことがある話だった。しかし、私はウィスキーと水を交互に呑みながら、黙って耳を傾けた。私は老人の昔語りを聞くことが嫌いではなかった。

だが、やはり、私たちの間の話は、いつしか内藤についてのものになっていった。

「ジュン、四月に僕のところに来たの、もう一度ボクシングやりたい言うてね」

とエディは言った。

「……その時、僕、冷たくしたよ」

「どうしてです」

「ほんとの気持か、どういう気持か、わからなかった。だから、僕はジュンに冷たく言ったよ。やりたいの、そう、だったら走れば。ジュン毎朝走ったのね。次に言ったよ、僕。毎朝走ったの、そう、だったら夜も走れば。ジュンは走ったね、夜も。……僕も人間よ。それ以上冷たくできないよ。あんなに一生懸命なボーイにどうして冷たくできるの。それでは見てあげます、横浜には行けないけど、金子ジムで見てあげます、金子に来なさい、言うたの」

「そうですか……。でも、金子さんも、自分のジムの選手じゃないのに、よくやらせてくれていますね」

「そう。金子、オーケー、言うてくれてね。ありがたいよ」

「それから、ずっとエディさんと練習をしているわけですね、内藤は」

「毎日よ。横浜から東京に来て、東京から横浜に帰って……毎日毎日、同じこと続けたの。大変なことよ。でも、あのボーイ、それをやったの」

「よく続いていますよね」

私は呟《つぶや》いた。それは本当に不思議なくらいだった。人間はそのように劇的に変化しうるものなのだろうか。

「ジュンは……昔、ほんとに悪いボーイだったね」

グラスを宙に浮かしたまま、エディが言った。

「……悪い、悪いボーイだった。走りなさいと言うても、わかったと言うだけ。次の日、僕は訊くよ。走りましたか？　走った。でも嘘《うそ》なの。一メートルも走ってないの。練習が終っても、氷水を呑んだらいけないよ、わかった？　わかった。でも呑むの。炭酸はいつでもいけないよ。でも、コーラを呑むの。……それがどう、今では、走って、走って、走って、走ってるのよ」

どうしてそのように変わったのだろうか。私はエディに訊ねた。

「わかりません。でも、きっと、苦労したね。苦労して、少し大人になった」

あるいはエディの言う通りなのかもしれなかった。苦労を積み、その分だけ成長した。だが、私には、内藤の変化がそれだけに起因するものではないと思えた。もっと深いところから彼を変える原因があったはずだ。内藤はそれを三十という年齢で説明しようとした。もうぐずぐずしているわけにはいかなかったのだ、と。直接の契機はそうなのだろう。しかし、そう思わせるには、彼自身も自覚していないような奥深い何かがあったのではなかったか……。

私は話を換えた。

「どうなんでしょう」

「…………？」

「内藤、とても疲れているように見えるんですが、どうしたんでしょう。大丈夫でしょうか。なんか、瘦《や》せてしまって……」

「そうね、もう少し、目方あってもいいですね」

エディは軽く答えた。ほとんど心配していないらしいことが意外だった。

「試合までに元に戻るでしょうか」

「オーケーね」

「本当ですか？」

「ジュン、今、少し調子が悪いね。でも、オーケーよ。もう、スパーリングはやらないし、あとは軽く、軽く、トレーニングするの。疲れはなくなって、オーケーよ」

エディにそう言ってもらうと安心だった。私はグラスに残っているウィスキーを一気に流し込んだ。しばらく会話がとぎれた。

「心配しないでも、いいですよ」

エディがいきなり言った。

「そうですね、心配しても仕方がない」

私は苦笑した。

「ジュンは、メイビー、勝ちます」

「そうでしょうか」

「そうです、勝ちます」

エディは自信に満ちていた。

「大戸はタフなボクサー。でも、ジュンが勝ちます」

「大戸を知っているんですか?」

「知らない。話だけ。でも、きっとタフなボクサー。それでもジュンは勝つ。十対一で勝つよ」

「十対一の確率で？」

私はエディに訊《き》き返した。

「そう。ほんとは十対ゼロで勝つ。でも、僕は十対一と言うね。その一の意味は、これがボクシングだから。百パーセント勝つと言いたい。けれど、言えない。それは、ボクシングだからなの。プロレスみたいな、ビジネスだないの。ボクシングはファイトなの。だから、一はどうなるかわからないよ。十対一の一はその意味ね」

エディは怖いくらいに内藤を信じていた。私は、エディの熱気あふれる言葉に、少しだが水を差した。

「内藤は、もう齢《とし》かな、なんて言っていましたけどね」

「ノー。ジュンはいくつだか、知ってる？」

「二十九歳になりました」

「二十九なら、オーケーよ」

「オーケーですか？」

「そう」

「どうしてです？」

「どうしては……」

そこでエディは言葉を切った。そして言った。

「ジュンが、天才だからよ」

「……………」

「あの子は天才なの。さっきも見たでしょ。コーナーで、ジュンが、ディフェンスするのを。あんなことできるボクサー、日本にいないよ。どこにもいないよ。世界チャンピオンだってできないよ。具志堅にだってできない、工藤にだってできない。みんなあの子に習ったらいいの。……僕はね、五十年間ボクシングやってるの。日本でも十六年。いろいろなボクサーを見てきたよ。でも、いないのよ、あんなボクサー、ひとりもいなかった！」

私は黙ってエディの言葉を聞いていた。単なる酒の酔いからだけではない、激した口調でエディは言った。

「……三戦したら、工藤とやってもいいね」

「三戦で？」

私は強く訊き返した。

「そうよ。やれば、勝てるね」

工藤政志は、エディ・ガソが輪島功一から奪い去ったタイトルを再び日本に奪い返し、J・ミドル級の世界チャンピオンの座についていた。その工藤に、三戦後に挑戦すれば勝てる、と言うのだ。エディもまた途轍《とてつ》もない夢を抱いていた。

「ほんとよ。僕は世界チャンピオンをたくさん作ってきたよ。作ろうと思って、失敗したことないよ」

付き出しの小鉢に入った青菜を、箸《はし》で器用に口に運びながら、エディはどれほど自分がチャンピオン作りに成功してきたかを語った。

ひとしきり話はつづいたが、一段落したところで、私は以前から訊《たず》ねたいと思っていた質問を投げかけた。エディを日本で一躍有名にさせたのは、藤猛を初めてJ・ウエルター級で世界チャンピオンにさせたことによっていた。名コンビと思われていたふたりだったが、ニコリノ・ローチェに敗れる寸前に決裂してしまう。私はその理由が知りたかった。

エディは、説明しようとして言葉を探すがうまく見つからないらしく、何度も言いかけては首を振り、そしてついに苦笑しながら言った。

「情けないね、僕、日本語うまくないね。十六年いて、下手なの。日本語、少しも勉強しないから、二、三年の人より下手なのね。いつまでも、うまく喋《しゃべ》れない……」

「箸の使い方は上手なのに」

エディが悄気《しょげ》返ってしまったので、私は慰めるつもりで言った。すると、エディはさらに沈んだような調子で呟いた。

「まるで、下手。箸を使うのも、喋るのも、みんな、下手」

テーブルに視線を落とすと、帰る時に忘れないようにと上に置いてある、エディの英字新聞が眼に入ってきた。

エディはいつでも英字新聞ひとつを持ってジムに来ていた。彼にとって、それが唯《ゆい》一《いつ》の情報源であり、娯楽読物であるらしかった。私はそれを見るたびに、故国を離れ、異国で生きなければならない者の悲しみを感じていた。異国で一生を終えなくてはならないのに、その国の言葉を充分に理解しないまま、英字新聞ひとつを頼りに生きていかなければならない悲しさ。

私たちはそれぞれのグラスを口元に運んだ。

エディは娘の話をしはじめた。アメリカン・スクールに通っている下の娘が、学校でトラブルを起こして困っているという。

「わざとやってるのね。他の学校に行きたくて。あれ、なに言うの、ガンつける？そう、うちの子が、女の先生にガンつけるとすごいらしいの。怖いって、先生が言うよ。……うちの子、美人で、かわいいんだけどね」

私は笑った。エディの娘なら、おそらく美しい少女だろう。その少女が精一杯虚勢を張って、先生に「ガンつけ」をしている図を想像すると、ほほえましかった。

「転校すれば、またお金がかかる。大変よ」

エディは溜息《ためいき》をついた。私は黙って頷《うなず》いた。

「……ジュンを教えても一円にもならないの。何カ月も何カ月もただよ。僕はね、ボクサーに教えて、お金を貰うのが商売なの。でも、ジュンからお金取れないでしょ」

私は言葉もなく、グラスを手で玩《もてあそ》んだ。気重な沈黙が続いた。

「でもね」

としばらくしてエディが口を切った。

「……これは、いい博奕《ばくち》なのよ」

「博奕？」

「そう、すごくいい博奕なの」

なるほど、と私は思った。エディは、トレーナーとして内藤にコーチするだけでなく、マネージャーとして興行にも関与できるようになった。いつだったか内藤がそう言っていた。つまり、エディは初めて自分の選手を持つことになったのだ。その最初で、恐らくは最後の選手であろう内藤がもし見事にカムバックするようなことになれば、マネージャーのエディも現在の窮状から脱することができるかもしれない。もし世界チャンピオンにでもなったら、大金が転がり込んでくるだろう。確かに博奕だった。

　エディの口から博奕という言葉を聞いた時、私は数時間前にやはりエディが口にしたもうひとつの言葉を反射的に思い浮かべていた。

　それは内藤と吉村とのスパーリングが終った直後のことだった。吉村がサンドバッグを相手にボディ・フックの打ち方を練習していると、それがどうしてもうまくいかないのを見てとった内藤がコーチを買って出たのだ。パンチの出し方をゆっくりと再現しながら説明するが、吉村にはどうしてもうまく伝わらない。すると、アマチュアの関係者とジムを出ようとしていたエディがそれに眼をとめ、玄関に内藤を呼び寄せ小さな声で言った。

「教えることはいいこと。でも、難しいことをいきなり教えてはいけないね。やさしいこと、少しずつ教えるの」

　内藤が頷くと、エディはさらに付け加えた。

「でもね、ジュン。ラブがないでは、ほんとを教えることはできないよ」

　その時、私はラブという言葉の中には、エディのトレーナーとしての哲学が秘められているると同時に、内藤への愛情がこめられているのではないかと思ったものだった。

しかし、内藤への無料のコーチがエディに博奕と認識されているとするなら、その愛情も妙に湿ったものではないに違いない。私には、エディの無償の行為が、愛情によるものと考えるより、博奕の種銭《たねせん》のつもりと考えるほうが愉《たの》しかった。その種銭が、巨額の金を生むか、ついに無に帰すかは、賽《さい》が転がり、目が出てみなければわからないのだ。しかし、エディが夢を見はじめているらしいことは明らかだった。ウィスキーを呑《の》みつつ、無限に「もし」を重ねながら、エディはその夢について熱中して語りつづけた。もし今度の試合に勝ったら……、もしその次の試合に勝ったら……。

私たちは閉店間際《まぎわ》まで呑みつづけた。エディは深く酔ったようだった。しかし、店を出ると、私が送っていくというのを手で制して、

「いい博奕よ……これはいい博奕よ……」

と呟きながら、ふらつく足でひとり歩き去っていった。

5

翌日の午後、私は上越線の急行に乗って高崎に向かった。家を出たのが遅かったこ

ともあるが、高崎に着いた時にはあたりはすっかり暗くなっていた。

駅前でタクシーを拾い、電話で教えられた通り、八間道路の薬局の近くにあるボクシングのジム、と行先を告げた。すると、年配の運転手はしばらく考え、そういえばそんなのがあったかもしれないねえ、とのんびりした口調で言い、ゆっくりと車をスタートさせた。

私はそこで大戸健に会うつもりだった。大戸健がどういうボクサーなのか、試合前にどうしても一度見ておきたかった。

うかつなことに、私は大戸が地方のジムに所属しているということを知らなかった。どんなパンフレットにも「高崎ジム所属」とあったが、それはジムのオーナーの名だろうというくらいに考えていた。その日の午後、訪ねてみようと思い立ち、ボクシング協会に高崎ジムの連絡先を訊いて、初めてそれが群馬県の高崎市にある、電話もないような小さなジムだということを知ったのだ。会長の自宅は市内の別のところにあり、そこには電話があった。電話をすると、母親らしい老婦人が会長の不在を告げ、夜の七時頃にはジムに行っているだろうと教えてくれた。私はジムまでの道順を訊き、会長や大戸自身にも連絡を取らぬまま、その日のうちに高崎に向かったのだ。

駅から十分ほどで目的地に着いた。しかし肝心のジムが見つからない。行きつ戻りったあげく、近くの商店の親父《おやじ》に教えてもらい、ようやく訪ねあてた。見つからないのも無理はなかった。通りが暗いうえに、ジムは表通りからかなり引っ込んだところにあった。しかも、建物はその構えからはとうていボクシングジムとは想像できない古めかしさであり、「森田高崎ジム」という看板も地味で目立たなかった。

狭いジムの中では三人の若者が静かに練習しているだけだった。ひとりに訊ねると、会長が来るのは八時頃、大戸が来るのもその頃だろう、という答が返ってきた。

一時間ほど喫茶店で時間をつぶし、再びジムを訪れたが、まだ来ていなかった。私はジムで待たせてもらうことにした。

ひとりの若者がサンドバッグを叩《たた》いている。しかし、床が気になるらしく、うまくリズムが取れない。見ると、そこには敷居があり、ガラス戸用のレールが走っている。不思議に思い、内部を見まわすと、どこかジムの造りが妙なのだ。ジムは敷居で二分され、大鏡のある床は木でできているが、リングのあるほうはタイルが敷きつめられている。そして、そちらは天井が高く、窓も高い。

私はサンドバッグの前で手を休めている若者に訊いてみた。

「ここは、以前、風呂屋《ふろや》だったのかな？」

若者はにこにこしながら頷いた。

「そうなんです。四年前に改造して、会長が始めたらしいんですけど、最初の頃はあの鏡しかなくて、みんなで少しずつ揃《そろ》えていったそうなんです。僕は最近なんでよく知らないんですけど」

なるほど、風呂屋なら鏡だけはあっただろう。しかし笑いごとではなかった。地方の小都市でボクシングジムを作るということは、それほど大変だということなのだ。

会長の森田がジムにやって来たのは八時をかなり過ぎた頃だった。あまりの遅さに、冴《さ》えないジムの経営に厭気《いやけ》がさし、ジムを投げ出し、夜遊びでもしているのではないかとも思ったが、それは私の誤解だった。互いに自己紹介が終ると、森田は今まで残業をしていたのだと言って、しきりに待たせたことを謝まった。ここではボクサーばかりでなくジムのオーナーといえどもどこかで働かなければ喰っていけない。自分は自動車教習所に勤めており、週に三日は残業しなくてはならない。今日はそのうちの一日なのだ、と言って森田は苦笑した。

「ジムだけではやっていけませんか？」

私が不躾《ぶしつけ》な質問をすると、森田はその温和な表情を崩すことなく、

「駄目です」

と答えた。

二十人の練習生が五千円の会費をきちんと払ったとしても、一カ月で十万にしかならない。八万の家賃を払い、電気水道などの諸経費を払うと、手元には一円も残らない。ここらあたりで二十人も練習生がいれば上出来です、と森田は恥ずかしそうに言った。

私がなぜここに来たのか、森田はあまり深く追求しなかった。私の行為は一種のスパイ行為ともいえるものだった。もちろん、大戸の様子を、内藤やエディに喋るようなことをするつもりはなかったが、取材という曖昧《あいまい》な言い方で納得してくれているのが、私にはありがたかった。

大戸が来るのを待っている間、私は森田から地方の弱小ジムの悲哀を聞かされつづけた。

「……田舎のジムは弱いんです。マッチメークを自分でできませんからね。東京さんからお声がかからなければ、うちあたりの選手は試合ができないんですよ。急な話で、充分に練習ができなくても、やらせることになるんです。大戸には、いつも可哀《かわい》そうなことをしてるんです。前の試合も、その前の試合も……」

「今度の内藤との話はどうだったんですか」

私は話題を換えるために訊ねてみた。

「ああ、今度は充分に期間はあったんです。でも……」

森田の声が少し重くなった。

「調子がよくないんですか？」

「いや、そういうことではなくて……ちょうど、タイミングが悪かったんです」

森田の説明するところによれば、大戸はそれまで勤めていた会社を辞め、小型のトラックを買い、それを持ち込んで新しい会社に入ったのだという。変わったばかりということもあり、収入が歩合ということもあって、練習のために早目に仕事を切り上げるということができなくなったのだという。

「会社を移ったのはこの八月なんです。七月まではしっかり練習していましたし、試合までかなり時間はありましたし、これは悪くない話だったんです。ファイトマネーも、現金で十五万くれるということでしたし……」

「十五万？」

私は思わず訊き返した。十五万といえば、三十三パーセントのマネージメント料を天引きされると、ボクサーの手元には十万しか残らない。それはヘビー級のメインエベンターが受け取る額にしては余りにも少なすぎるように思えた。しかし、それでもいい方なのだ、と森田は言った。場合によっては、ファイトマネー十万、そのうちの半分は試合のチケットの現物支給、という条件を呑まされることもある。それに比べれば、現金で十五万というのは好条件の部類に入る、というのだ。私は内藤のファイトマネーの額が気がかりになった。

「……悪くない話だったんですけどね」

森田は残念そうに繰り返し、さらにこう続けた。

「チャンスだったんですけどね」

私は意外な言葉を耳にしたような気がした。

「チャンス、ですか？」

「ええ、チャンスです。いくら駄目になったといっても、やっぱりカシアス内藤はスターですからね。元東洋チャンピオンを倒せば、大戸にもチャンスがくると思うんです。……仕事さえ変わらなければ、みっちりトレーニングを積んでリングに上がれたはずなんですけど」

森田は本当に残念そうだった。しかし、だからといって、大戸に仕事を変わるなとは言えなかったのだろう。何カ月に一度という試合のファイトマネーが、僅《わず》か十五万にすぎないのだ。そんなボクシングを、生活の基盤とすることなど、大戸でなくともできはしない。森田もそのことはよく理解しているはずだった。

「大戸君は、森田さんの眼から見ると、どんなボクサーなんですか?」

「そう、あのクラスではうまい方だと思いますね。パンチ力もありますし……ほら、あれを見てください」

森田はそう言って、鴨居《かもい》の下にぶらさがっているサンドバッグを指差した。

サンドバッグは鉄の爪《つめ》のような金具に鎖で連結されていたが、そのうえさらにロープで何重にも縛ってあった。

「大戸が殴ると、鎖だけではぶっ飛んでしまうんです。だから、ああやって、ひもでくくりつけてあるんです」

「それは、凄《すご》い……」

私は口の中で小さく呟《つぶや》いた。

「ええ、だから、大戸にも言ってあるんです。相手が内藤だって同じだ、お前が先に一発当てればぶっ飛んでいくんだから、ってね」

「…………」

「内藤は気が弱いと聞いていますからね。一発ガツンとやれば怖《お》じ気づくと思うんです。……ただ、長丁場に持っていかれると、大戸はスタミナが心配でね。だから、早い回に勝負をかけさせたいと考えているんです」

勝てそうかと私が訊ねると、さあと言って森田は首をかしげた。

「キャリアからいけば、大戸は負けてもともとなんだけど、内藤にボクシングがそんな甘いもんじゃないことを見せてやってほしいとは思ってるんです。四年も五年も遊んでて、チョコチョコと練習して勝たれたんじゃ、ボクシングのためによくないですよ。いや、内藤のためにだってよくない」

内藤の再起のためのトレーニングが、「チョコチョコ」という言葉で表現される程度のものでないことを私はよく知っていたが、別に何も言わなかった。私が抗弁すべき筋合いのものでもなかったし、森田の意見がある意味で正論でないこともなかったからだ。

大戸が高崎ジムに入門したのは昭和五十年だという。五十年といえば、その頃すでに内藤は頂点を極め、下降し、リングから遠ざかるという、ボクサーとしてのひとつのサイクルを終えていた。確かに、キャリアからいけば、大人と子供ほどの差があった。大戸はデビュー第一戦に一回でノックアウトされた。その相手が金子ジムの長岡だったのだという。すぐに雪辱戦を行なったがそれも一回でノックアウト。三戦目は引分け。四戦目に、ようやく長岡をノックアウトで破ることができた。

「大戸も運のない奴《やつ》なんですよね……」

　森田がしみじみとした口調で言った。

「……あいつが、うちのジムじゃなく、中央のジムに入っていたら、もっともっと活躍できたと思います。ここらあたりでは、あいつとスパーリングできるようなボクサーがひとりもいなくて、思い切り打って練習することができないんです。試合が練習みたいなもので……それに試合もなかなか作れませんしね。素質はとてもあると思うんですが……」

　私は森田の率直さに好感を抱いた。年齢は四十前後だったが、興行に関係している人間に特徴的なハッタリ屋風のところが少しもなく、折目正しい言葉づかいをしていた。

　大戸の来るのがあまり遅いので森田が心配しはじめた。時計を見ると、すでに九時を廻っていた。森田は、まだジムに残っていた練習生のひとりに呼びに行ってくれないか、と頼んだ。

「取材の方が見えているからって、そう言ってな」

　大戸の取材に来たということを、森田が思いのほか喜んでいるらしいことが、私を心苦しくさせた。

迎えに出た練習生と入れ違いに、大戸がやって来た。かつては「湯」とでも書いてあったのだろうガラス戸を引き開けて、ひとりの男がジムへ足を踏み入れた時、私はこれが大戸なのかと眼を見張った。一目で大戸ということはわかった。確かにヘビー級にふさわしい大きな男だった。身長は私と大して変わらないが、体重は二倍くらいありそうに思える。灰色の半袖《はんそで》シャツの下からのぞいている腕も、かなりの太さがあった。しかし、意外なことに、その体は迫力とか凄《すさ》まじさとかいうものを少しも感じさせないのだ。それは、彼が色白でふっくらした肌を持っているためのようだった。しかも、サンドバッグをぶち壊しかねない男にしてはあまりにも童顔で、そのうえ黒く素直な髪はオカッパ頭のように切り揃えられている。まさに、いくらかたるみの出てきた金太郎、という言い方が最もふさわしいような風貌《ふうぼう》をしていた。

森田がジムの横の応接間に大戸を坐《すわ》らせ、私についての説明をしはじめた。こちらはお前と内藤との試合の取材をなさっている……。私は困惑し、その話の腰を折るようにして、大戸への質問を始めた。

「内藤のことは知ってる？」

「それはね、知ってるさ」

「どういうふうに？」

「やっぱり、混血のボクサーっていう、あれかね」

「ボクシングの相手としては、どんなふうに思ってる?」

「やりづらいね」

「どうして?」

「何ていっても、ミドル級だからね。階級の下のもんとやるのは厭《いや》だね。根っから厭だ」

訥々《とつとつ》とした喋《しゃべ》り方だった。飾ったり、よく見せようとするところのない、気持のよい喋り方だった。

私は訊《たず》ねた。

「大きい相手とやる方がいい?」

「でっかいもんとやる方がいいね。その方がファイトが湧《わ》くしね。やっつけてやろうという、あれがさ。小さいのは厭だ、俺は」

おれは、と言ったのか、おらあ、と言ったのか、私には聞き取りにくかったが、その語調が妙におかしかったので笑った。

私と一緒になって笑っている大戸の顔を見ているうちに、ふと思いついて訊ねた。

「ボクシングは好き?」

「好きじゃない。嫌いだね、殴り合いは。うん、根っから嫌いだ」

私もそんな答が返ってくるような気がしていた。

「それなのに、どうしてボクシングを？」

「金に眼がくらんだんだね。世界チャンピオンになれば、うんと金が入ってくるという、あれだね」

「金なら他にも稼ぐ方法はあるだろうけど……」

「いや、あんまりあるもんじゃないね。頭はよくないし、裸一貫でやるといったら……」

「ボクシングしかなかった？」

「まあ、そうだね。高校へ進学するといっても、家の経済じゃ無理だし、中学出てどうするという頃に、何かの記事でカシアス・クレイのことを読んだんだね。その頃はまだアリじゃなくてクレイだった。そこに一試合で百万ドル稼ぐとか何とか書いてあったんだ。百万ドルといえば三億いくら……そんなに儲《もう》かるなら、と思ってね。それからテレビでボクシングを見るようになって、見てるうちにおらでもできそうな気がしてきたんだ」

確かに大戸は、おら、と言っていた。私とは縁のない言葉のはずだったが、不思議になつかしい響きがあった。大戸は内藤より二歳下の昭和二十六年の生まれだった。出身は群馬県の吾妻《あがつま》郡大戸。大戸健という名は、その出身地からつけたリングネームだという。

「中学を出て、すぐボクシングを始めたのかな？」

「いやあ……東京に働きに出て、ジムへ行ったりしたことはしたんだけど……おらあ田舎者だからね、いろいろうまくいかないことがあって……それに、まだ小さかったし……結局、中途半端《はんぱ》になってね。本格的にやるようになったのは、こっちに帰ってからだね」

「それが五十年、もう二十四歳になっていたわけだ」

「そういうことになるね。でも、本格的にやるといっても、デビュー戦でね、コロッといかれてしまうくらいだから、大したことはないんだ、まったく」

その言いかたがあまりにもさらりとしていたので、私もつい調子に乗って、笑いを含んだ声で長岡に第一戦でノックアウトされたことはショックだったか、と訊ねてしまった。すると、大戸はそれまで見せなかった暗い表情で、ショックだったねえ、と答えた。

「やめようと思ったけど、やめるにやめられなくてよ。自分の力を碌《ろく》に出し切れねえで、一回で引っ繰り返されて負けたんだ。もう少し何とかしなければよ、やめるわけにいかない……」

「……………」

「どうにかしたくて、やっぱり続けたんだ」

四戦目に長岡を破って雪辱した。それでどうにかなったのか、と私は大戸に訊ねた。

「いやあ、どうにもなりゃあしねえさ。しょっちゅう負けて、しょっちゅう引っ繰り返されて……自分で自分が厭になるね、まったく」

私は、眼の前に坐っているこの大きく朴訥な男がボクシングを選んだということが誤りだったのではないか、と思うようになった。彼にはもっとふさわしい職業が他にあるような気がした。たとえば……しかし、そう考えはじめると、具体的に思い浮かぶものは何ひとつなかった。私は、ボクシングをやめるつもりはないのか、と思い切って訊ねてみた。大戸は黙り込み、しばらくしてから重そうに口を開いた。

「そうだねえ……ボクシング一本じゃ喰っていけないしよ、何もいつまで喰いついている必要はないんだけど……でもよ、やめるにやめられなくなったよな」

「…………？」

「こんなままじゃあ、やめるわけにはいかねえよ、まったく。……そうでしょ？」

私には答えようがなかった。

「どうしたらやめられる？」

「そうだね……思う存分やって……やれたと思ったら……やめたいね」

「そうか……」

ここにもひとり、リングに思いを残している男がいた。そんな男と内藤は闘わなくてはならないのだ。誰が仕組んだわけでもないその皮肉に、私が言葉の接《つ》ぎ穂を見つけられず黙っていると、大戸が独り言のように呟いた。

「内藤もそうじゃないのかね。もう一度やろうっていうのは、このままじゃあどうしてもやめられねえっていう、あれじゃないの」

「……きっと、そうだろうね」

私は、大戸が会ったこともないはずの内藤の思いを正確に見抜いているということに、ほとんど感動といってもよいような驚きを覚えていた。大戸が低く呻《うめ》くように言った。

「トコトンやってみてえよ、今度は俺も！」

「勝てそう？」

「わかんねえ。やってみなければわかんねえな、まったく」

「森田さんは、先に一発当てれば勝てると言ってたぜ」

私が言うと、大戸は笑った。

「いや、おらのパンチは当たらないから。……当たったことないからねえ」

それは実にいい笑顔だった。ひとしきり笑うと、さてそろそろ始めるか、と呟いて立ち上がり、サンドバッグの前で着替えはじめた。

裸になると、大戸もやはり圧倒的な体をしていた。腹に少し肉が付きすぎているが、スタイルは決して悪くない。大戸は白いTシャツに紺のトレーニング・パンツを七分に切ったものをはいた。

私はジムの端に立って大戸の練習を見させてもらった。

柔軟体操を二ラウンド、腕立て伏せを一ラウンド、シャドー・ボクシングを二ラウンド。凄《すさ》まじかったのはサンドバッグだった。大戸がパンチを叩《たた》き込むとサンドバッグが揺れる。それも尋常の揺れ方ではない。鎖と金具が不気味な音を立てながら舞い上がる。一ラウンドの残り三十秒になると、大戸は激しい唸《うな》り声を上げて、サンドバッグの腹を殴りはじめた。

一発一発に彼の怒りがこもっているかのようだった。これほどのパンチを持った俺がどうして負けなくてはならないのか。こんなヤクザなボクシングというものに、どうしていつまでもかかずり合っていなければならないのか。大戸がパンチを叩き込むたびに、バッグは吹き飛ばされそうになる。ロープで縛っていなければ、本当にどこかへ消えてしまいそうだった。このパンチが一発でも当たれば、内藤は一瞬にしてキャンバスに沈むことになるだろう……。

帰りは高崎駅まで森田が車で送ってくれた。助手席に坐り、高崎の寂しい夜の繁華街に眼をやりながら、私は運転している森田に訊ねた。

「どうしてなんでしょう」

「…………？」

「あんな彼が、どうして負けてしまうんでしょう」

すると、森田が沈んだ口調で呟いた。

「眼がね、ちょっと……よくないんです」

「…………」

駅に着き、礼を言って降りようとすると、森田も共に降り、小走りに出札口に向かった。私の東京までの切符を買おうとしたのだ。私は慌《あわ》てて押しとどめ、買ってもらういわれなどないからと断ったが、森田はなかなか承知しようとしなかった。どうにか許してもらい自分で金を払うと、森田は土産物屋に走り、名物らしい菓子の包みを買って戻ってきた。断ったが、押しつけて引こうとしない。今度は私が折れた。この借りは、試合当日に激励賞を贈ることで返せばいい、と思いついたからだ。

しかし、改札口で、よろしくお願いします、と森田に頭を下げられた時、私は胸に小さな痛みを覚えた。そして、この菓子包みの借りは、とうてい激励賞などで返すことはできないのかもしれない、と思った。

6

内藤の体調は依然として思わしくなかった。

私やエディが期待したように、トレーニングが軽くなるにつれて一日一日と薄紙をはがすように疲労がとれていく、というわけにはいかなかった。体重は少しずつ増えているようだったが、皮膚にかつてあった澄んだ艶《つや》が戻ってこない。泥土《でいど》の沼のように重く沈んで濁っている。唯一《ゆいいつ》の慰めは、少なくとも前よりは悪くなっていない、ということだった。しかし、コンディションのピークを試合の日に持っていくということは、とうてい不可能なように思えた。いまは疲労のためにいくらか動きは鈍くなっているが、試合ではその直前の完全な休息によって一気に回復し、これまでの激しい練習で蓄積された力が爆発するだろう……。そう期待するより仕方がないのかもしれない、と思ったりもした。

試合まであと五日に迫った。

夕方、金子ジムへ行くと、すでに内藤の練習は始まっていた。リング上で長身の練習生とマスボクシングをしていた。相手の動きに合わせて自分も動くが、スパーリングのように本格的に殴り合うことはしない。パンチを出しても、相手の体の数センチ手前で止める。要するに、マスボクシングとは、単なる眼ならし程度の軽いトレーニングなのだ。

そのラウンドが終り、一分間のインターバルに入ると、内藤はロープに体をもたせかけ、私の方に顔を向けて言った。

「やっぱり、負けた」

「…………？」

「吉村」

私は、アジア大会の選手選考会が今日だったことを、ようやく思い出した。内藤は以前から吉村の応援に行くつもりだと言っていた。午後、会場の後楽園ホールに寄り、それからジムに来たのだろう。

「どんなだった？」

私が訊ねると、内藤は大袈裟《おおげさ》に顔をしかめてみせた。

「固くなっちゃってね。練習の時の半分も力が出ないんだ。半分どころか五分の一も出なかったな。上体が突っ立ったままで、前傾姿勢もとれなくてさ、後にそってるくらいなんだ。結局いいところがなくて、判定で負けたよ」

これで、内藤のスパーリングの相手は、全員が試合で敗れたことになる。竜も堀畑も長岡も、そして吉村も。利朗が言うように、相手の運を吸い取っていると考えればいいのだろうが、やはりあまり気持のよいことではなかった。

「試合で力を出せないなら、負けても仕方がないさ」

私は、吉村が負けたことに特別な意味などない、それは単に吉村の力の問題にすぎないのだという意味をこめて、ことさら冷たく言った。すると、内藤は道化たような仕草で宙に空パンチを放ち、笑いながら言った。

「まあ、俺も本番で力を出せないタイプだから、人のことは言えないけどね」

ゴングが鳴って、再びマスボクシングを始めた内藤の動きを眼で追いながら、私の思いは複雑だった。ボクシングの世界には、ジム・ファイターという言葉がある。ジムでは素晴らしいボクシングをするのに、試合になるとまるでその力を発揮できないボクサーを、ジム・ファイターと呼ぶ。冗談めかしてはいたが、内藤は自分をそのジム・ファイターと認めるような台詞《せりふ》を吐いたのだ。私は、それが、以前の彼に独特の、いざという時のための言い訳でなければいいが、と思った。

マスボクシングが終ると、内藤は私の坐《すわ》っているソファの前に立ち、汗を拭《ふ》いた。

「調子はいかがでありましょうや」

私は軽い調子で訊ねた。

「まあね」

内藤は空いているソファにタオルを放り投げながら言った。

「まだ疲れているようだけど……今朝も走ったのかい？」

「もちろん」

「いつまで走るつもりなんだい」

「明後日まで」

「疲れないかな」

「それは平気なんだけど……」

けど、という言葉が気になった。私は眼でその先をうながした。

「朝……四時頃、眼が醒《さ》めたら、もうどうしても眠れなくなっちゃってね」

「今朝？」

「そうなんだ。眼が冴《さ》えちゃってね」

「疲れているはずなのに……眠れないとはな……」

「だから、寝ていても仕方ないんで、起きたんだ。起きて走ったんだ。いつもは六時なんだけど、四時に走った」

「…………」

「えいっと思って起きてさ、真っ暗の中を走ったんだ」

私には、内藤が夜中に眼を醒まし眠れなくなったという理由が、わかるような気がした。内藤は試合が近づくにつれて少しずつ恐怖に浸されるようになっていた。何が恐ろしいという明確な理由はないが、四年半ぶりにリングに上がるということの漠然とした恐怖が、意識されないままに内藤の心の奥深いところで生まれ、膨らみ、蠢《うご》めきはじめたのだ。

練習が終ったあとで、私は内藤を食事に誘った。話しながら食事でもすれば、いくらかでもその恐怖がほぐれるかもしれないと思った。

写真を撮りにきていた利朗も一緒に誘い、彼の古いチェリーに乗って六本木まで出た。私たちは交差点の近くの小さなホテルに入り、その最上階のレストランで食事をすることにした。

客は少なく静かだった。

食事の注文が終ると、ウエーターにメニューを返しながら内藤が呟いた。

「この一食分の金で、インドネシアの連中なら、半月は暮せるだろうな……」

そのひとことで、急にインドネシアでの日々がなつかしくなったのかもしれない。内藤はオレンジジュースを呑《の》みながら熱心にインドネシアについて語った。

……インドネシアは貧しい国だった。でも、素敵な国だった。いつか、裕見子を連れて、もう一度行ってみたい。街にはそこいら中に乞食《こじき》がいる。歩いても歩いても手を出してくる人が絶えない。それを見ると、どうしてもお金をあげないわけにはいかなかった。しかし、それではキリがない。やがて、動けない人と子供に限ってあげる、というルールを作るようになった。子供といっても、それはすぐに親に取り上げられてしまうのだから同じことだったが、子供に手を出されて断わるのはつらかった。インドネシアに行って、人間というのはどうして生きているんだろう、なんて考えるようになった。あそこの人たちは、みんな働きもせず、ぶらぶらしながら、ぼんやりと一日を過ごしている。それでいて、どうにか喰っていくことだけはできるらしい。人間はどうして食べるんだろう、食べなければいけないんだろう、なんて思ったりした。あの国でしばらく暮らして、自分の中の何かが変わったと思う。それが何なのかはわからないが、変わったということだけはよくわかる……。

私は窓の外の美しい夜景に眼をやりながら、確かにそういうことはありうるだろうと思っていた。ユーラシアの外縁の国々を転々としていた一年ほどのあいだに、私も間違いなく内部の何かが変わった。そして、同じように、それが何なのかはわからないのだ。

内藤は、ゆっくりとだが、綺麗《きれい》に料理をたいらげた。ウエーターが最後の皿を片づけおえた時、私はふと思い出して内藤に訊ねてみた。

「ところで、今度のファイトマネー、いくら？」

「十万」

「十万？」

私は聞き違えたのではないかと思った。

「ほんとに十万？」

「ほんとさ」

「どうして……」

大戸ですら十五万というのに、と喉《のど》まで出かかったが、必死に抑えた。

「俺が切符を売らないからじゃないかな」

内藤は腹立たしそうに言った。

「……このあいだ、船橋の会長に家まで呼びつけられて、言われたんだよね。切符、何枚持っていく、って」

「くれるというわけ？」

「とんでもない。売ってこいというわけさ、ファイトマネーのかわりにね」

「…………」

「冗談じゃないと思ったのさ。切符売るのは興行師の役目じゃないか。俺、船橋ジムに入る時、切符は売らなくてもいいという約束をしたんだ。それなのに……。切符なんか持っていかないと言ったら、ファイトマネー、十万だって」

この二月から仕事もやめ、半年以上もボクシング一筋に頑張りつづけてきた揚句が、十万でしかないという。私は暗い気持になった。しかし、もちろん内藤の方がはるかに暗澹《あんたん》たる気分だったに違いない。

「……俺、よからぬ考えだけど、今度の試合にわざと負けてやろうか、なんて思ったりもしたよ。そうすれば、船橋ジムも俺を見放してくれて、どこかよそのジムに移れるかもしれないじゃない。あそこのジムにいたら、俺、浮かばれないと思うんだ」

「でも、やっぱり勝たなければ駄目だよ。勝ってからだよ、すべて。勝てばきっと道は開けてくるよ」

あまり説得力があるとは思えなかったが、そうとでも言うよりしようがなかった。

「うん……やっぱり負けたくないしね。意地でも負けたくないしね」

「それにしても、よりによって、君も妙なジムに入ったもんだよなあ」

私は溜息《ためいき》まじりに言った。

## 7

しばらくして、私たちはホテルを出た。車はそこから少し離れた駐車場にとめてあった。

中華料理屋の角を曲がり、ネオンの届かない暗い小道に入った時、内藤が呟《つぶや》くように言った。

「ガウン、どうしたらいいだろう」

「ガウン？」

私は訊《き》き返した。

「試合の時に着るガウン。……俺、迷ってるんだよね」

「何を迷ってるんだい？」

「今度のコーナーは赤コーナーだから、トランクスも赤系統にしようと思うんだ。それはサーモンピンクのがあるからいいの。でも、ガウンがね。そのトランクスに合うのがなくて、困ってるんだ」

私が口を開きかけると、内藤はそれを遮るようにして付け加えた。

「……いや、あることはあるんだ。あるにはあるんだけど、それを着てリングに上がるのは、どうしても気がすすまないんだ」

「古いから？」

「そうじゃなくて、派手なんだ。ほら、あの美智子さんの衣裳《いしょう》を作るような人に刺繍《ししゅう》してもらった、二百万くらいするギンギラのやつなんだ」

「そうか……」

内藤のためらいはよく理解できた。この再起第一戦に、昔の、しかも豪華なガウンで出るのはどうか、という迷いは正当なもののように思えた。それが派手であればあるほどうらぶれた印象を与えるに違いなかった。

「やめたら」

私は断定的な口調で言った。

「……そんなのを着て出ることはないよ」

「そう思う？　俺も、なんか厭《いや》なんだ」

「しかし、だからといって、裸で出ていくわけにいかないからなあ……」

少なくとも、内藤はデビューしたての四回戦ボーイではないのだ。私たちはしばらく黙って歩いた。

「……ヨットパーカーのようなのは、どうだろう」

内藤が言った。

「そいつはいい！」

私は弾んだ声を上げた。アメリカの黒人ボクサーが、ヨットパーカーのようなフードのついたガウンを着ている写真を、何枚か見たことがあった。どれもその体型にぴたりと合い、精悍《せいかん》な雰囲気をかもし出していた。

「君なら、きっと似合うよ」

「そうかなあ……」

内藤は自信なさそうに呟いた。

「その方がスマートだし、再起第一戦にふさわしいぜ」
「そうかもしれないね。……うん、そうだよね」
内藤は自分を納得させるようにひとりで頷《うなず》いた。
「……昔、オースチンていう人がいたんだよね。飛行機事故で死んでしまったけど、あの人がそうだった。ヨットパーカーに白い靴をはいてね。その人の写真を見てから、俺もボクシングシューズは白にするようになったんだ。今度はヨットパーカーか……」

私と内藤が駐車場の脇《わき》で待っていると、利朗が車を出してきた。利朗は横浜まで内藤を送っていってくれるという。疲れているだろうからとか、大した距離ではないからというような余計なことは何も言わず、ただ「送っていくよ」とひとこと言っただけだったが、彼の心づかいはよくわかった。私も、ふたりとそこで別れてもどこかで酒を呑むくらいしかすることがなかったので、横浜まで一緒に行くことにした。

車を走らせると、利朗はすぐにラジオをつけ、チューナーをFENに合わせた。軽快なアメリカン・イングリッシュの語りと共に、アース・ウィンド&ファイヤーの曲が流れてきた。私たちは黙ってそれに耳を傾けた。

見るともなく、通り過ぎる街のネオンに眼をやっていると、ロスアンゼルス、ニューヨーク、ニューオリンズ、ラスベガスといった街の夜の情景が、意味もなく、脈絡もなく、浮かんだり消えたりした。

「アメリカ……どうだった?」

不意に内藤がそう訊《たず》ねてきた。私はびっくりした。自分の心が透視されたような気がしたからだ。しかし、それは、ラジオの語りと歌が、偶然ふたりに同じものを思い起こさせた、というだけのことであったかもしれない。

「面白かった?」

内藤がまた言った。

「やっぱり、ニューヨークが面白そうだった」

「どんなふうに?」

「この街なら暮らしてみてもいいな、と思ったよ。そんなことを感じた街は他に香港《ホンコン》しかないんだけどね、俺には」

「そう……」

内藤はそこでいったん口をつぐみ、しばらくして溜息をつきながら言った。

「……俺もアメリカで暮らしたいんだよね」

「どこで? ロスアンゼルスかい?」

私は訊ねた。

「そうじゃなくて、どこかの田舎で」

「そこで何をやるんだい？」

「農場とか……そういう……百姓のようなやつ」

思いがけない答が返ってきた。どうして百姓なんだい、と私はさらに訊ねた。

「どうしてか……うん、そうだね、たとえばさ、子供の頃、遠足なんかに行くじゃない。みんなはカメラで綺麗な山とか湖とかを撮ったりするんだけど、俺は違ってたんだよね。通りすがりの汚ないワラブキ屋根の家とか、壊れかかった納屋《なや》のある家とか、そういうのばかり写してたんだ」

「………？」

「つまり、そういう家に住んで、力仕事とか畑仕事をやってみたかったんだよね、大きくなったら」

「農業は水商売とは違うぜ」

私は混ぜっ返したが、内藤は意外なほど真剣だった。

「もちろんだよ。でも、ああいうところに住んで、土着してみたかったんだ」

土着という、ふだん内藤がほとんど使うことのないだろうその言葉には、彼のどうにかして根をもちたいという願望がこもっているようだった。幼い頃から、彼はどこかで根のない自分を感じつづけていたのだろう。

「アメリカで農業か……。悪くないけど、実際やるとなったら、市民権だとか何だとかで大変そうだな」

私が言うと、内藤は頷いた。

「そうだろうね。でも……俺、十八歳の時、アメリカ国籍を取ることはできたんだ」

「ほんとかい？」

「うん。弟はママのおなかにいる時に親父《おやじ》が死んじゃったから駄目だったけど、俺は認知されていたんで、十八歳の時、国籍を選ぶことができたんだ。日本でもアメリカでも、どっちでもね」

「それで……」

「日本の国籍を選んだ」

「なるほど、君の意志で選んだわけだ。しかし、それはなぜなんだろう」

「ママや弟と離ればなれになるような気がしたんだよね、俺だけアメリカ国籍になるということはさ。それに、日本にいれば言葉やなんかでも、やっぱり不自由しないしね。小さい頃は、見た目がみんなと違うから、それはいろんなことがあったけど、十八歳にもなれば、そんなのはもう通り抜けた風みたいなもんでね、大したことはないし……それで日本の国籍にしたんだ」

　しかし、それから十年以上が過ぎた。後悔はしていないのだろうか。私がそう訊ねると、内藤は少し考えてから答えた。

「どうかな……今だったら、アメリカで暮らしたいという気持の方が強いけどね。俺、日本の厭なとこを見すぎたような気がするんだ」

　根を欲しながら、ついにそれを日本で見つけることができなかったのかもしれない。しかし、だからといって、アメリカへ行って農業をしさえすれば根づくことができる、と限ったわけのものでもないだろう。内藤にそう言おうとして、私は彼の父親が農家の出であるらしいと彼自身が語っていたことを思い出した。そうなのか、と私は口の中で呟いた。

　利朗はひとことも口を差しはさまず、黙ってハンドルを握っていた。上野毛《かみのげ》で第三京浜に入り、車の流れにうまく乗ると、利朗は煙草《たばこ》に火をつけ、最初の一服をゆっくりと吸い込みながら窓を開けた。夜の空気が勢いよく流れ込んできた。私は、その夜気をシャワーのように気持よく浴びながら、内藤に言った。

「君のお父さんの名は、ロバート・ウィリアムズというんだったね」

「そうすると、君は純一・ウィリアムズということになるのかな?」

「いや、そうじゃないんだ。俺の名前、正式には、ロバート・H・ウィリアムズ・ジュニア、となっているんだ」

「ロバート・H・ウィリアムズ・ジュニアか……」

私は、急に内藤が見知らぬ人間になってしまったような錯覚をおぼえながら、その名を復誦《ふくしょう》した。

「だから、リングネームをつける時、ロバートかウィリアムズのどっちかを使いたかったんだ。カシアスじゃなくてね」

内藤が残念そうに言った。その事情は私もよく知っていた。しかし、いつまでも昔のことにこだわり、嘆いていても仕方がない。私がいくらか突き放した言い方をすると、内藤は不満そうな口調で言った。

「それはそうだけど……でもね、アリだって俺に言ったんだ……」

「えっ? 待ってくれよ。アリって、あのアリのことかい?」

「そうだよ」

内藤はこともなげに言った。私は思わず大きな声を上げた。

「アリに会ったことがあるのかい！」

「あれっ、話したことなかったっけ」

「知らないよ」

「アリがね、日本に来た時、会ったんだ。泊まっていたホテルでも会ったし、ジムで一緒に練習もさせてもらったし……」

話からすると、どうやらそれは、アリがマック・フォスターと試合をするために来日した一九七二年のことのようだった。

「それで、その時アリは君になんて言ったの？」

私は自分がその腰を折ってしまった話の先をうながした。

「うん。その時アリが言ったんだよね。お前、カシアスという名前を捨てろって」

「捨てろって？」

「そう、捨てなければ駄目だって。その名前を使っていたら、いつまでたっても強くなれないぞ、って」

「………！」

「最近になって、そのことをよく思い出すんだ。あの人の言ったことは嘘《うそ》じゃなかったなあって」

その人から取った名を、その人が捨てろと忠告したという。捨てなければ決して強くなれないとも言ったという。確かに、内藤のその後にとって、それは極めて暗示的な言葉だったといえる。

「……だから、今度、もう一度やり直そうとした時、名前を変えようと思ったんだ。カシアス内藤じゃなくて……」

「内藤純一に？」

「うん。そうじゃなければ、ロバート・H・ウィリアムズ・ジュニアでもいいしね」

「…………」

「エディさんもそう思ったらしいんだ。変えた方がいいって。でも、興行の都合で、やっぱりカシアス内藤じゃないと客が入らないというんで、最初の試合だけは仕方ないということになったんだ。次から変えればいいからって」

「そうか……」

内藤の意見もエディの考えも確かに間違ってはいないと思う。しかし、と私は言った。カシアス内藤という名を変える必要はないのではないだろうか。すると、内藤は怪訝《けげん》そうな表情を浮かべた。名前を変えることに反対されるとは思ってもいなかったようだった。私はさらに続けた。いまやアリはカシアスという名を完全に捨ててしまったのだ。そうだとすれば、カシアスという名はもう君自身のものではないか。以前だったら、私もカシアス以外の名の方がよいと言ったかもしれない。しかし、いまはもう、カシアスは君であり、君はカシアス内藤以外ではないのだ……。

「カシアス内藤という名を、きちんとした名にするというのも、ひとつの生き方だと思うんだ」

そう言ってしまってから、私は妙に立派そうなことを喋《しゃべ》っている自分に気がつき、恥ずかしくなった。慌《あわ》てて付け加えた。

「カシアス内藤って、決して悪い名前じゃない。響きもいいし、姿も悪くない。それを世間に広く知らせればいいのさ」

「……そうだね」

内藤が呟《つぶや》いた。

「そうさ」

私は力をこめて言った。

「そう……俺の心の中でも……捨てがたいということもあるんだよね……底の方ではね」

内藤が静かな口調で言った。

道路が空《す》いていたこともあり、六本木から横浜の山手まで一時間もかからなかった。鷺山に着き、利朗がアパートの前で車を止めると、内藤が部屋に寄らないかと勧めた。

「コーヒーでもいれるから、上がっていってくれない？」

私と利朗は顔を見合わせ、内藤に疲れていないか訊ねた。内藤は、ぜんぜんと笑い飛ばし、ぜひにと誘った。二階の内藤の部屋は真っ暗だった。裕見子はまだ仕事から帰っていないらしい。私と利朗はコーヒーを呑《の》ませてもらうことにした。

大きな鳥籠《とりかご》の置いてある玄関から台所を通って部屋に入ると、狭い二間を一部屋に打ち抜いた快適そうな空間が広がっていた。五年前とはかなり様子が違っていた。畳の上に絨毯《じゅうたん》が敷きつめられ、右奥に大きなベッドが据えられている。左には坐《すわ》り心地のよさそうな木製のアームチェアーがふたつあり、その前にテレビとステレオが置かれている。そして、その周囲の棚にはレコードがぎっしり詰まっている。内藤が台所でコーヒーをいれている間に、どんなレコードを集めているのかアルバムの背のタイトルを読んでみると、そこには一貫した流れがあるようだった。六〇年代のリズム・アンド・ブルースから最近のディスコサウンド風の音楽まで、そのほとんどが黒人のレコードであり、しかも極めてソウルフルなヴォーカルに限られていた。

窓際《まどぎわ》の壁に三つの額縁が並んで掛けられている。すべてに写真が入れてある。右の端には内藤の七五三の時の記念らしい写真、中央が軍服姿の父親の全身像、左の端が父親と内藤の写真だ。父親は、丸味を帯びた顔に、農家の出らしい素朴な表情を浮かべていた。

反対側の壁には、内藤が日本チャンピオンを奪取した直後の、大きなパネル写真が貼《は》ってあった。内藤は、チャンピオン・ベルトを腰に巻き、半身になってファイティング・ポーズをとっている。しかし、それは一昔も前の写真だ。体はふっくらとしており、線は柔らかい。子供っぽさを残した表情と共に、それは歳月というものを感じさせる写真だった。

本棚にはあまり本はなかった。だが、その最上段に、内藤が言っていた通り、バイブルの横に私の本が並べてあった。私は、見てはいけないものを見てしまったような気がして、慌てて眼をそらせた。

内藤がコーヒーをいれて部屋に戻ってきた。いれたてのコーヒーの、香ばしい匂《にお》いが部屋中に広がった。私の前に腰を下ろした内藤は、コーヒーを一口呑むと、そうだと呟いて立ち上がった。

「トランクス、見てくれないかなあ……」

そう言いながら、ベッドの傍に置いてあった黒いバッグを持ってきた。開けると、そこには試合に必要な用具がきちんとしまってあった。

「もう、用意してあるのかい」

私は驚いて言った。

「うん、心配だからね」

内藤は、遠足を前にした子供のように、期待と不安がないまぜになった表情で言った。そして、その中からトランクスを取り出し、広げて見せた。それは、サーモンピンクの地に、エンジのラインが脇《わき》に縫い込まれている、見事なトランクスだった。これを褐色の肌の内藤が身につければ、ライトに美しく映えるに違いない。

「素晴らしいじゃないか」

私が言うと、それまで黙ってコーヒーを呑んでいた利朗が口を開いた。

「いいね、とても」

内藤はそれを腰に当てながら嬉《うれ》しそうに言った。

「そうかな……うん、そうだね。……これ、ママに染めてもらったんだよね。ほんとは、白だったんだ」

前にはCNという文字が縫い取られてあった。

「それもお母さん？」

私が訊《き》くと、内藤は頷いた。

「だから、このトランクス、タイトルマッチの時にしか、はかなかったんだ……」

やがて私たちの話はトランクスからガウンについてと移っていった。どのようなヨットパーカーがいいだろう。もし、トランクスに合う色がなかったらどうしたらいいだろう。私たちは夢中で話した。一息つくと、話が少しとぎれた。

「テレビでもつけないか」

私が提案した。雑音があった方が話しやすかった。しかし、内藤がスイッチを入れ、画像が次第に鮮明になった時、私はそんなことを言い出さなければよかったと後悔した。

そのチャンネルでは日本製のサスペンス映画を放映していた。私たちは、途中からの、たったワンシーンを見ただけで、それが何という映画かわかった。その映画が、西条八十《やそ》の詩の一節をコピーに使った大宣伝によって、日本中を席巻《せっけん》したのはつい最近のことだったからだ。そして、その映画の主人公のひとりは、内藤と同じ黒人との混血青年が演じていた。

私は困惑を隠しながら画面を見つめていた。内藤とは別に何の関わりもないが、混血ということを素材のための素材として使っているような映画を見せてしまうのは、彼に悪いような気がしたのだ。しかも、原作を読んだかぎりでは、母親が息子であるその混血青年の存在を知られたくないために殺してしまう、という無惨《むざん》で強引な事件がストーリーの軸になっているはずだった。

「もう、テレビでやっちゃうんだね」

内藤は、しかし気にした様子もなく、普通の声で言った。

「そう、ずいぶん早いな……」

私はうわの空で返事した。画面は、若い刑事と犯人である母親の対決、というクライマックスを迎えつつあった。

「……消そうか。途中からで、よくわからないから」

私が言うと、内藤は頷《うなず》いてスイッチを切った。部屋の中が急に静かになった。それぞれがそれぞれのコーヒー・カップに手を伸ばし、口元に運んだ。私も一口呑んだが、すでに香りは逃げ、冷たくなっていた。

カップを厚く大きな手で持ったまま、内藤が呟くように言った。

「俺の親父……朝鮮戦争へ行って……前線で死んだでしょ」

それは私も知っていた。内藤の口から一、二度聞いたことがあった。

「……でも、本当は鉄砲持って、ドンパチやって、それで撃たれたわけじゃないんだ」

「どういうこと？」

私には彼の言わんとしていることがわからなかった。

「親父は、何ていうのかな、そう、補給部隊みたいなところにいたらしいんだ」

内藤はさらに言葉を継いだ。

「俺が生まれて、それでママと結婚して、親父はこっちで暮らすつもりだったらしいんだ。そうこうしているうちに、今度は弟がおなかにできたんで、親父、できるだけ早く除隊しようと思ったんだね。本当は朝鮮なんかに行かなくてよかったんだけど、一度前線に出れば、それだけ早く除隊できるというんで、ママや俺たち子供のために朝鮮へ行ったんだ。それで、流れ弾に当たって……死んじゃった」

「…………」

私はどう応じていいかわからず、ただ黙っていた。

「ママは結局再婚したけど、やっぱり、俺にとって、血のつながった親父はひとりだけだからね」

私たちは、期せずして同時に、壁に掛かっているロバート・H・ウィリアムズ軍曹の写真を見上げた。

「昔は、俺、よく思ってたんだ。俺は日本人なんだって。外見は違うけど、日本人なんだ黒人じゃないって……」

内藤はそう言うと、

「レコードでもかけようか？」

と私と利朗の顔を見た。聞きたいな、と利朗が言った。古いものをという私の希望を入れて、内藤はいかにも六〇年代風のレコードに針を落とした。

「それで……今はどうなんだい？」

私は訊《たず》ねた。昔は必死で自分は日本人なのだと言いきかせていたという。それなら今はどうなのか。

「そう……今は……」

内藤は少し考えるように言葉を切り、そして言った。

「今は、逆なんだよね。俺は、黒人なんだって思ってる。……だって、そうじゃなけりゃ、困るんだよ」

「なぜ？」

「俺にこの体があるのは、黒人の血が半分はいっているからだと思うんだ。確かにそれなりにトレーニングはしたけれど、三十近くになってこれだけの体に作れたのは、やっぱり俺が黒人だったからなんだ。もし俺が普通の日本人だったら、こうまで戻らなかったと思う。アメリカでは四十すぎた黒人のボクサーなんかゴロゴロしてる。俺はね、自分が黒人であればあるほど、これから先やっていけるという自信が湧《わ》いてくるように思えるんだ。……黒人なんだよ、俺は」

私は内藤の言葉に深く心を動かされていた。内藤はついに自分自身を探し当てることができたのかもしれない。それによって、長く彼を苦しめたであろう血の問題が、負から正へと一気に逆転しはじめたのだ。かつては重荷以外のなにものでもなかった血が、いまや彼を支えるものに変化した。黒人であるからこそ、自分は復活することができるのだ……。

内藤に別れを告げ、アパートを出た時、私は軽い疲労を覚えた。それは利朗も同じであったらしい。東京へ引き返す車の中で、私たちは言葉もなく、ただ黙って前方を見つめていた。

利朗は続けざまに煙草《たばこ》を喫《す》い、私は左右に流れ去っていく青白い街灯を眺めていた。

そして、ぼんやり考えていた。果して、内藤は大戸に勝てるだろうか。あの、サンドバッグをも破壊しかねない大戸のパンチを、内藤は一発も喰らわずに試合を終えることができるだろうか。考えれば考えるほど、そのようなことは不可能だと思えてくる。しかし、かりにパンチを喰らい、かりに敗れることがあったとしても、内藤はもう大丈夫であるに違いなかった。彼は、確実に、手の中に何かを摑《つか》んでいた。

その時、私の脳裡《のうり》にひとつの情景が甦《よみがえ》った。それは、三年前の、やはりこの夜のように六本木で食事したあとでのことだった。私は輪島功一の運転する車で渋谷まで送ってもらっていた。その車の中で、私と輪島は工藤戦を最後にボクシング界から姿を消してしまった内藤について話していた。そして、その最後に輪島はこう言ったのだ。

「結局、内藤君は信じられなかったんだね……」

「何が、です？」

私が訊き返すと、輪島は静かな口調で答えた。

「ボクシングさ。彼は、ボクシングを信じ切れなかった」

あるいはそうなのかもしれない、とその時の私は思ったものだった。しかし、内藤の現在の姿を見たら、あるいは今の言葉を聞いたら、輪島はいったい何と言うだろう……。

私が自分の思いの中に入り込んでいると、突然、利朗が口を開いた。

「どうして、そんなにこだわるの？」

「…………？」

私は利朗の顔を見た。利朗は前を向いたまま言った。

「カシアス内藤にさ」

不意を打たれて答につまった。いや、不意でなくとも、即座に答えることなどできなかったろう。恐ろしく厄介な問いだった。

しばらく考え、言葉を見つけようと焦ったが、無駄だった。私はいくらか投げやりに返事をした。

「……いきがかりさ」

それで納得したのかどうかはわからなかったが、利朗はまた口を閉じて運転に専念した。いや、きっと納得などしていなかったろう。なぜなら、私自身すら納得していなかったからだ。

# 第六章　始まりの夜

## 1

最後のトレーニングの日になった。その日ジムで軽く体を動かすと、翌日は完全に休養をとり、二日後の試合にそなえることになっていた。トレーニングは午後一時から始められる。早目にトレーニングを終え、それだけ休養の時間を増やそう、という心づもりのようだった。

その日は東京オリンピックの開催を記念した祝日に当たっていた。多くの学校や会社で運動会が予定されていたようだったが、あいにく朝から雨が降った。

ジムに行くと、中からは、いつもと違って子供や女性の声が聞こえてくる。戸を開けて、なるほど休日のジムとはこんなものなのか、とほほえましくなった。金子はリングの縁に坐《すわ》ってメディシンボールを修繕し、その周りでは、金子の夫人や子供たちが近所の住人らしい何組かの母子と遊んでいた。やはり運動会が中止になり、そのかわりというわけでもないのだろうが、卓球をしたり追いかけっこをしたりしていた。

一時になると、金子の子供たちは自発的に卓球台を片付けはじめた。彼らは、よくしつけられた、利発そうな子供たちだった。しかし、エディも利朗もすでに来ているというのに、肝心の内藤がなかなかやって来ない。一時半頃、ようやく姿を現わしたが、やけにぐったりしている。

「どうした?」

私が訊《たず》ねると、内藤はうんざりしたというような表情を浮かべて言った。

「まったく、電車がひどい混み方でね。休みだっていうのに、なんだってあんなに人がいるんだろう。もみくちゃになっちゃって、ほんと参ったよ」

「疲れた?」

「疲れたね、まったく」

「しっかりしてくれよ、試合は明後日なんだぜ」

私は笑いながら言った。しかし、内藤にはそれを冗談で切り返す余裕はないらしく、浮かない調子で言った。

「なんだか……昨日から今日にかけてが……一番つらいみたいなんだ」

「いま、何キロある?」

「七十四くらいかな」

「結構、増えたな」

「練習が軽くなったら、やっぱり増えてきたんだ。でも、少し増えすぎたかもしれないな」

二週間前にはげっそりとそげているようだった頬が、いまはいくらかむくんでいるように見える。だが、私は努めて陽気に内藤に言った。

「それでも、ヘビー級にはまだまだじゃないか、七十四キロなら」

「いや、体重に制限はなくても、あまり重くなると、今度は自分がつらくなるんだ。動くのが苦しくなってね」

内藤はそう言うと、地下の更衣室へ、一段一段、大儀そうに階段を降りていった。

しばらくして、紺の上下のトレーニング・ウェアーに着替え、小さく息をつきながら昇ってきた内藤に、私は訊ねた。

「試合の時は何キロくらいでやるつもりなんだい？」

「そう……七十四キロを少し切るくらいかな」

「それなら、このままいけばいいわけだ」

「でもね、明日とあさっては何もトレーニングをしないで食べるだけでしょ。だから、今日、かなり落としておかなければならないんだ」

「どのくらいまで？」

「七十二、まで。そうすると、明日で七十三キロちょっと、明後日には七十四を少し切るくらいになると思うんだ」

そろそろ始めなさい、とエディが声をかけた。

内藤はリングに上がった。いつもと同じように、シャドー・ボクシングから練習は始められた。

シャドー・ボクシングを四ラウンド、サンドバッグを三ラウンド、パンチングボールを二ラウンド。どれも力を入れず軽く流すという程度のトレーニングだったが、さすがにロープ・スキッピングに移った時には、青いパンツと薄いTシャツになった内藤の体から、汗が激しく床にしたたり落ちた。

タオルで汗を拭《ぬぐ》い、体を冷やさないように再びトレーニング・ウェアーを着込み、窓際《まどぎわ》に置いてあるマットの上で、柔軟体操を始めた。内藤の体は少年のように柔らかかった。足を一直線に横に広げ、腰を落とし、そのままマットに胸をつける、などということをいとも簡単にしてみせる。それもまた彼が授かった天性の素質のひとつだった。丹念に、ゆっくりと、体をほぐす運動を繰り返し、ようやくすべてが終った。

近づいて話しかけようと思った私は、マットの上の内藤の姿を見て、歩みを止めた。内藤は、マットの上にあぐらを組み、じっと動かなくなったのだ。タオルを頭からすっぽり被《かぶ》り、うつむいたまま微動だにしない。手を前に組み、頭を垂れている。それは、あたかも、何者かに向かって祈りを捧《ささ》げているかのような、不思議な真摯《しんし》さに満ちた姿だった。雲の切れ間から顔をのぞかせた日の光が、窓から薄く射《さ》し込んできた。私たちは、内藤の周囲に立ちこめている一種異様な厳粛さに圧倒され、誰ひとり言葉を発する者もなく、ただその姿を見守っていた。

どのくらいそうしていただろう。内藤は不意に顔を上げ、立ち上がると、さっぱりした明かるい顔で誰にともなく言った。

「これで終った」

エディの横でその姿を見守っていた金子が、やさしい口調で話しかけた。

「よくここまで頑張ってきた。ようやく明後日、というところまできたんだからなあ。勝てると信じてるけど、全力を出して……期待してるよ」

「いろいろお世話になりました」

内藤は深く頭を下げた。

「ほんとよ、会長。いろいろ、ありがとうございましたね」

エディがたどたどしく言った。

ブリーフ一枚になった内藤はジムの隅に行き、秤《はかり》にのった。

「いくらある？」

おもりをのせ、目盛を読んでいる内藤に、私は訊ねた。

「七十二キロと……百グラム」

「ぴったりじゃないか」

私が弾んだ声で言うと、内藤も振り向いて嬉《うれ》しそうに言った。

「そう、予定内だね」

私たち四人は金子に挨拶《あいさつ》をしてジムを出た。エディは利朗に冗談を言いながら前を歩いていた。私はバスケットシューズの紐《ひも》を結び直している内藤を待ち、彼が肩を並べてきた時に言った。

「あっという間だったな」

「ほんとだね、もう試合だ」

「勝つことはもちろんだけど……やっぱり、いい試合をしてくれることを望んでるよ、俺は」

私が言うと、

「うん……でもね……」

と内藤は口ごもった。

「でも？」

「うん、でもね、下手な勝ち方をしたら、次の相手が見つからないって、みんなは言うんだよね」

「馬鹿《ばか》な！」

私は鋭い声を出してしまった。確かにそういった懸念《けねん》はないことはない。大戸に圧勝すれば他のボクサーは怖がって相手をしてくれなくなるかもしれない。しかし、だからといって手加減をすることなど許されない。それに、君にはそんな余裕はないはずだ。私はそう言い、内藤はわかっていると返事した。だが、充分に納得していないらしいのが気にかかった。

「……大戸だって、かなりのボクサーだぜ」

「あれっ？　知ってるの？」

内藤が声を上げた。私は高崎まで大戸を見に行ってきたことを話した。さりげない口調で内藤が訊ねてきた。

「どんなだった？」

「悪くなかった」

私はそれだけしか言わなかった。それ以上喋《しゃべ》ることは、大戸に対して公平ではなかったし、内藤にとってもよいことではないように思えた。悪くない、だから甘く見るな。私が言ったのはそれだけだった。内藤はそれまでと違った厳しい顔つきになって、何度も何度もひとりで頷《うなず》いた。

道の向こうから金子の夫人と子供たちが近づいてきた。駅前で昼食をとってきた帰りだという。試合では頑張って、と口ぐちに内藤を励ました。ありがとうございます。内藤は夫人にそう言い、子供たちに向かって優しく笑いかけた。

## 2

その朝、通勤客でふくれあがった電車を乗り継ぎ、私は水道橋に急いでいた。午前九時から、後楽園ホールで、試合前の計量が行なわれることになっていたのだ。

水道橋の改札口で時計を見ると、九時を一分ほど廻っていた。私は走って後楽園ホールに向かい、いつもの場所である六階の展示室に駆け込んだ。ところが、誰もいないのだ。一瞬、もう終ってしまったのかと思った。しかし、いくら早いといっても、

二、三分で全員の計量が済んでしまうはずがない。あるいは日を間違えてしまったのかもしれないとも思ったが、手にしていたスポーツ新聞の日付を見ると、確かに十月十二日となっている。

がらんとした室内に、私はいささか途方に暮れて佇《たたず》んでいたが、しばらくして、自分が早合点をしていたらしいことに気がついた。いつもの場所、と私が勝手に思い込んでいたこの展示室は、世界選手権試合の時に限って使われているのではないか。取材の記者やカメラマンが多いためこの広い場所で計量をするが、それ以外の試合の時はもっと狭い場所を使うのではないか。そういえば、これまで私が後楽園ホールで立ち会うことのできた計量は、すべてが世界選手権試合のためのものだった。

私はホールのある五階に降り、さらにその裏手にある地下の選手控室に行ってみた。やはり計量はそこで行なわれることになっていた。

しかし、計量は始まってもいなかった。内藤は控室の隅の椅子《いす》にぼんやり坐っていた。珍らしく時間に正確ではないか。私が冷やかすと、弟の車に乗せてきてもらったので三十分も前に着いてしまった、と眠そうな声で答えた。

大戸はまだ来ていなかった。控室では、前座に出場する若いボクサーたちが、ひっそりと計量が始まるのを待っていた。だが、待っていたのは彼らばかりではなかった。

テレビ・カメラをかついだり、照明器具を手にしたりしている男たちが、所在なさそうに部屋を出たり入ったりしている。彼らはNHKから内藤を取材に来ていたのだ。ディレクターは私と同年輩の若い女性だった。何でも、若者向けの番組の中で、内藤とのインタヴューを流したいのだという。

九時半頃、ようやく大戸が現われた。連れはなく、ひとりだった。

「森田さんは？」

私が話しかけると、それまで見知らぬ顔ばかりの控室の中でいくらか緊張していたらしい大戸は、ふっと表情を柔らげて答えた。

「やっぱり、仕事だもんで」

「試合の時にも来ないのかな？」

「いやあ、試合の時には来るはずだ」

そう言うと、別に私が訊ねたわけでもないのに、自分から遅れてしまった理由を喋りはじめた。

「急行に乗り遅れたんだ。六時に起きたんだけど……それでも間に合わなくて……仕方ないんで鈍行で来たんだ」

高崎から来なければならないのだから少しくらい遅れることがあっても仕方ない。

私が慰めると、みんなに申し訳ねえと大戸は二度ほど呟《つぶや》いた。

計量は四回戦の選手から順に始められていたが、やがて内藤と大戸の番がまわってきた。ふたりは控室の向かいにある小さな計量室に入っていった。私もエディと共にあとに続いた。

まず、大戸が裸になった。水色のストライプの入ったパンツ一枚の姿で秤にのった。エディは顎《あご》の下に左手を当て、鋭い眼つきで大戸の体をねめまわした。上から下、下から上と、エディの視線は何度も上下した。

内藤は大戸の体の大きさにあらためて驚かされているようだった。近くに並んでいるふたりを比較すると、やはり内藤はひとまわりもふたまわりも小さく感じられた。

コミッション事務局の職員らしい立会人が、秤のオモリを調節し、大戸の目盛りを読んだ。

「九十キロ……だな」

次に、内藤がのろうとしてジャンパーに手をかけた。すると、大戸の体重の記入を終った立会人が、書類から眼を上げて言った。

「面倒だから、脱がなくていいぞ」

その言葉に、そこに居合わせた全員がびっくりした。内藤も怪訝《けげん》そうな眼つきで立会人を見た。しかし、立会人はその場の空気を察することなく、勝手にひとりで納得しながらまた言った。

「別に洋服を着ていても大して変わらないだろう。うん、いいからそのままのりな」

確かに、これからふたりが闘おうとしているのはヘビー級の試合だった。体重に上限はない。他の階級のように、一グラムに神経を尖《とが》らせる必要はない。立会人が言う通り、洋服を着ていようがいまいが、大した変わりはないかもしれない。しかし、問題は体重だけのことではなかった。

ボクシングは、かりに夜の七時に試合が開始されることになっていたとしても、闘いはすでに朝の計量の時から始まっているものなのだ。闘うふたりは計量の場で初めて裸で対面するが、その時、秤にのる相手の体や表情から互いの体調や精神状態を読み取り、その瞬間的なデータをもとにしてもう一度自分の作戦に検討を加えるのだ。

大戸にしても、そこで裸になった内藤の皮膚の艶《つや》や張りを見て、コンディションを判断したかっただろう。しかも、大戸はすでに脱いで計量しているのだ。公平ではなかった。大戸は少し表情を動かしたが、一言も発しなかった。内藤は納得できないというようにさかんに首をひねっていたが、しかし結局そのままの姿で秤の上にのった。目盛りは七十三・五キロのあたりで上下した。それを見ていた立会人は、こともなげに言い放った。

「ああ、こりゃ駄目だ。これじゃ試合はできないよ。七十九はないと許可できないね」

つまり、ライトヘビー級の上限である七十九・三八キロを超えなければ、ヘビー級として試合を成立させるわけにはいかないというのだ。

意外な展開に、計量室の中は静まり返った。ここまできて試合ができないとは何ということだろう。体重が多すぎて試合が流れるということはありうるが、少なすぎてできないなどということがあるのだろうか。いや、あるにしても、どうして体重に下限があるということを、プロモーターは徹底しておいてくれなかったのだろう。私の思いは内藤にも共通のものに違いなかった。内藤が口を尖がらせて、何か言いかけた時、立会人がまるで当り前のことのように言った。

「いいから、そこらにある椅子でも持って、もう一回、秤にのりなよ」

私たちは唖然《あぜん》として顔を見合わせた。要するに、書類づらさえ合えば、あとはどうでもいいということなのだ。

「椅子ですか……」

内藤が信じられないといった調子で訊ねると、立会人は面倒臭そうに言った。

「それじゃ、何でもいいよ、そこらにあるもんで」

扉の横に、NHKのスタッフが置いたらしい、撮影用のバッテリーがあった。内藤はそれを抱えて秤にのった。

「よし、八十一キロ」

立会人は大きな声で読み上げた。

私は笑った。笑うよりほかにその場の惨《みじ》めな空気を動かすことはできないように思えた。これでは、あの侘《わび》しかった釜山での計量風景よりはるかに滑稽《こっけい》で悲惨ではないか、と嘆いてみても仕方なかった。これこそがカシアス内藤の再起第一戦なのだ。腹の底からそう理解するために、私はもう一度笑った。

計量が済み、協会の嘱託医による簡単な診察が終わると、NHKの女性ディレクターが内藤をホールに連れて上がった。無人のホールでインタヴューしたいのだという。

しばらくして、私はエディと一緒にホールへ上がってみた。

暗いホールの中で、観客席の一カ所にライトが当てられ、カメラが向けられている。その光の中で、内藤は座席のひとつに深く腰をかけ、ディレクターはその横に坐ってマイクを握っていた。

「……昨夜は眠れた？」

「以前はよく眠れたんだけど、昨日の夜は眠れなかった」

ライトを浴び、マイクを向けられながら、内藤はあがったふうもなく、いつもと変わらぬ口調で受け答えしていた。かなり離れて立っている私たちのところにも、ふたりの声は届いてきた。

「試合をやるのは四年ぶり？」

「まあ、そうです」

「怖くない？」

「怖くは……ない。怖くはないけど、不安のようなものがないわけじゃない。でも、それは出さないようにしているからね」

「…………」

「こういうのって、不安との闘いしかないみたい」

「東洋タイトルを取ったのは七〇年でしたっけ？」

「七〇年か七一年……負けたのが七一年かな」

「それまでは連戦連勝」

「ええ」

「その頃のこと、よく覚えてます？」

「ええ。部分的にですけどね」

「その頃は、リングに上がるたびに勝てると思ってました？」

「それはね、俺は臆病者《おくびょうもの》だったから、なかったと思うね。いくら勝っても、いくら慣れても、いつも足は震えてたし、それは今でも同じだろうね。やっぱり、怖いっていうのはある」

「…………」

「でも、それを出すか出さないかだと思うんだ、一生懸命、虚勢を張ってさ」

そこで内藤は口元をほころばせた。

「タイトルを奪われてから、主として韓国とか東南アジアで試合をしていたと聞いていますけど……」

「うん」

「どうでした？」

「勝ったことがないね」

内藤はそこでまた笑った。

「……その頃はね、それが少しも苦にならなかった。勝負は、もうどうでもよかったんだね」

ディレクターが、また新たな質問を投げかけようとマイクを自分の口元まで持っていった時、私の傍に立っていたエディが不意に私の耳元で囁《ささや》いた。

「大戸はですね……」

エディにはその場と関係ないことを唐突に喋り出すという癖があり、それには充分慣れているつもりだったが、インタヴューに聞き入っていた私はこの時もやはりびっくりさせられてしまった。

「大戸が……どうかしました？」

私は小さな声で訊《たず》ねた。

「腹、少し出てたね。でも、肩の肉はしまってたよ。走るの、あまりやらなかった。でも、サンドバッグはずいぶんやったよ、きっと」

それだけ言うと、エディはもう視線をふたりに向けている。私も黙って頷き、インタヴューに耳を傾けた。

「……ボクシングをやめて何をしていたのかしら、この四年間」

「水商売をしてたんです。ナイトクラブを一応まかされるような感じで」

「四年もブランクがあって、もう一回やってみようと思ったのはなぜ？」

「そう、三十になる前になんとかしようと思ったんですね。水商売の世界にいるのは簡単だけど、いつかボクシングというものを心おきなくできるチャンスがあれば、一度やっておきたかったんです。四年半やらなかったといっても、ボクシングが嫌いになったわけじゃないから」

私はふたりのやりとりを聞きながら、不思議な気分にさせられていた。内藤のこの十年に及ぶ起伏の多いボクサー生活も、言葉にすれば僅《わず》かにこれだけのものでしかない、ということにである。要約すれば、確かにそれだけのものでしかない。しかし、その僅かな言葉の周囲に、どれほど多くの言葉にならない思いや出来事があったことか。だが、五分か十分のインタヴューでは、どんなにすぐれたインタヴュアーでも、言葉にならぬ何かといったものまで引き出すのは無理なことかもしれなかった。

「今夜は、勝てそうですか？」

「それは……わからない」

内藤は口ごもった。

「……でも、勝ちたい。勝たなければ、と思っているんです。昔みたいに、どうでもいいじゃなくて、もう一度やり直そうとしたんだから、勝ちたい。でもね、そればっか意識するつもりはないんだ。そうすると自分というものを出せないかもしれないからね。ただ……勝負っていうものをやってみたいと思ってるんです」

「やれますか？」

「自分で本気になって初めての試合だから、やりたいね」

「まだファンが一杯いると思うんです。頑張ってください」

「ええ……」

と頷《うなず》くと、内藤はこう続けた。

「……いつか、いつかと思ってきたんです。これはある人の言葉なんだけど、いつか、いつかと思っていると、きっといつかがやって来る。……俺にもようやくいつかが来たと思うんです」

私は下を向いた。そして、床の面を見つめながら、私は自分の顔に自然と微笑が浮かんでくるのを感じていた。内藤は明らかに私が書いた文章を念頭に置いて喋っていた。しかし、私の文章の意味は少し違っていた。いつか、いつかと念じていれば、きっといつかがくる、とは書かなかった。だが、内藤がそう記憶し、ささやかであれそれが彼にとって何らかの意味を持ったとすれば、それはそれで別に構わぬことだった。

インタヴューが終り、私たちは朝食をとりに近くのレストランへ行った。こんな早い時間に商売をしているレストランがそう何軒もあるはずはなかった。地下にある一軒のドアを開けると、すでに計量を終えていたボクサーの先客がいた。同じ船橋ジムに所属する、八回戦と十回戦のボクサーだった。内藤の顔を見ると、立ち上がって頭を下げた。

内藤は、オレンジジュース、ハムエッグ、トースト、それにコーヒーを注文した。私とエディも同じものを頼んだ。

私はインタヴューの中でひとつ気になったことを訊ねた。

「さっき、昨日の夜は眠れなかったとか言ってなかったかい？」

「うん」

「ほんとに？」

「そう、四時まで眠れなかった。時計の音がコチコチいうのが気になってね……」

「それじゃあ、早く家に帰って休まなければいけないな」

私が言うと、内藤は頷いた。

三十分ほどでそのレストランを出た。内藤とはその店の前で別れた。近くに弟が車を停めて待ってくれているのだという。

別れ際《ぎわ》に私が軽く手を上げ、

「夜」

と言うと、内藤も軽く手を上げ、

「うん、夜」

と言った。

3

喫茶店で本を読み、パチンコ屋で玉をはじき、ラーメン屋で遅い昼食をとり、また喫茶店に入って本を読んでいると、またたく間に五時になった。私は再び後楽園ホールに向かった。

ビルの前にはダフ屋が四、五人立っていた。必死に安い切符を売りつけようとするダフ屋を振り切り、ビルの四階にあるホールへ上がっていこうとすると、入口のコーヒー・ショップから声をかけられた。そこにはカウンターでコーヒーを呑《の》んでいるエディと利朗がいた。コーヒー好きのエディが利朗を誘ったのだろう。

中に入ると、エディが訊ねてきた。

「ジュン、一緒だないの?」

「まだ来てないんですか?」

私が逆に訊《き》き返した。

「まだなんだ」

利朗が答えを引き取った。

しかし、まだ遅いと心配するほどの時刻ではない。プログラムには内藤の試合のほかにもうひとつの十回戦が組まれており、それがメインエベントになるということだったが、たとえセミファイナルでも七時より前に始まるはずはなかった。

私はエディと別れ、とりあえず選手控室に行ってみることにした。ホールに入り、その裏手の階段を降りると、廊下に今日出場する選手の控室の割当てが貼《は》り出されてあった。もう一組の十回戦の選手が個室なのにもかかわらず、内藤と大戸は他の四回戦ボーイと同じ大部屋だった。赤コーナーの大部屋を覗《のぞ》いたが、やはり内藤はまだだった。その隣の青コーナーの大部屋に顔を出すと、大戸と会長の森田はすでに来ていた。大戸は、胸に疾駆するピューマのマークがついた灰色のトレーニング・ウェアーを着て、軽く体を動かしはじめていた。森田はその横で肩を揉《も》んであげている。

私が先日の礼を述べると、森田は人の好《よ》い笑みを浮かべて言った。

「何もおかまいできませんで……」

「今日は仕事を終えてからいらしたんですか？」

「まあ、何とか片付けて駆けつけてきました」

「大戸君の調子はどうです」

「まあまあ、といったところでしょうね。……でも、絶対にいい試合をさせます」

それだけ喋《しゃべ》ると、もう話題はなくなった。

「結構、客は入りそうですね」

世間話のつもりでそう言うと、珍らしく森田が苦い顔をした。

「でも……この控室ではね」

私はその部屋を出て、ホールに上がった。客は七分から八分の入りだった。通路を歩いていると、ソファに金子が坐《すわ》っていた。

「早いですね」

私が挨拶《あいさつ》がわりに言うと、金子は立ち上がって答えた。

「今日はここで具志堅のパーティーがあってね」

世界J・フライ級チャンピオンの具志堅用高は、この三日後に六度目の防衛戦を控えていた。それに関係したパーティーのようだった。

その時、激励賞についてのわからない点は金子に訊いておけばいいのかもしれないと思いついた。

激励賞とは、贔屓筋《ひいきすじ》からボクサーに与えられる祝儀《しゅうぎ》のようなものだ。いくらかの金を贈ると、試合の直前に、何某に誰それさんから激励賞が届いております、とリングアナウンサーに名前を読み上げられる。狎《な》れ合いの景気づけだが、その数の多寡《たか》によって人気を測ることも不可能ではない。私は、再デビューの内藤に激励賞は届くまいと判断していた。だから、せめて私くらいは景気づけのために出しておかなければ、と思っていた。しかし、激励賞というものの存在は知っていたが、どのような仕組みになっているのかわかっていなかった。私はそれを誰かに教えてもらいたかったのだ。

「激励賞なんですけど、金額はどのくらいが妥当なんでしょう」

私は金子に訊ねた。

「そうね……」

「一万？　それとも二万ですか？」

「いや、いくらでもいいんだよ。一万円じゃなくて五千円でもいい。もし、君が内藤君に二万円あげられるんだったら、いくつかの袋に分けたらいい。五千円を四袋でもいいし、二千円を十袋でもいい。そうやっていろんな名前が呼ばれれば、内藤の人気もまだあるなとお客さんに思わすことができるからね。そうしてあげるといい、名前なんか適当に考えればいいんだから」

私もそのつもりだった。額は少ないが大戸にも渡すことにしていた。双方に同じ名前が出てしまうのは具合が悪かった。どちらにも友人の名を借りて激励賞を出そうと思っていた。

「金はやはり熨斗袋《のしぶくろ》に入れるんでしょうか?」

私は用意してなかった。それを言うと、金子は後楽園ホールの事務室まで足を運び、六、七枚の熨斗袋をもらってくれた。そして、上書きの仕方を教えてくれたあとで、

「金額をここに小さく書いて、お金は直接本人に渡してあげなさい。そうして空の袋をあそこにいるリングアナウンサーに渡せばいい」

と言った。私は金子の親切に感謝した。

控室に降りていったが、まだ内藤は来ていなかった。エディや、その助手としてセコンドを勤めることになっている金子ジムの野口が、手持ちぶさたな様子でうろうろしていた。

六時過ぎに、ようやく内藤が裕見子と一緒に控室に入ってきた。裕見子は地味な紺色のスーツを着ていたが、ほっそりとした体型によく合い、かえって鮮やかに映った。

「早目に着替えだけでもしといた方がいいんじゃないか」

野口が内藤に言った。内藤は机の上にバッグを置き、中から用具を取り出した。シューズ、トレーニング・ウェアー、トランクスなどに混じってヨットパーカーもあった。裕見子がそれをハンガーに掛けた。トランクスと同じ美しいサーモンピンクで、

背に「カシアス」と英語で刺繍《ししゅう》がしてある。

「いいじゃないか」

私が言うと、内藤は笑った。

「同じ色のがなくてね。だから、これも白いのを買って染めたんだ」

傍で見ていたひとりの男が内藤に喋りかけた。

「それを着てリングに上がるのかい？」

「ええ」

と内藤は返事をした。

「ガウンはどうした」

「…………？」

「ガウンは質にでも入れたのかい」

船橋ジムの関係者らしかったが、恐ろしく横柄《おうへい》な口のききかただった。

「いや、ちゃんとありますよ」

内藤が少しムッとして言った。

「それなら、どうして今日は着ないんだよ」

「着たくないんです」

私は腹が立った。その場にいると、その男と喧嘩《けんか》をしてしまいそうな気がしたので、裕見子に激励賞の金を渡し、控室の外に出た。

上にあがると、リングでは四回戦が始まっていた。私は空いている席に腰を下ろし、ぼんやり眺めていた。その試合がノックアウトで結着がついた時、裕見子がひとりで階段を上がってきた。

「ここに掛けませんか?」

私が声をかけると、裕見子は素直に応じて隣に坐った。

「どう、心配じゃない?」

私が言うと、裕見子は首をかしげた。

「そうですね……」

「怖くない?」

「平気みたいです」

「平気?」

「ええ、平気。私の方が度胸はあるみたいなんです。結構、平気で見ていられるんじゃないかな」

裕見子はそう言って笑った。

「そういえば昨日の夜、あいつ、眠れなかったんだって?」

「ええ。……私が仕事から帰った時は寝ていたんですけど、物音で起こしてしまったらしくて、そうしたら、もう眠れなくなって……意外と気が小さいのかな」

「四年半ぶりということが大きいんだろうけど」

「そうなんでしょうね」

私は内藤のヨットパーカーについて訊《たず》ねた。あの見事な刺繡はあなたがしたのか。するると、裕見子は指で耳の後に髪をかきあげながら、少し寂しそうに言った。

「あれは、お母さんがやってくれたんです」

「彼の?」

訊いてしまってから、訊くまでもない問いだと気がついた。

「ええ……ああいうものはみんなお母さんにやってもらうみたいなんです」

「……………」

「あたしがやるべきなのかなとも思うんですけど……」

「いや、いいんだよ、きっと。それがお母さんの愉《たの》しみなんだろうから」

「私もそう思うんです……」

「あなたの家族の方はどうなの?」

私が訊ねると、裕見子の表情が曇った。以前会った時と同じだった。

「ええ……いろいろ難かしくて……」

いつだったか、内藤は私に裕見子と結婚するつもりだといったことがある。いつでも婚姻届が出せるように、書類に自分の判だけ押して裕見子に渡してある、ともいっていた。それがまだ役所に出されていないのだとすれば、やはり彼女の側に問題があるのかもしれなかった。家族に反対があるのか、彼女自身にためらいがあるのか……。

前座試合を眺めながらふたりでぽつりぽつりと話していたが、リングの上に六回戦のボクサーが上がった時、下から利朗が呼びにきた。

「そろそろバンデージを巻くらしいんだけど、見なくていい？」

私と裕見子は急いで控室に戻った。中にはかなりの人数がいる。ＮＨＫばかりでなく、いくつかの週刊誌からも、カシアス内藤のカムバック戦を取材するために、記者やカメラマンが来ていた。

内藤は椅子《いす》に坐り、エディに右手をあずけていた。エディは神経質なほど丹念にバンデージを巻いた。まず手の甲に絆創膏《ばんそうこう》を貼《は》って下地をつくり、次にガーゼを何重にも巻きつけ、その上にさらに絆創膏を貼って止める。その手つきの正確さとメリハリのきいた力の入れ方は素晴らしいものだった。

「はい握ってみて……開いて……いい？……きつくない？……握って……ここ少しきついね？……少し鋏《はさみ》いれようね……これでどう……握って……オーケー、開いて……よし、大丈夫ね」

右手が終ると、エディはまた同じような鮮やかさで左手にバンデージを巻いていった。

「うまいな」

私が嘆声を洩《も》らすと、エディの横でそれを手伝っていた野口が笑いながら言った。

「だって、エディさん、俺たちが生まれない前からやってるんだぜ」

両手が終ると、コミッションから派遣されている係員が、太いマジックインキで「J・B・C」とサインした。もうこれでバンデージを巻き直すことは許されない。

内藤は少しずつ緊張の度合いを強めているようだった。表情が硬くなり、口数が少なくなった。周囲の者の冗談にもほとんど反応しない。

体をほぐすためにシャドー・ボクシングを始めた。二、三分で薄く汗がにじむ。

「オーケー、用意して」

しばらく無言で見つめていたエディが声をかけた。

内藤は動きをやめ、トレーニング・ウェアーを脱ぐと、まずノーファール・カップを股間《こかん》につけた。次にトランクス。シューズは野口がはかせた。真新しいグローブが届けられた。机の上に置かれたそれを横眼で見ながら、腕をマッサージしていたエディが言った。

「野口、グローブひろげて。奥までよく手を入れてね」

タイトルマッチではリング上でグローブをつけることになっているが、普通の試合では控室でつけてしまうことが多いのだ。

濁った血のような紅いグローブが、内藤の両手にはめられる。紐《ひも》の結び目は、試合中にほどけることがないように、絆創膏で手首の部分に貼りつけられる。内藤は両手のグローブを軽く叩《たた》き合わせると、一度、二度と宙にストレートを放った。

エディが両手をひろげ、肩のあたりで構えた。内藤は足を使って近寄り、スピードのあるフックを続けざまにエディの左右の手のひらに叩き込んだ。グローブと手が弾《はじ》け、狭い控室に鋭い音が響き渡った。

「オーケー！」

エディは叫ぶように言った。意外なことに、エディもまた緊張しているようだった。内藤が椅子に坐り大きく息をつくと、エディは誰にともなく言った。

「少し、二、三分、みんな、ここを出てくれませんか。少し、集中させたいね。だから、すいません、ちょっと出てください」

確かに、内藤を取り囲んで見守っている人の数はかなりなものになっていた。エディはその部屋にいる全員を廊下に追い出すと、自分も外に出て扉を閉めた。しかし、裕見子も出てきてしまっているのを見つけると、小さな声で頼んだ。

「あんたは、いてあげてください。話し合っておくことがあったら、話しておくの。いまは、傍にいてあげるの。ね、わかるでしょ」

廊下にいると、ホールの喚声がスピーカーを通じて流れてくる。どうやら、八回戦が第三ラウンドまで進んだらしい。内藤の試合は次だった。

もう、ホールに行っていよう、と私は思った。これ以上、控室で内藤と一緒にいても仕方がない。別に話すこともなかった。控室に入り、私は内藤に言った。

「そろそろ上に行ってるから」

「もう行くの？」

内藤が微《かす》かに怯《おび》えたような声を出した。頷《うなず》き、出ていこうとしたが、ふとひとことくらい言っておくべきなのかもしれないと思った。しかし、何と言っていいかわからなかった。今さら、頑張って、などと言う必要もない。一瞬、迷った末に、私は言った。

「闘えよ」

すると、内藤が頷いて言った。

「うん、闘うよ」

そこに人が入ってきた。

「じゃあな」

私が手を上げると、

「じゃあ」

内藤も手を上げた。

4

観客席にはまだ空席もあったが、それでも八分くらいは埋まっていた。タイトルマッチでもない興行としてはまずまずの入りのようだった。

リングの周辺では、よく磨いた靴をはき、派手な替え上衣《うわぎ》を着た男たちが、試合をそっちのけにして声高に喋《しゃべ》っている。さまざまなジムのオーナー、マネージャー、マッチメーカー、興行師といった連中が、マッチメークの相談や種々の情報の交換、そして何よりも他人の噂話《うわさ》に熱中しているのだ。

リング上ではライト級の八回戦が行なわれていた。朝、計量後のレストランで会った船橋ジムの若いボクサーが、相手にかなり激しく打たれている。鼻から血を流し、足元がふらついている彼の姿を見て、私はそろそろ激励賞の袋をリングアナウンサーに渡しておいたほうがいいかなと思った。勝負は八回までいかないうちに終ってしまいそうだった。

私は本のあいだに挟んでおいた熨斗袋を取り出し、通路の壁に向かって上書きをした。六枚に六人分の名前を書き終えた時、背後で男の声がした。

「それ、激励賞かい？」

振り向くと、さらに言った。

「内藤に出すのかい？」

髪を短く刈り上げた、小柄で色の浅黒い男だった。

私はその男が内藤の元のマネージャーだということをすぐに思い出した。何度も会ったというわけではなかったが、私には印象の強い男だった。

五年前、内藤と釜山に行った時、当時マネージャーだったその男も一緒についてきた。しかし、釜山でのその男の言動は、およそマネージャーの名に値しないものであった。物見遊山《ものみゆさん》のために便乗してきた、というならまだよかった。内藤に不利な条件を無批判に受け入れ、試合前の内藤の神経を逆撫《さかな》でするようなことを平気で口にした。だから、内藤がカムバックするに際して、マネージャーを替えてほしいと要求した気持はよくわかった。私も釜山での数日で呆《あき》れ果てていた。

しかし、男は私のことを覚えていて声をかけたわけではなさそうだった。

「それ、内藤の激励賞かい？」

「ええ……」

私が返事すると、男は機嫌よく言った。

「内藤のなら、俺が出してきてやるよ」

それはありがたかった。六人分の熨斗袋《のしぶくろ》をひとりで持っていくのはさすがに気が引けた。だが船橋ジムの関係者なら何人分持っていこうと少しもおかしくない。私は喜んで袋を手渡した。すると、男はひとつずつ中を改めた。

「ねえじゃねえか！」

「………？」

私には男が急にきつい語調になった理由がわからなかった。

「金だよ、金。金はどうしたんだよ。金なしで袋だけくれてもしようがねえだろ」

男はヤクザが因縁をつける時のような口調で言った。

「お金なら、内藤に渡しましたけど……」

「何を言ってんだよ、勝手なことをしてもらっちゃ困るんだよ、こういうことは」

「勝手なことといっても……人に教えられた通り、激励賞を出そうとしているんですよ。お金は本人に渡してあるんだから、別に問題はないと思うんですけど」

私が言うと、男はこめかみに青黒く血管の筋を浮かべて怒鳴りはじめた。

「問題はない？　ふざけるなよ、そんなことが通ると思ってんのかよ！」

いったいこの男は何が言いたいのか。いったいこの男はどんな権利があってこのような横柄な口をきくのか。私は腹を立てる以前に、いささか呆気《あっけ》にとられていた。

「こういうことはな、ちゃんとマネージャーを通すもんなんだよ。マネージャーを通しなよ、マネージャーを」

「通しましたよ」

激励賞については、すでにエディと相談済みだった。

「通した？　馬鹿《ばか》野郎、俺に通さないで、何が通しただよ」

男の大きな声に、周囲の人が驚いて顔を向けた。

「あなたがマネージャー？　まさか」

私は小声で言った。

「何を、手前！　俺に因縁をつけようってのかよ。マネージャーは俺だよ」

「マネージャーはエディさんに替わったって聞きましたけどね」

「エディはただのトレーナーよ。誰がそんなふざけたことを言いやがった」

「内藤が言ってましたよ」

「ふざけやがって……内藤を呼んでこい、内藤をここに連れてきやがれ！」

男は激昂《げっこう》して叫んだ。試合前だというのに、たかが激励賞のことで、選手に動揺を与えそうなことを平気でしようとする。その一事だけでも、男がマネージャーなどでないことは明らかだった。私は突っぱねた。

「もう試合直前じゃないですか。試合が終ったら話をつけましょう」

「話をつける？　どうして俺が手前なんかに話をつけられなきゃならねえんだよ、ええ？」

私はもうこの言い争いを打ち切ろうと思った。話してわかるような相手ではなかった。内藤は、マネージャーをエディに替えることを条件に船橋ジムに復帰し、それを会長も全面的に認めているはずだった。とすれば、この男が事情を知らないと見くびって嘘《うそ》をついているか、この男に会長が話を通していないかの、どちらかに違いなかった。しかし、かりにそのどちらであったとしても、自分のジムの選手にファンが激励しようとしているのだ、喜ぶのが当然ではないか。自分の手を経なかったからといって、そのファンにあたりちらす理由はないはずだった。

「もう結構です」

私は男の手から熨斗袋を取り返した。出さないことにすれば、その男に文句を言われる筋合いはない。

その場から離れようとすると、男は私のシャツを引っ張って言った。

「待てよ、手前。早く、誰のところでもいいから、行って訊《き》いてこい。誰がマネージャーなのか訊いてこいって言ってんだよ、この馬鹿野郎が！」

「…………」

「内藤の馬鹿でも、エディの馬鹿でもいいから訊いてきやがれ」

「わかりました。それなら訊いてきましょう」

私は怒りがこみあげてきたが、努めて平静に答えると、階段を降りて控室に向かった。もちろん、そんなことで内藤の気持を荒立てるつもりはなかった。控室の隣にある便所で用を足し、二分ほど時間をつぶしてから、上にあがった。

「聞いてきましたよ。内藤もエディさんも、マネージャーはあんたじゃないと言ってましたよ」

「内藤を呼んでこい！　エディを呼んでこい！」

男は叫んだ。

「何を！」

私は怒りを抑え切れなくなった。この男をたたきのめしたい、と思った。私が男の胸倉を摑《つか》もうと手を伸ばしかけた時、ひとりの老人があいだに割って入った。

「どうしたんだい」

老人の顔を見ると、男は援軍でも得たかのようにさらに強がりはじめた。

「この野郎が妙な因縁をつけるもんだから困ってるんですよ」

老人にそう言うと、男は私に向かって怒鳴った。

「この人はな、コミッショナーの人だから、訊いてみろよ。いったい誰がほんとのマネージャーか、ええ、訊いてみろっていうんだよ」

私も、その老人が、タイトルマッチの時などにリングに上がり、コミッションの人間として動きまわっているところを、何度も見たことがあった。

「内藤のマネージャーのことなんですけど……」

と私は老人に言った。

「本人はエディさんに替わったといっているんですけど、この人が……」

　すると、老人は私の言葉を途中でさえぎった。

「いや、そんなことはないね。こっちにはマネージャーの登録があるんだが、内藤のはエディさんじゃなく、まだこの人になっているからね」

　男は、どうだというように、薄く笑いながら私を見た。船橋ジムの会長は、内藤に対して調子のいい約束をしたが、対外的には何ひとつ必要な手を打っていなかったのだ。

「聞いたかよ。マネージャーは俺なんだ。わかったか、この馬鹿野郎」

　私が黙っていると、老人の方から訊《たず》ねてきた。

「しかし、そもそも、何を揉《も》めていたんだい？」

　私はひととおり説明した。事情を聞き終ると、老人がつまらなそうに言った。

「要するに、その金が内藤のところへ行けばいいわけだろ？」

「そうなんです！」

　私は思わず大きな声を出した。

「……金はもう内藤のところへ行っているんです」

　旗色の悪くなった男が、私の声を打ち消すような大声で言った。

「馬鹿野郎！　マネージャーをないがしろにして、本人にやった？　ふざけるな。勝手に手前で金額を書いて、袋だけ出す？　この馬鹿が。それなら、誰だって、百万だって、二百万だって、好きなだけやることができらあ。書くだけでいいんならよ」

かりに嘘でもいいではないか。そうまでして再起第一戦を盛り上げようとするファンがいたとしたら、その存在を喜ぶべきではないか。心から選手を思っているマネージャーなら、むしろ礼を言うかもしれない。

この登録上のマネージャーは、内藤が練習をさせてもらっている金子ジムに、ただの一度も足を運ぶことがなかった。それでよくマネージャー面《づら》ができるものだ。金子に一言の挨拶《あいさつ》もなく、内藤の練習を一回も見てみようと思ったが、あまりにも馬鹿ばかしすぎた。こんなことで気分をささくれ立たせてもつまらなかった。それに、男と言葉をかわせばかわすほど、内藤の再起第一戦は汚《けが》されていくように思えた。

老人に、どうも、とだけ言い残し、私は男を無視して歩き出した。その背に、男は罵声《ばせい》を浴びせかけてきた。

「書くだけでいいんなら、手前に一千万でも二千万でもくれてやらあ……」

私は憤《いきどお》るより、むしろ物悲しくなった。内藤は、このような男がいるジムに、これから先もいなくてはならないのだ。エディが夢中で語っていたすべてが虚《むな》しいものに思えてくる。内藤の抱いていた願望のすべてがはかないものに感じられる。このジムにいる限り、すべては夢のまた夢だ、と私は暗い気持になりながら思った。

男から離れるために、控室へ続く階段を降りた。再び便所に入り、手洗い場の鏡で自分の顔を見ると、びっくりするほど険悪な表情をしている。私は内藤の笑い方をまね、顔中を皺《しわ》だらけにして、鏡の中の自分に笑いかけてみた。そんなことで気分が変わるはずもなかったが、内藤の試合の時までにどうにかして気分を落ち着かせたかったのだ。

便所を出ると、今までリングで闘っていた船橋ジムのボクサーが、試合を終えて階段を降りてくるところに出くわした。

「どうだった？」

私が訊ねると、彼は泣いているのか笑っているのかわからぬ表情で答えた。

「はは、すいません、こんど、がんばります、はは……」

あいつをこれ以上やらせるとパンチ・ドランカーになるといっていた朝の内藤の言葉が思い出された。確かに危険な徴候があった。しかし、のんびり彼についての感慨に耽《ふけ》っているわけにはいかなかった。彼の試合が終ったとなれば、次はいよいよ内藤の試合だった。

階段を駆け上がり、赤コーナーの近くに立って、内藤が入場するのを待った。

## 5

内藤はエディと野口、それに船橋ジムの会長の三人にはさまれるようにして、階段を昇ってきた。内藤は真《ま》っ直《す》ぐ前を向き、固く唇を結んでいた。私の横を通る時、眼が合った。私が頷《うなず》くと、内藤も頷いた。

リングに上がると、予想外の大喚声が湧《わ》き起こった。内藤は軽く手を上げてそれに応えた。褐色の肌にライトが照らされ、薄くにじんでいる汗が美しく輝く。

青コーナーには、すでに大戸が森田と共に上がっていた。マントのようなガウンを着て、緊張のため微《かす》かに蒼《あお》ざめている。

リングアナウンサーがマイクを斜めに構え、リングの中央で、独特の抑揚をつけて声を張り上げた。

「これより、セミファイナル十回戦を行ないます。赤コーナー、元東洋ミドル級チャンピオン、百七十九ポンド、船橋所属、カシアス内藤……」

場内から大きな拍手が起こった。頑張れよ、という声もかかった。リングアナウンサーはさらに続けた。

「青コーナー、百九十八ポンド、高崎所属、大戸健……」

拍手はまばらだったが、大戸はコーナーから歩み出て、右手を上げた。

タイトルマッチの時のようなセレモニーは何もなかった。レフェリーによって型通りの注意が与えられると、すぐに試合開始のゴングが鳴った。

ふたりはゆっくりコーナーから離れ出た。内藤も大戸も僅《わず》かに体を動かしながら歩くようにリングの中央に向かった。

大戸の構えはオーソドックス・スタイルだったが、両肘《ひじ》を極端に絞り込みガードを固めているため、かなり変則的なものに映った。しかし、顎《あご》を引き、そこにグローブをあてがい、上眼づかいに相手を睨《にら》みつけている姿は、その童顔にもかかわらずかなりの威圧感があった。

内藤は緊張していた。それはコーナーから少し離れたところで見ている私にもわかった。リングの中央で大戸に正対すると、やがて右に回りはじめたが、その動きは妙にぎこちなかった。

この試合の、最初の一撃を放ったのは内藤だった。サウスポー・スタイルから右のジャブを放ったのだ。しかし、大戸はそれを腕で簡単にブロックした。二度、三度と内藤は右のジャブを出すが、まったく大戸の体に当たらない。足の踏み込みがなく、腰が引けてしまい、しかもパンチに伸びがないのだ。四年半の空白という事実が、内藤に大きな心理的重圧をかけているようだった。

リングで勝ち抜き、生き抜くためには、動物的な勘としかいいようのないものが必要とされる。それこそが相手のパンチを予知し、自分が打つべき時を教えてくれるのだ。内藤は、自分の体に眠っているはずのその勘が、ふたたび甦《よみがえ》ってくるまでじっくり待とう、と思い決めているようだった。しかし、その慎重さが、おそらくは体を硬くさせ、動きから滑らかさを奪っているに違いなかった。

内藤はジャブ以外ほとんど手を出さなかった。時折、右でフックを打つふりをするが、それはあくまでもフェイントにすぎない。内藤のパンチの数はごく少なかった。だが、大戸の手数の少なさは内藤以上だった。決して自分から仕掛けようとせず、内藤の動きに合わせてゆったりと動いていた。ただ、内藤のジャブを避ける時だけは、腕を鞭《むち》のようにしなやかに動かした。

第一ラウンドから膠着《こうちゃく》してしまったような試合展開に、しびれを切らした観客のひとりが大声で野次を飛ばした。

「内藤！　かわいそうだから、大戸の腹だけは打つなよ！」

息をこらしてリング上に眼をやっていた観客の緊張が緩み、笑いが湧《わ》き起こった。

その瞬間、それまでほとんど手を出さなかった大戸が、内藤の左ストレートをかわしもせず顎で受けると、凄《すさ》まじい勢いで左フックを振るった。空を切る音が私のところにまで届いてきた。それをもろに喰ったら一発でダウンしてしまうに違いなかった。内藤が危うくスウェー・バックをして避けると、観客のあいだからほうというような嘆声が洩《も》れた。

いまや大戸の戦略は明らかだった。足を止め、打ち合いに持ち込もうとしているのだ。しかも、一発を狙《ねら》っている。何発打たれようとも、自分の一発が当たれば相手は必ず倒れると固く信じているかのように、一発のパンチに渾身《こんしん》の力がこめられていた。

内藤はさらに慎重になった。第一ラウンドは互いに相手を見ているうちに終った。

硬い表情で内藤はコーナーに戻ってきた。エディはリングに駆け上がり、椅子に坐った内藤の前に片膝《かたひざ》つくと、タオルで胸の汗を拭《ふ》きながら、じっと眼を見つめて言った。

「打ちなさい！」

内藤は黙って頷いた。

「でも、大戸、パワーあるの。一発に気をつけて！」

また内藤は頷いた。野口がマウスピースを冷たい水で洗い、ふたたび内藤の口に押し込んだ。

第二ラウンドに入って、内藤のストレートのような右のジャブが、初めて大戸の顔面をヒットした。さほど強烈ではなかったが、正確なパンチだった。しかし、大戸は蚊に刺されたほどのこともないというように平然としていた。内藤のパンチは大戸の巨体に吸収され、霧散してしまったようだった。

逆に、大戸は一歩踏み込むと、右でスイング気味のフックを放った。一本の丸太棒と化した腕が唸《うな》りをあげて振り回された。内藤は辛うじて体を沈めてかわしたが、その相変わらずの凄《すさ》まじさに、観客席にどよめきが起こった。

ふたりはリングの中央でまた睨み合いを始めた。

不意に内藤が動いた。リードブローなしに左のストレートを繰り出し、それがヒットすると右でフックを放ち、それが腕でガードされるとさらに右でアッパーを突き上げた。だが、充分に腰が入り切らず、グローブは大戸の眼前を上方に大きく流れてしまった。大戸はそこを見逃さなかった。初めての速い攻撃に体が浮いてしまった内藤に、大戸は左でフックを叩《たた》き込んだ。内藤にとって幸運だったのは、打たれたのが肩口だったということである。ダメージはなかったが、しかしそのはずみでロープ際《ぎわ》まで飛ばされてしまった。

大戸は体当りをするように接近すると、もう一度左フックを放った。軽いパンチ、と思えたが、それが顔面にヒットすると、内藤は僅かに腰をおとしかけた。勢い余って近づきすぎたためパンチの威力は半減したと思えたのだが、それでも想像以上の力がこもっていたらしい。

コーナーを背負って棒立ちになった内藤は、次の瞬間、大戸の体に自分から抱きついていった。内藤も必死だった。しかし、何故《なぜ》か大戸はその内藤を振りほどき、連打を浴びせるということをしなかった。まだ早いと判断したのか、さほど効いていると は思わなかったのか。いずれにしても、内藤はそのクリンチによって危地を脱することができた。しばらくして、レフェリーにブレイクさせられた時には、もう内藤の足はしっかりしたものになっていた。

内藤の体がようやくほぐれてきたのは、この直後からだった。パンチを受け、体の芯《しん》まで痺《しび》れることで、かえって硬さが取れたようだった。

第三ラウンドに入ると、それはさらにはっきりとしたものになった。大戸の大きなパンチがかすりもしなくなる。ダッキングやスウェーイングによってパンチをかわすと、逆に大戸の懐《ふところ》に攻め入ることができるようになった。ラウンドの後半で、大戸がまた左フックを放った。内藤は鮮やかなスウェー・バックでかわし、一転して体勢を低くすると、大戸の懐に飛び込んだ。ガードされはしたが、内藤のショート・アッパーは鋭かった。

第四ラウンドに入ると、試合の主導権は完全に内藤が握ることになった。ジャブは依然としてガードされるが、中間距離での左ストレートと右フックがよく当たるようになる。とりわけ左ストレートは、ガードする腕と腕のあいだを破って鼻柱をヒットする。これでインファイトした時に連打が出るようなら、決定的に有利になるはずだった。

「あと一分！」

コーナーにいる野口から声がかかった。

ホールの天井から円筒の灯が下がっている。その灯は六等分されていて、三十秒が経過するごとにひとつずつ消えていく仕組みになっている。野口の声で天井を見ると、確かにふたつしか残っていない。

大戸がマウスピースを剝《む》き出して左フックを振るった。内藤はそれを軽く見切ると、合わせるように右フックを放った。しかし、それは体が半転していた大戸の背中に当たり、大戸はそのままロープ際によろめいた。内藤は休む暇《いとま》を与えず追いすがり、右でボディ・フックを叩き込んだ。背中を丸めてガードする大戸に左のフックを放ち、さらに右のアッパーを二発入れた。内藤が初めて見せたコンビネーション・ブローだった。クリンチになり、レフェリーに分けられたが、大戸の動きが急に緩慢になった。

「効いてるぞ!」

野口が叫んだ。

内藤はいきなり右足を踏み込むと、右で強烈なフックをボディに叩き込んだ。グローブは、大戸の脇腹《わきばら》に鈍い音を立ててめり込み、大戸は苦痛に顔を歪《ゆが》め、前かがみになって喘《あえ》いだ。

「効いてる、効いてる!」

野口がまた叫んだ。内藤がクリンチに逃れようとする大戸を突き放し、一気に勝負をつけようとした時、ゴングが鳴った。

確かな足取りで戻ってきた内藤に、エディは昂奮《こうふん》して言った。

「一発いいのが入ったら、離れてはダメ。くっついて打つの。打って、打って、打つのよ!」

内藤は両肘をロープにかけ、下を向いて聞いていた。

「疲れても、疲れてないよ。誰でも疲れるの、でも、がんばるのよ!」

内藤は頷いた。

第五ラウンドが開始された。しかし、一分間のインターバルでは、大戸のダメージは充分に回復しなかったようだった。内藤は素早く前進し、大戸を青コーナーに追いつめた。大戸はコーナーの柱を背負いながら、捨身の右フックを放った。しかし、それが内藤にかわされると、そのまま体をあずけてクリンチに逃げ、もたれ込むようにしてコーナーから脱した。

だが、内藤は冷静に大戸を見ていた。ほんの数秒、リングの中央で睨み合っていたが、大戸のガードが微かに下がった瞬間、顎に左フックを叩き込んだ。大戸はよろめき、ニュートラル・コーナーに後退した。ロープを背負った大戸に、腹の臓器を抉《えぐ》り出すような破壊的なボディ・ブローが放たれた。内藤がサンドバッグを相手にいつも見せていた、あの切れ味の鋭いアッパー気味のフックだ。打たれた大戸は、あまりの苦しさに脇腹を肘で押さえた。

そこに、内藤は連打を浴びせた。右、右、左、右、左。すべてが綺麗《きれい》にヒットする。そして、丸くなって苦痛に必死に耐えている大戸に、真下から打ち抜くようなアッパーを放つと、それは固いガードを破って顎に炸裂《さくれつ》した。口から血が飛び、大戸はコーナーの柱にもたれながら、ゆっくりと崩れ落ちた。眼がうつろで哀《かな》し気だった。レフェリーはカウントを数えはじめたが、ついに大戸は立ち上がることができなかった。

キャンバスにうずくまったまま、カウント・アウトになった。

6

五回一分三秒、完璧《かんぺき》なノックアウト勝ちだった。

しかし、観客は熱狂しなかった。レフェリーが内藤の手を高々と上げると、場内から盛大な拍手が湧き起こったが、それは儀礼的なものにすぎなかった。観客はこの試合にどこか物足りなさを感じているようだった……。

とにかく勝ったのだ、と私は思った。この試合で大事なことは勝つことだった。内藤は勝った。しかも、ノックアウトで勝ったのだ。四年半ぶりの再デビュー戦にしては上出来の試合だった。しかし、そうは思うのだが、私もまた見終ったあとの空虚さを僅かながら感じないわけにはいかなかった。この試合には何かが欠けていたような気がする。見る者を熱狂させる、ボクシングという競技が本来持っているはずの何かが欠けていた。

確かに、内藤が自分の能力を十全に発揮できないうちに試合が終ってしまったということはあっただろう。内藤のボクシングのスタイルは、以前とまったく違うものになっていた。早い足を使わず、相手のパンチを柔らかい身のこなしだけでかわし、接近してフックとアッパーを主武器にして闘う。内藤は確実にボクサー・タイプからファイター・タイプのボクサーになっていた。しかし、試合は内藤がファイターとしての本領を発揮できないままに終っていた。内藤がファイターとしてどれほどの力量を持ったボクサーになっていたのかは、ついにこの試合ではわからなかった。だが、それは相手の問題だったのだろうか。それとも、問題は内藤自身にあったのだろうか……。

野口が体を使って四本のロープを大きく上下に分けた。内藤はそのあいだをくぐり抜けリングから下りた。よくやった、いいぞ、と観客からいくつかの声がかけられたが、内藤の表情は試合前と同じように硬かった。うつむきながら通路を抜け、控室へ続く階段に向かった。

少ししてから私も控室に下りていった。中では内藤が四、五人の記者に囲まれてインタヴューを受けていた。久し振りとか、怖かったとか、強いとかという単語が、切れ切れに聞こえてきた。

そこに、タオルを首に巻いた船橋ジムの会長がやって来て、大きな声で内藤を罵《ののし》りはじめた。

「駄目だろ、あんな試合をしてたんじゃ、ええ？　もっと手を出せよ。俺が傍でそう言ってるじゃねえか。言うことを聞けよ、内藤、おい……」

内藤は口惜《くや》しそうに唇を固く結び、黙って下を向いた。

「……ええ？　お前ができないなら、こんなことは言わねえよ。お前は何だってできるんだから、できることはやれよ。承知しねえぞ、そんなんじゃ、お客さんは」

言っていることは正しかった。しかし、私にはそれが真に内藤のためを思っての台詞《せりふ》ではないように感じられた。それなら何も満座の中で恥をかかす必要はない。しばらくして落ち着いた頃に、ふたりだけで話せばよいことなのだ。会長は、控室の外にまで響き渡りそうな大声で、なおも罵りつづけた。私は聞くに耐えず、部屋の隅でひとりぽつりと椅子《いす》に坐《すわ》っている裕見子に話しかけた。

「見ていて、平気だった？」

「平気だったみたい」

「そう、それはよかった。……でも、この試合には、彼の危険な場面はあまりなかったからね」

「そうなのかもしれないけど……かなり平気みたい、私って」

「殴りっこを見るのが嫌いなはずの人にしては、大したもんだ」

私が冷やかすと、裕見子は恥ずかしそうに笑った。だが、もちろん見ないよりは見てあげた方がいいにきまっている。現在の内藤にとって、見られること、見守られることは、何にも増して重要な意味を持っているはずだった。

会長は好きなだけ喋《しゃべ》りまくると、

「今度から、ちゃんとやれよ。な、な」

と言い残して控室を出ていった。

インタヴューは再開されたが、気勢をそがれたため熱のこもらないものになってしまい、次の十回戦の開始を告げるリングアナウンサーの声が流れてくると、すぐに切り上げられた。

控室にいる人の数が急に少なくなった。内藤は大きく溜息《ためいき》をつくと、素裸になり、タオルを腰に巻いて隣のシャワー室に駆け込んでいった。

長いシャワーだった。試合のあとのシャワー、それも勝利のあとのシャワーなのだ。たとえ、それがどういう勝利であったとしても、気持のよくないはずがない。シャワーが長くなるのはむしろ当然のことだった。汗と共に、この一年の労苦も洗い流しているのかもしれなかった。

水を吸って、情ない形になってしまった髪を指で整えながら、呆《ほう》けたような表情でシャワー室から出てきた内藤に、私は言った。

「……でも、いいさ」

すると、内藤は頭にやっていた手をおろし、真剣な眼差《まなざ》しになって言った。

「……うん、いいよ」

間近に見る内藤の顔には、ほとんど打たれた痕《あと》がなかった。

「まずはハンサムなままでよかった」

私が言うと、内藤も調子を合わせた。

「ほんとだ」

私たちは声をあげて笑った。

「それじゃあ、俺はこれで帰るから」

「もう、帰るの？」

みんなで一緒に勝利を祝いたいような気もしたが、今日の夜だけは裕見子とふたりだけにしてあげる方がいいように思えた。

エディにも挨拶《あいさつ》をしていこうとしたが、控室の周辺にはいなかった。

ホールではメインエベントの十回戦が行なわれていた。エディはそのセコンドについていた。打ちつ打たれつの接戦を展開していたが、私はこのまま帰ろうと思った。

廊下には、近く行なわれる予定の世界タイトルマッチや日本タイトルマッチのポスターが、何枚も貼《は》ってあった。そこをゆっくりと通り抜け、出口のところまできた時、ひとこと言い残したことがあるような気がしはじめた。内藤に何か言い忘れたことがある。それが何なのかはっきりとはわからなかったが、私は急に落ち着かない気分になり、しばらく迷った揚句、思い切って控室に戻ってみることにした。

しかし、そこには誰もいなかった。机の上には内藤の洋服やタオルが散らばっていた。まだホールのどこかにいることは間違いなかった。誰から貰《もら》ったのだろう、傍の椅子にバラの花束がひとつ無造作に置いてあった。

がらんとした控室に、ひとりでぼんやり佇《たたず》んでいると、不意に、これではない、という思いがこみあげてきた。

数日前、横浜からの帰り道で、どうしてそんなに内藤にこだわるのか、と利朗に訊《たず》ねられた。私は適当な答を見出《みいだ》すことができず、いい加減な答を口にするより仕方なかった。しかし、その時、あるいはこの試合が終った瞬間に何かが見えてくるかもしれない、と漠然とだが思っていたような気もする。試合は終った。だが、何ひとつ見えてくるものはなかった。

これではないのだ、とまた思った。これではない。しかし、これではないとしたら、いったいどんな試合なのだろう。いったいどんな試合を作ればいいのだろう。作れば……私はまた五年前と同じようなことを考えはじめている自分に気がつき、それを頭から払いのけるためにバラの花束を内藤の洋服の上に置き直し、そのまま無人の控室を出た。

扉を閉めた時、大戸の顔が眼に浮かんできた。それは歯を喰いしばりながらパンチを振るっていた大戸の顔でもなければ、苦しそうに口元を歪《ゆが》めながらキャンバスに崩れ落ちていった大戸の顔でもない。高崎のジムで、これでいいと思える試合ができるまでボクシングはやめられないと語っていた、悲哀に満ちた静かな顔だった。この試合もまた、大戸にとって、これでいいと言える試合にはならなかった……。

しかし、それは内藤においても少しも変わらぬことだった。内藤は勝った。だがこれで終ったわけではなく、今、やっと何かが始まっただけなのだ。

そう思った瞬間、始まったのは内藤ばかりでなく、もしかしたら私にもまた何かが始まってしまったのかもしれないという、不安にも似た微《かす》かな予感がした。

（下巻につづく）

沢木耕太郎著
人の砂漠
一体のミイラと英語まじりのノートを残して餓死した老女を探る「おばあさんが死んだ」等、社会の片隅に生きる人々をみつめたルポ。

沢木耕太郎著
バーボン・ストリート
講談社エッセイ賞受賞
ニュージャーナリズムの旗手が、バーボングラスを傾けながら贈るスポーツ、贅沢、賭け事、映画などについての珠玉のエッセイ15編。

沢木耕太郎著
深夜特急
（1〜6）
地球の大きさを体感したい——。26歳の〈私〉のユーラシア放浪の旅がいま始まる！「永遠の旅のバイブル」待望の増補新版。

沢木耕太郎著
チェーン・スモーキング
古書店で、公衆電話で、深夜のタクシーで——同時代人の息遣いを伝えるエピソードの連鎖が、極上の短篇小説を思わせるエッセイ15篇。

沢木耕太郎著
彼らの流儀
男が砂漠に見たものは。大晦日の夜、女が迷ったのは……。彼と彼女たちの「生」全体を映し出す、一瞬の輝きを感知した33の物語。

沢木耕太郎著
檀
愛人との暮しを綴って逝った「火宅の人」檀一雄。その夫人への一年余に及ぶ取材が紡ぎ出す「作家の妻」30年の愛の痛みと真実。

# 新潮文庫最新刊

青山文平著
**泳ぐ者**
別れて三年半。元妻は突然、元夫を刺殺した。理解に苦しむ事件が相次ぐ江戸で、若き徒目付、片岡直人が探り出した究極の動機とは。

佐藤賢一著
**日蓮**
人々を救済する――。佐渡流罪に処されても、信念を曲げず、法を説き続ける日蓮。その信仰と情熱を真正面から描く、歴史巨篇。

諸田玲子著
**ちよぼ**
―加賀百万石を照らす月―
女子《おなご》とて闘わねば――。前田利家・まつと共に加賀百万石の礎を築いた知られざる女傑・千代保。その波瀾の生涯を描く歴史時代小説。

梶よう子著
**江戸の空、水面の風**
―みとや・お瑛仕入帖―
腕のいい按摩と、優しげな奉公人。でも、なぜか胸がざわつく――。お瑛の活躍は新たな展開に。「みとや・お瑛」第二シリーズ！

藤ノ木優著
**あしたの名医**
―伊豆中周産期センター―
伊豆半島の病院へ異動を命じられた青年産婦人科医。そこは母子の命を守る地域の最後の砦だった。感動の医学エンターテインメント。

山本幸久著
**神様には負けられない**
26歳の落ちこぼれ専門学生・二階堂さえ子。職なし、金なし、恋人なし、あるのは夢だけ！つまずいても立ち上がる大人のお仕事小説。

# 一《いっ》瞬《しゅん》の夏《なつ》（上）

新潮文庫　さ－7－2

昭和五十九年　五　月二十五日　発　行
平成二十三年十一月三十日　三十一刷改版
令和　五　年　九　月十五日　三十五刷

著者　沢《さわ》木《き》耕《こう》太《た》郎《ろう》

発行者　佐藤隆信

発行所　株式会社　新潮社

郵便番号　一六二―八七一一
東京都新宿区矢来町七一
電話　編集部（〇三）三二六六―五四四〇
　　　読者係（〇三）三二六六―五一一一
https://www.shinchosha.co.jp

価格はカバーに表示してあります。

乱丁・落丁本は、ご面倒ですが小社読者係宛ご送付ください。送料小社負担にてお取替えいたします。

印刷・株式会社三秀舎　製本・株式会社植木製本所



ISBN978-4-10-123502-8 C0195